Dante Alighieri

Commedia

Inferno

희극 지옥

1판 1쇄 발행 2025년 11월 27일

지은이 | 단테 알리기에리

옮긴이 | 김지언

발행인 | 신현부

발행처 | 부북스

주 소 | 04613 서울시 중구 다산로29길 52-15, 301호

전 화 | 02-2235-6041

이메일 | boobooks@naver.com

ISBN | 979-11-91758-34-4 03880

희극

지옥

단테 알리기에리 지음

산드로 보티첼리 그림

김지언 옮김

부북스

차례

머리말

시인 단테 (1265~1321)

모든 필멸의 삶의 아버지가
그대들과 함께 나오고 숨었을 때,
나는 처음 토스카나의 공기를 느꼈습니다. (천국 22.115-7)

1265년 해가 쌍둥이 별자리에서 뜨고 지는 5월 21일에
서 6월 21일 사이에 단테 알리기에리(Dante Alighieri)는 피렌체
에서 태어났다. 제2차 십자군 원정을 이끌었던 신성 로마 제
국 황제 콘라드 3세(재위 1138-1152)로부터 기사칭호를 받은
고조부 카차구이다(Cacciaguida, 약 1091~1148)는 피렌체의 엘리
세이(Elisei) 명문에서 태어났다고 단테는 말한다(천국 15.136-
141, 16.38).《단테의 생애(Trattatello in laude di Dante)》를 쓴 보카
초(Giovanni Boccaccio, 1313~1375)는 페라라(Ferrara)의 알디기에
리(Aldighieri) 가문의 여인의 아들인 알리기에로(Alighiero)를 단
테의 증조부로 본다. 단테 가문의 이름을 시작한 증조부 알
리기에로는 귀족이 자주 짓는 교만의 죄를 연옥에서 씻고 있
다고 단테는 말한다(천국 15.91-94). 피렌체에서 저명했던 집

안의 이름 벨린초네(Bellincione)는 단테 조부의 이름이다(천국 16.99). 아버지 알리기에로(약 1220~1275)를 열 살의 어린 나이에 여읜 단테는 이미 더 어린 나이에 여읜 어머니(Bella) 슬하의 두 누나들 아래에서 자랐다. 열두 살 이전에 이미 계약하여 스무살이 안 돼 결혼한 단테의 부인 젬마(Gemma)는 피렌체 궬피 흑색당을 이끌던 도나티(Donati) 가문에 속했다. 궬피 백색당에 속하던 알리기에리 집안과의 정치적 결합이었다. 단테와 젬마 사이에는 아들 셋과 딸 하나가 있었다. 큰아들 피에트로(Pietro)는 《희극(Commedia)》을 라틴어로, 작은 아들 야코포(Iacopo)는 〈지옥(Inferno)〉을 이탈리아어로 해석했다. 딸 안토니아(Antonia)는 아버지가 돌아가신 라벤나(Ravenna)에서 베아트리체(Beatrice)라는 이름으로 수녀가 되었다.

> 우리 인생길 한가운데에서
> 올바른 길을 잃은 내가
> 어두운 숲속에서 헤매고 있었다. (지옥 1.1-3)

1300년 35세의 단테는 피렌체 정치의 한가운데에 있었다. 정부의 중심인 여섯 프리오리(priori) 중 한 명으로 임명되었고, 이듬해 1301년 교황 보니파티우스 8세를 접견하는 세 사신에 포함되어 로마에 갔다. 1302년 1월 로마에서 피렌체로 돌아오던 길에 추방 선고를 받은 단테는 이후 1321년 라벤나에서 생을 마감할 때까지 계속된 망명생활을 시작하였다. 보니파티우스 8세가 정쟁의 중재라는 기만술책으로 피렌체에 보낸 발루아의 백작 샤를과 도모한 흑색당이 단테를 포함한 백색당을 피렌체에서 쫓아내었기 때문이다. 1304년, 추방된 백색당과도 결별해 완전히 홀로된 단테는 토스카나와 로마냐를 포함한 이탈리아 중북부 지방의 여러 도시국가들을 떠돌아 다니며 1306/7년부터 1321년까지 《희극》과 다른 저서들을 집필하는 데 전념하였다.

희극 (Commedia)

그러나 이미 나의 소망과 의지는
한결같이 움직이는 바퀴처럼 돌고 있었다.
사랑이 움직이는 해와 다른 별들처럼. (천국 33.143-5)

1321년에 완성된 《희극》은 행복한 결말을 맺는다. 하느님이 움직이는 해와 다른 별들처럼 순례자의 소망과 의지가 한결같이 움직이기 때문이다. 궁극적으로 《희극》은 하느님을 찬양하는 100곡의 노래이다. 성서 〈시편〉의 반이 탄식하고 반이 찬양하는 것과 같이, 반은 슬프고 반은 기쁜 노래들이다. 칙칙하고 추잡한 지옥에서 출발하여 축복된 천국에서 마치는 이야기는 비극에서 희극으로 끝난다(단테, 〈서신〉 13.31). 식자층만이 쓰던 라틴어가 아니라 배우지 못한 여인들도 사용하던 이탈리아어로 쓰인 시의 제목은 《희극》이다(〈서신〉 13.28, 〈지옥〉16.129, 21.1). 인간의 인문학적 전통(그리스를 기반으로 한 로마 문명)과 하느님이 내리신 말씀(성서)이 함께 조화된("하늘과 땅이 손을 대어": 천국 25.1) "신성한 시"('l poema sacro: 천국 25.3)는 보카초를 따라 16세기부터 "거룩한 희극"(La Divina Commedia)으로 불렸고, 그것의 일본어 번역을 따라 한국어로 "신곡(神曲)"으로 불렸다. 역자는 단테의 원래 제목을 《희극》으로 번역하여 그것이 담고 있는 이야기의 행복한 결말을 잃지 않고 표현하고자 한다.

사랑이 내게 불어 넣으면,
받아서, 안에서 불러주는 대로
적어가는 사람이 나입니다. (연옥 24.52-54)

《희극》은 순례자가 은총(천국 22.118)으로 경험한 삶을 시인이 별자리에서 받은 좋은 재능(천국 22.112-4)과 성령의 힘(사랑)으로 시로 옮긴 것이다. 창조된 세상에서 인간의 오감을 통해 천국의 입맛을 다시게 하는 창조자를 본보기로 삼아, 순례자의 사고와 기억을 뛰어넘는 체험이었지만, 남아있는 행복과 감사함의 감정을 오감을 통해 시인이 시로 담아내려고 시도한다. 보고 듣고 느끼고(오감의 경험) 걷고 날아가고 대화하며(사고) 죽음을 살아서 경험한 순례자의 그 모든 것을 한 권의 책으로 묶어낸 것이 《희극》이다.

한 행은 11음절로 구성되어 있고, 한 연은 3행으로 이루어져 있다. 한 연 안에서 첫째 행과 셋째 행은 같은 소리로 끝나고, 둘째 행은 다음 연의 첫째 행과 같은 소리로 끝난다. 이렇게 끊임없이 연결된 연들이 계속해서 이어진다. 시의 첫째 행에서 마지막 행까지 14233의 발걸음은 한 발 한 발 옮기는 순례를 상징한다. 《희극》은 세 "노래들"(Cantica)로 구성되어 있다. "노래 중의 노래"(Canticum Canticorum)라는 라틴어 제목을 지닌 성서 〈아가서〉의 영향을 받은 이름이다. 각 "노래들"은 33곡(Canto)으로 이루어져 있다. 99곡이 《희극》의 입문인 〈지옥〉의 첫 곡과 합해져 100곡을 완성한다.

〈지옥〉은 북반구의 지상에서부터 우주의 가장 낮고 좁은 중심까지, 〈연옥〉은 남반구 바다 한가운데의 섬 발치에서 꼭대기까지, 〈천국〉은 지구에서 가장 가까운 하늘인 달부터 온 우주의 가장 높고 넓은 중심인 청화천까지 망라한다. 역사적으로는, 태초에서 출발하여 고대 문명을 거쳐 당대 이탈리아와 유럽 전역의 정치와 문화를 다루고 미래에 대한 예언도 시도하고 있다. 중세의 모든 학문 영역들(artes liberales)과 단테가 지닌 철학과 신학의 학파와 종파들의 지식들이 모두 모여 하나의 거대한 백과사전을 형성하고 있다.

온 세상을 담아내는 단테의 시는 지옥에서 쓰는 가장 천한 어투에서부터 천국의 기도를 담아내는 가장 섬세한 어감까지 가지각색을 띠고 있고, 장터에서 서민들이 즐겨 보는 놀이(이후 Commedia dell'arte로 발전할)로부터 철학적이고 신학적인 담론을 담아내기까지 모든 문학 장르들을 총집결시키고 있다. 말한마디에도 네 겹까지의 깊이가 있다. 예를 들어, "다른 목소리와 다른 양털"(천국 25.7)은 〈천국〉 25곡 내에서 그 의미가 지상의 구체적인 장소로부터 하느님의 나라로 그리고 흰머리에서 흰 두루마리로 글자 그대로에서 심오한 신학적 의미로까지 발전한다. 절대적인 의미가 보는 자의 눈높이에 따라 상대적 깊이로 드러난다. 천국의 청화천이 순례자에게 처음 숨겨져 있었던 것과 같이, 순례자의 눈이 맑아질수록 베아트리체의 아름다움이 더욱 빛나고 순례자는 더 높은 하늘로 올라간다. 하나의 의미로 굳어진 철학적 개념에 반해, 창조된 세상을 묘사하며 펼치는 시의 의미는 독자의 이성뿐만 아니라 감각들과 상상력을 동원하게 한다. 성서의 소박하고 순수한 말이 많은 의미로 해석되는 것과 비교될 수 있다.

순례자 단테 (1300년 성목요일에서 부활절 목요일)

희년(禧年)에 많이 모인 군중을 위해,
사람들이 다리 위를 지나가는 방법을
로마인들이 모색했던 것과 같았다. (지옥 18.28-30)

1300년은 교황 보니파티우스 8세가 그리스도교 역사상 처음으로 선포한 희년(禧年)이었다. 로마를 순례하는 사람들을 상기시키는 지옥의 죄인들이 악구덩이에서 기다리고 있는 보니파티우스 8세가 죄를 짓고 있는 곳으로 단테는 순례를 떠나지 않는다. 1300년 성목요일 밤부터 홀로 두려워하던 단테에게 성금요일 밤 베르길리우스의 영혼이 찾아와 단테에게 다른 순례길을 제시한다. 로마의 첫 번째 황제 아우구스투스를 위해 로마 건국신화를 노래한 베르길리우스는 아버지의 예언을 들으러 지옥으로 가는 아이네아스에 대한 서사시를 쓴 로마 시인이다. 성금요일에 십자가에 못박히시고 성토요일에 지옥으로 내려가신 그리스도의 발길을 따라, 성금요일 밤에서 성토요일 밤까지 베르길리우스는 단테를 지옥으로 안내한다. 아리스토텔레스의 윤리학에 따라 구축된 지옥의 무절제, 수심(獸心), 악의를 순례자가 보고 들으며, 이성을 지닌 인간이 스스로 성취할 수 있는 네 덕목, 절제, 용기, 지혜, 정의를 베르길리우스에게서 배우고 닦는다. 부활절 일요일 아침에 순례자는 남반구의 지상으로 나와 다시 해를 본다. 북반구의 지상처럼 아침 저녁과 시간이 뚜렷이 존재하는 연옥에서 순례자는 세 밤을 지내고 세 꿈을 꾼다. 그리스도교의 일곱 죄를 씻은 단테가 연옥 꼭대기의 지상 천국에 이르면, 베르길리우스는 사라지고 대신 베아트리체가 길잡이로 등장한다.

그러나, 베와 이체만으로도,
내 전체를 바치게 하는 경외하는 그녀가
내 고개를 잠에 취한 사람처럼 숙이게 했다. (천국 7.13-15)

거의 9살이 되어가던 단테가 그녀의 아홉 번째 해가 시작할 무렵, 즉 아직 8살이었던 베아트리체를 처음 보았다고 단테는 《새로운 삶(Vita Nuova)》에서 말한다.[001] 9년이 지난 18살의 단테에게 베아트리체가 인사를 했다고 같은 책에서 단테는 말한다. 24살의 베아트리체는 1290년 생을 마감한다. 10년 후에 다른 세상에서 다시 만난 베아트리체는 해군대장이나 엄격하신 어머니의 모습으로 나타나고 단테는 어린아이처럼 참회의 고개를 숙인다. 레테에서 나쁜 기억을 씻어내고 에우노에에서 좋은 기억을 되살린 단테는 베아트리체와 함께 부활절 수요일 정오에 천국으로 올라간다. 더 높은 하늘로 오를 때마다 바라보는 눈들이 매번 더 아름다워지는 여인 베아트리체는 열 개의 하늘들에서 황제, 성인, 성서의 인물, 천사들을 모두 보여준 후 청화천에서 단테를 떠난다. 떠나기 전 신학자와 철학자인 베아트리체는 천국 29곡에서 한순간도 침묵하지 않고 신학을 최고의 권위로 논하고, 교황 그레고리우스 1세나 성경을 번역한 성인 히에로니무스의 오류를 지적하고, 철학자들이 논리적 오류를 범하고 설교자들이 악마의 논쟁과 농담을 일삼는다고 실랄히 비판한다. 천국을 경험하고 있는 영혼이자 지상에서부터 천국으로 순례자를 이끄는 여인이며, 시인의 그 어떤 다른 여인도 뛰어넘는 여인(《새로운 삶》42.2)이 바로 단테의 베아트리체이다.

---

001   단테 《새로운 삶》 2.2-3: "그녀의 아홉 번째 해가 시작할 무렵에 그녀가 내게 나타났고, 나는 그녀를 내 아홉 번째 해가 끝나갈 무렵에 보았다."

동정녀이신 어머님, 당신 아드님의 따님이시여,

창조물 중 가장 낮고 높으시며

영원한 섭리의 필연적 숙명이십니다. (천국 33.1-3)

  인간 최고의 모범은 가장 겸손하신 성모 마리아이시다. 최
후의 심판관 그리스도에게 직접 기도하는 개신교와 달리 천주
교에서는 하늘의 여왕이신 그리스도의 어머니께 먼저 겸손히
자비를 구한다. 성모 마리아에 대한 헌신과 기도로 알려진 시
토회 수도승 성 베르나르두스가 베아트리체의 요청으로 찾아
와 단테를 위해 기도를 올리자, 순례자는 삼위일체와 일치되
는 체험을 하게 된다. 지상에서 믿던 것을 천상에서 직접 보고
체험한 순례자의 이야기는 여기서 끝난다. 성모 마리아에게
드리는 성 베르나르두스의 기도는 다음과 같이 마친다. 독자
들을 위한 기도로도 이해될 수 있다:

  당신에게 또 기도합니다. 원하시면

  하실 수 있는 여왕님, 그렇게 본 후

  그의 마음을 무사히 보살펴 주소서.

  당신이 그를 인간적 요동으로부터 지켜주소서.

  베아트리체와 저 많은 성인들이 내 기도와 함께

  너를 위해 두 손을 모으는 것을 보아라! (천국 33.33-38)

《희극》번역

하지만 제가 진리의 소심한 친구라면,

이 시대를 고대라고 부를 이들 사이에서의

삶을 잃게 될까 두렵습니다. (천국 17.118-120)

700년이 넘은 이탈리아 시 《희극》은 전세계의 시와 문학에 그리고 예술에 이미 막대한 영향력을 끼쳤고, 시인 자신이 예언한 대로, 아직도 "진실한 삶"을 누리고 있다. 이 책에서 몇 점 소개되는 르네상스 화가 산드로 보티첼리(약 1445~1510)의 미완성된 삽화들과 독일 낭만주의 시인 아우구스트 빌헬름 슐레겔(August Wilhelm Schlegel, 1767~1845)의 미완성된 번역의 예에서 볼 수 있듯이 유럽 전역의 예술과 문화에 남긴 단테의 흔적은 곳곳에서 찾아볼 수 있다. "근대 시의 거룩한 창시자이자 아버지"로 단테를 극찬한 프리드리히 슐레겔(Friedrich Schlegel, 1772~1829)의 말과 같이 근대 이탈리아 그리고 유럽 문학을 이해하기 위해서는 《희극》이 끼친 영향력을 발굴하는 것이 필수적이라고 해도 과언이 아니다. 대서양을 건너 미국에서 《희극》을 처음 완역한 작가는 다름아닌 시인 헨리 롱펠로우(Henry Wadsworth Longfellow, 1807~1882)였다. 시인들이 번역한 이탈리아어 시가 다른 언어의 시에 끼친 영향력을 여기서 일일이 열거하는 것은 불가능하다. 하지만 역자가 《희극》이 그 무엇보다도 시라는 사실을 언제나 염두에 두고, 시적으로 뛰어나고 풍부한 우리말로 옮기기 위해 노력한 점을 지적하고자 한다.

히에로니무스가 번역한 성서와 토마스 아퀴나스의 철학에서 대표적으로 엿볼 수 있듯이, 당시 유럽 전역의 공적인 언어였던 라틴어가 아니라, 망명에서 다시 돌아갈 수 없었던 고향 피렌체에서 어머니로부터 배운 모국어로, 그리고 성서와 철학적 개념을 여인들이 사용하는 (단테, 〈서신〉 13.31) 일상어 속에 자연스럽게 담긴 시적 표현으로 담아내고자 했던 시인의 의도에 따라, 역자는 시인의 말을 해석하고 개념화하지 않고, 우리말 속에 자연스럽게 담긴 시적 표현을 최대한 살리려고 노력했고, 이탈리아어에 못지 않는, 때때로 그것을 뛰어넘는, 우리말의 관용어에 이미 스며들어 있는 시적 우수함을 발견하며 감탄을 금할 수 없었음을 언급하고 싶다. 다른 말에서 찾아볼 수 없이 세분화 되어 있는 우리말의 다양한 존칭어들이 다양한 인간관계를 더 생생히 드러내기도 한다. 같은 베아트리체가 베르길리우스에게 지옥에서 하는 말투와 같은 단테에게 연옥에서 그리고 천국에서 하는 색다른 어감들이 우리말이 지니고 있는 다양한 존칭으로 선명히 표현될 수 있었다.

이탈리아어에 더 자연스러운 11음절(endecasillabo)과 세 시행 끝의 압운(terza rima)을 굳이 적용하지 않아도, 우리말의 자유시 형식 속에서 단테가 즐겨 쓰던 시행 첫머리의 혹은 간혹 끝머리의 압운을 되살리는 시도가 충분히 가능하였다. 한 예를 들어보자.

깨지는 소리에 깬 어머니가

가까이에 붙은 불을 보고,

아들을 붙잡고 뒤도 보지 않고 달리듯이,

자신보다 아들이 더 소중해,

옷도 제대로 입지 못하듯이,

내 길잡이가 나를 즉시 붙잡고, (지옥 23.37-42)

Lo duca mio di sùbito mi prese,

come la madre ch'al romore è desta

e vede presso a sé le fiamme accese,

che prende il figlio e fugge e non s'arresta,

avendo più di lui che di sé cura,

tanto che solo una camiscia vesta; (Inferno 23.37-42)

　　"더할 나위 없이 인자하신 아버지"(연옥 30.50) 베르길리우스가 어머니처럼 단테를 악마에게서 구하는 모습이 시로 표현된 대목이다. "깨지는 소리에 깬(ch'al romore è desta)"과 "가까이에(presso)"가 시행의 첫머리와 중간에서 우리말의 동음 조화를 이루며 반복된 소리로 상황의 급박함을 자연스럽게 표현해 준다. "붙은 불을 보고(vede … le fiamme accese)"의 "ㅂ" 소리는 이탈리아어도 이룰 수 없는 두운법의 법칙을 적용할 수 있게 해준다. "뒤도 보지 않고 달리듯이(fugge e non s'arresta)"는 "멈

추지 않고 도망가듯이"로 글자 그대로 번역될 수 있으나, 우리
말의 관용적 표현인 "뒤도 보지 않고 달리듯이"가 이탈리어의
"그리고(e)"로 연결된 동작의 민첩성을 더 빨리 눈에 들어오게
한다. "내 길잡이가 나를 즉시 붙잡고(42: Lo duca mio di sùbito mi
prese, 37)"는 행동을 알리는 동사가 문장의 끝에 오는 우리말의
자연스러운 어순을 살려 이탈리아어와 정반대로 배치하였다.
"달리듯이(come)" "못하듯이(tanto)"로 끝나는 두 상황에 대한
비유를 마친 후, 우리말이 실제 행동을 동사로 표현하나, 이탈
리아어는 행동을 표현하는 동사를 미리 말한 후, 두 비유적 표
현들을 나열하고 있다. 한 연을 벗어나 두 연으로 한 표현이
팽창된 드문 경우이기도 하다. 역자는 어순이 허락하는 한, 한
연 속에 담긴 한 표현을 한 연 속에서 소화해 내도록 대부분
시도했다. "옷도 제대로 입지 못하듯이(tanto che solo una camiscia
vesta)"도 우리말의 관용적 표현을 시적으로 살린 예이다. "옷
하나만 입듯이"라는 글자 그대로의 번역보다 "옷도 제대로 입
지 못하듯이"가 독자에게 더 빨리 그리고 자연스럽게 다가오
고 이해된다. 아들을 안고 있는 성모상이 제시하듯, 어머니와
아들의 밀착된 관계는 그 어느 문화에서도 찾아볼 수 있고, 그
것을 표현하는 언어도 각기 다른 방식 속에서 가장 일치된 의
미를 지니고 있다. 그 가장 동일한 의미를 이미 일상적으로 사
용되고 있지만 시적으로 우수한 관용적인 표현으로 가장 가깝
고 자연스럽게 다시 담아 내려는 시도 자체가 아주 의미있는
일이라고 역자는 생각한다.

번역 저본

조르조 페트로키(Giorgio Petrocchi)가 편집한 《희극》을 가장 최근 가장 심도있게 해설한 안나 마리아 키아바치 레오나르디(Anna Maria Chiavacci Leonardi)의 해설판을 역자는 가장 충실하게 따랐다:

이탈리아어 원문:

Dante Alighieri. *La "Commedia" secondo l'antica vulgata*. a cura di Giorgio Petrocchi, Firenze, Le Lettere, 1994 (Le Opere di Dante Alighieri. Edizione Nazionale a cura della Società Dantesca Italiana, 7) [Edizione riveduta della Società Dantesca italiana].

안나 마리아 키아바치 레오나르디 해설판

Dante Alighieri. *Inferno*. Edited by Anna Maria Chiavacci Leonardi, Milano: Oscar Mondadori, 1991.

_____.*Purgatorio*. Edited by Anna Maria Chiavacci Leonardi, Milano: Oscar Mondadori, 1994.

_____. *Paradiso*. Edited by Anna Maria Chiavacci Leonardi, Milano: Oscar Mondadori, 1994.

영어 번역 중 미국 최초의 완역인 롱펠로우의 시적 표현과 최근 미국 홀랜더의 해설과 영국 커크패트릭의 해석을 참고했다:

영어 번역: 롱펠로우, 홀랜더, 커크패트릭

Dante Alighier*i*. *Inferno*. Translated by Henry Wadsworth Longfellow, New York: Barnes & Noble Classics, 2003.

_____. *Inferno*. Translated by Robert & Jean Hollander, New York: Doubleday, 2000.

_____. *Purgatorio*. Translated by Henry Wadsworth Longfellow, New York: Barnes & Noble Classics, 2005.

_____. *Purgatorio*. Translated by Robert & Jean Hollander, New York: Doubleday, 2003

_____. *Paradiso*. Translated by Henry Wadsworth Longfellow, New York: Barnes & Noble Classics, 2006.

_____. *Paradiso*. Translated by Robert & Jean Hollander, New York: Anchor Books, 2008.

_____. *Paradiso*. Translated by Robin Kirkpatrick, London: Penguin Books, 2007

한국어 번역:

단테 알리기에리. 신곡. 임명방 옮김, 서울: 동화출판사, 1968.

_____. 신곡. 박상진 옮김, 서울: 민음사, 2007.

_____. 신곡. 김운찬 옮김, 서울: 열린책들, 2022.

한국어 번역의 선두자들이 글자 그대로 미리 깎고 닦아놓은 길이 없었더라면, 역자의 번역은 불가능했을 것이다. 일상어를 뛰어넘어, 근대 이후 새로이 생성된 서양의 철학적 신학적 개념의 한국어 표현을 지속적으로 모색해 내는 데에는 세대를 넘어서는 협력이 필수적이라 역자는 생각한다. 우리 전세대와 후세대의 한가운데에서 《희극》이 작은 횃불이 되길 바랄 뿐이다.

감사의 말

판데믹이 아직 기승을 부리고 있던 2021년 1월에 시작된 《희극》 번역은 2023년 말에 필수적인 해석과 함께 완성되었다. 거의 매일 새벽부터 시작된 번역 작업이 끝난 오후에 함께 산책하며 토론해준 남편 비토리오 회슬레에게 가장 먼저 감사를 드립니다. 2015년에 돌아가시기 직전까지 이탈리아 언어와 문화를 내게 열정적으로 전수해주신 시어머님 카를라 그론다와 2017년 타계하시기 이전에 독일 대학에서 이탈리아 문학을 가르치시던 시아버님 요하네스 회슬레께도 깊은 감사를 드립니다. 2005년 가을학기에 《희극》을 내게 처음 이탈리아어로 가르쳐주신 로마 사피엔자 대학 피에로 보이타니 교수님과 2015년에 미국 노트르담 대학 박사학위를 내게 증여해주신 신학자이자 시인이신 엔 에스텔 교수님과 신학자이자 단테 학자이신 비토리오 몬테마지 교수님께도 감사드립니다. 번역을 반갑게 받아들이시고 열정적으로 교정해 주신 부북스 출판사 신현부 대표님께도 더할 수 없는 감사의 뜻을 표합니다.
세 권으로 출간되는 《희극》 번역을 세 분께 바칩니다.

2024년 가을에 돌아가신 아버님께 가장 먼저 〈지옥〉을 바치고, 1988년 봄에 돌아가신 김응석님께 기도하는 마음으로 〈연옥〉을, 그리고 어머님께 〈천국〉을 바칩니다.

옮긴이 김지언
2025년 1월 인디아나, 노트르담에서

지옥 목차

지옥 15: 동성애: 셋째구렁 2
지옥 16: 동성애: 셋째구렁 2 (게리온)
지옥 17: 고리대금: 셋째 구렁 3 (게리온)

III. 악의
III-I. 악구덩이: 여덟째 둘레
지옥 18: 뚜쟁이, 유혹자: 첫째 악구덩이; 아첨꾼: 둘째 악구덩이 (악마)
지옥 19: 성물매매: 셋째 악구덩이
지옥 20: 점쟁이: 넷째 악구덩이: 성토요일 새벽 6시
지옥 21: 관직매매: 다섯째 악구덩이 (악한 발톱들): 성토요일 아침 7시
지옥 22: 관직매매: 다섯째 악구덩이
지옥 23: 위선자: 여섯째 악구덩이
지옥 24: 도둑놈: 일곱째 악구덩이 (뱀)
지옥 25: 도둑놈: 일곱째 악구덩이 (카쿠스)
지옥 26: 사기꾼: 여덟째 악구덩이
지옥 27: 사기꾼: 여덟째 악구덩이
지옥 28: 이간자: 아홉째 악구덩이 (악마)
지옥 29: 위조자: 열째 악구덩이: 성토요일 오후 1:30
지옥 30: 위조자: 열째 악구덩이

III-II. 배신자: 코키토스: 아홉째 둘레
지옥 31: (거인들)
지옥 32: 친족에게: 카이나, 정치적: 안테노라
지옥 33: 안테노라, 손님에게: 프톨레메오
지옥 34: 주인에게: 주데카 (루키페르): 성토요일 저녁

지옥

지옥1곡 목차

지옥 1곡

1   우리 인생길 한가운데에서[002]
      올바른 길을 잃은 내가
      어두운 숲속에서 헤매고 있었다.

4   아, 생각만 해도 다시 끔찍해지는,[003]
      사납고 거칠고 거센 그 숲을
      말로 하기가 얼마나 힘든 일인가!

7   죽음보다 조금 못할 만큼 쓰나,
      거기에서 내가 찾은 선에 대해 쓰려고,
      내가 본 다른 것들에[004] 대해 말하려고 한다.

---

002 "우리 인생은 칠십 년(dies annorum nostrorum in ipsis septuaginta anni)"
     (시편 90.10; Psalmus 89.10)이라는 성서의 말에 따라, 삼십오 세인 단테
     (1265~1321)는 인생길 한가운데에 있다. 교황 보니파티우스(Bonifatius)
     8세(재위: 1294~1303)가 신자들의 죄를 사면하고 새로운 삶을 축복하는
     천주교 최초의 희년(禧年)으로 선포한 1300년에, 삼십오 세의 단테가 지상
     의 로마 대신 천상의 하느님을 향한 순례를 시작한다. "생의 한가운데에서
     지옥의 문으로 가야 할 것이다(ego dixi In dimidio dierum meorum vadam
     ad portas inferi)"(이사야 38.10)라는 성서의 말에 따라, 그리스도가 돌아
     가신 성금요일에 지옥의 순례가 시작된다.

003 올바른 길을 잃은 자신을 알고 생기는 두려움(paura)이 올바른 길로 되돌
     아가는 길의 시작이다.

004 선과 다른 악덕들.

10　내가 어찌 거기에 빠져들었는지 잘 모른다.
　　그 깊은 잠에[005] 취했던 순간
　　나는 참된 길을 저버렸다.

13　그러나 내 가슴을 두려움으로 찌르던
　　그 계곡이 끝나는 곳에서,
　　한 언덕 발치에 내가 이르자,

16　나는 위를 바라 보았고, 언덕의 어깨들이
　　사람의 모든 길을 바로 이끄는
　　행성의 빛들로 벌써 입혀진 것을 보았다.[006]

19　그러자 고통으로 지새운 밤을 견디며
　　내 가슴 속에 고여있던
　　두려움이 조금 수그러 들었다.

22　바다 밖 해안으로 나와
　　가쁜 숨을 몰아 쉬며

---

005 하느님을 잊고 죄를 짓는 정신 상태.

006 죄책감으로 시달리던 "눈물의 계곡(valle lacrimarum)"(시편 84.6; Psalmus 83.7)에서 인간 스스로의 지성과 도덕으로 언덕의 발치로 나올 수 있다. 하느님을 상징하는 해(행성)가 비치는 언덕 높이(어깨)를 바라보는 순례자는 "하느님의 산을 오르는(qui ascendet in montem Domini?)"(시편 24.3; Psalmus 23.3) 희망을 시작한다. 지옥(계곡), 연옥(언덕), 천국(해)으로의 여정이 암시되어 있다.

위험한 물을 돌아보는 사람처럼,

25   아직 도망치던 내 정신은,
        사람을 절대 살려두지 않는[007]
        그 길을 뒤로 돌아 다시 보았다.

28   잠시 쉬고 난 지친 내 몸으로
        다시 모래 사막길을 올라가니
        자꾸만 더 아래에서 발길이 멈추었다.[008]

31   겨우 오르막길을 시작하려 하자,[009]
        점 박힌 가죽으로 덮힌
        아주 날렵한 표범 한 마리가 나타났다.[010]

34   내 얼굴 앞에서 떠나지 않고,
        내 걸음을 오히려 그렇게 방해하여,
        내가 되돌아가려고 여러 번 돌아섰다.

---

007 항상 사람의 삶을 잃게 만드는 죄.
008 아랫 세상에 미련을 두는 발(애착을 상징하는 왼발)이 위로 올라가는 다른
     발(이성을 상징하는 오른발)을 점점 더 뒤로 처지게 만들었다.
009 해변의 모래사막을 마치고 언덕을 오르려 하자.
010 "사자가 숲에서 뛰어나와 사람들을 물어 죽입니다. 벌판을 쏘다니던 늑대
     가 덤벼들고 표범이 성읍 밖에서 노리다가 나오는 사람을 모두 잡아갑니
     다"(예레미야 5.6); "육신의 욕심과 눈의 욕심과 교만"(요한 1서 2.16).
     정욕(표범), 탐욕(암늑대), 교만(사자)의 세 가지 죄를 상징하는 세 짐승
     들 중 첫 번째이다.

37   아침이 시작될 무렵이었다.[011]
      하느님의 사랑이 처음으로
      그 아름다운 것들을 움직이셨을 때

40   함께 있던 해와 별들이 떠오르니,
      때와 시간과 감미로운 계절이,[012]
      그 얼룩진 털 짐승에도 불구하고,

43   선을 내가 희망하는 원인이 되었다.
      하지만 내게 나타난 사자의 모습이
      내게 두려움을 안겨주지 않은 것은 아니었다.

46   높이 쳐든 머리와 난폭한 허기로
      사자가 내게 맞서 오는 듯하여,
      사방의 공기가 떠는 듯하였다.

49   게다가, 벌써 많은 사람들을 비참하게
      살게했고, 말라빠진 허기를 모든 욕심들로
      채운 듯한 한 암늑대가

52   그 모습에서 나오는 두려움으로
      나를 너무나 무겁게 짓눌러 나는

---

011 삶이 시작되는 아직 어린 시절이었다.
012 하느님이 세상을 창조하시던, 해와 양자리가 함께 떠오르는 봄의 아침.

높은 곳을 향하는 희망을 잃어버리고 말았다.

55   기꺼이 얻다가,
      잃을 때가 되면,
      그 생각만으로 울고 슬퍼하는 사람처럼,

58   평화를 모르는 그 짐승이 나를 만들어,
      내게 다가오며 조금씩 조금씩
      해가 침묵하는 곳으로 나를 밀어 몰았다.

61   내가 아래로 무너질 때,
      내 눈앞에 오래된 침묵으로
      바래진 사람의 모습이 보내져[013] 있었다.

64   황량한 사막 속에서 그를 내가 보자,
      "저를 불쌍히 여기소서"[014]라고 그에게 외쳤다.
      "당신이 영혼이든 진정 사람이든!"

---

013 "offerto"는 청하기도 전에 보내진, 자비로움에서 비롯된 것이다.
014 속죄를 비는 다윗의 기도: "Miserere mei (di me)" (Psalmus 50:3; 시
     편 51.1). 단테가 라틴어로 아는 중세 성서(Vulgata)는 그리스어 번역
     (Septuagint)에서 번역되어, 헤브라이어에서 직접 번역된 현대 성서가 사용
     하는 시편 번호와 항상 일치하지 않는다.

67   그가 내게 답했다. "사람이 아니라, 나는
전에 사람이었고, 내 부모님은 롬바르디아인,
만토바가 두 분의 고향이었다.

70   율리우스 아래, 늦게나마,[015] 내가 태어났고,
그릇되고 거짓된 신들의 시대 속에서[016]
선한 아우구스투스[017] 치하에 로마에서 살았다.

73   나는 시인이었다. 오만한 일리온이 불탄 후,
트로이에서 온 안키세스의
그 의로운 아들에 대해 노래했다.[018]

76   그런데 넌 왜 그 큰 고통으로 되돌아 가느냐?
왜 모든 기쁨의 시작과 원인인
행복의 산을 오르지 않느냐?"

79   "진정 당신이 말의 거대한 강물을 뿜어내는

---

015   율리우스 카이사르(Gaius Julius Caesar, 기원전 100~44)가 피살될 당시,
베르길리우스(Publius Vergilius Maro, 기원전 70~19)는 아직 26세의 젊
은 나이였다.

016   예수가 세상에 오기 전, 기원전 19년에 베르길리우스는 사망하였다.

017   아우구스투스 황제(Caesar Augustus, 재위: 기원전 27~기원후 14).

018   트로이에서 온 아이네아스(Aeneas)의 로마 건국 신화를 로마 첫 황제 아
우구스투스를 위해 로마 시인 베르길리우스가 운문으로 옮긴 서사시,《아
이네이스(Aeneis)》.

그 원천인 베르길리우스이십니까?"
부끄러운 이마로 내가 그에게 대답했다.

82   "아, 다른 시인들의 영광이요 빛이시여,
      당신의 고전을 탐구하던 내 오랜 공부와
      커다란 사랑으로 저를 알아주십시오.

85   당신이 내 스승이고 내 저자입니다.
      당신에게서만 제게 영광을 안겨준
      그 아름다운 형식을 따내었습니다.

88   저를 돌아세운 저 짐승을 보십시오.
      저명한 현인이시여, 내 핏줄과 맥박을
      떨게 하는 저것에서 저를 구해주십시오."

91   우는 나를 보고 그가 답했다.
      "이 사나운 곳에서 벗어나려면,
      다른 길을 택해야 한다.[019]

94   너를 소리치게 하는 이 짐승은
      자기의 길을 지나치게 아무도 놔두지 않고,
      가로막다 죽여 버리기 때문이다.

---

019 악을 알고 (지옥) 죄를 씻고 (연옥) 다른 세상의 영원한 행복(천국)에 닿
     아야 한다.

97   본성이 사악하고 추잡하여,
       욕심이 절대 채워지지 않고,
       먹고 나면 전보다 더 배고파 한다.

100   그 짐승과 결합한 동물들이 많다.
       그리고 그것을 고통스럽게 죽게 만들
       사냥개가 올 때까지 아직 더 많을 것이다.

103   사냥개는 부와 영토가 아니라,
       지혜와 사랑과 덕을[020] 먹을 것이며
       그 나라가 펠트로와 펠트로 사이에 있을 것이다.[021]

106   사냥개가 동정녀 카밀라, 에우리알루스,
       투르누스 그리고 니수스가 헌신했으나[022]
       천박해진 이탈리아를 구할 것이다.

109   사냥개는, 시초의 시기가[023] 내보낸
       지옥 속으로 다시 보낼 때까지,
       도처에서 짐승을 쫓아낼 것이다.

---

020 성부(덕 혹은 힘), 성자(지혜), 성령(사랑).
021 지상의 한 곳을 잇는 온 세상 혹은 지상에 존재하지 않는 저세상. 최고의
     권위인 황제와 하느님의 땅과 하늘.
022 로마 건국을 위한 전쟁에서 희생한 라티움(Latium)과 트로이 양쪽의 전
     우들과 전사들.
023 이브를 유혹한 악마의 최초의 악덕은 시기심이었다.

112   그래서 내가 생각하고 판단하니,
      여기에서 영원한 곳으로[024] 너를 이끌고
      인도할 나를 따르는 것이 네게 더 나을 것이다.

115   거기서 너는 절망의 절규를 들을 것이다.
      고통 속에 빠진 태고의 영혼들을 볼 것이다.
      두 번째의 죽음을[025] 모두 외치는 것이다.

118   불 속에서 만족하는 이들을 볼 것이다.
      때가 되면 축복 받는 이들에게 갈 것을
      희망하기 때문이다.[026]

121   축복 받은 이들에게 네가 오르려 하면,[027]
      나보다 더 존엄한 영혼과 함께
      너를 두고 나는 떠날 것이다.[028]

---

024   정해진 시간 후에 마치는 참회의 연옥과 달리 영원히 벌받는 지옥.
025   몸을 떠난 (첫 번째 죽음) 영혼이 받는 벌.
026   천국을 향해 정제하는 연옥의 영혼들.
027   지옥과 연옥의 필수적인 순례를 마치고, 순례자의 자유의지로 오르는 천국.
028   베르길리우스가 상징하는 인간 스스로 성취할 수 있는 미덕을 넘어서는 하
      느님의 빛을 상징하는 베아트리체의 도움으로 오를 수 있는 천국.

124 저 위에서 다스리시는 황제께서
자신의 법을 거스렸던 내가[029]
자신의 도시 안으로 들어오길 원치 않으시기 때문이다.

127 모든 곳에서 군림하시고 그곳에서 다스리신다.
그곳에 그분의 도시와 고귀한 옥좌가 있다.
오, 그곳에 선택된 행복한 이들이여!"

130 그리고 내가 그에게, "시인이시여, 당신이 모르셨던
하느님의 이름으로 저를 이 악에서
구해주시기를 바랍니다.

133 당신이 방금 말하신 그곳으로 저를 이끄시어,
성 베드로의 문과[030] 그토록 고통받는 자들을
제가 볼 수 있게 해주십시오."

136 그러자 그가 움직였고, 나는 그의 뒤를 따랐다.

---

029 "하여서가 아니라 하지 않아서"(연옥 7.25) 즉, 죄를 지어서가 아니라, "늦
게 알려진/ 그 높은 해를" 보지 못했기 때문에, 즉 하느님을 알지 못했기 때
문이라고 베르길리우스가 연옥에서 설명한다.

030 천사가 베드로에게서 받은 두 열쇠로 연옥의 문을 연다(연옥 9.117-132).

지옥 2곡 목차

지옥 2곡

1   날이 저물어 어두워진 대기가
    지상의 생명들로부터 그들의 고달픔을
    덜어주고 있었을 때, 나는 홀로

4   여정과 연민의 전쟁을 치를
    준비를 하고 있었다. 오류 없는
    기억이 그 전쟁을 다시 그려낼 것이다.

7   오, 뮤즈들이여, 오, 고귀한 재능이여, 이제
    나를 도우소서. 오, 내가 본 것을 적어 놓은
    기억이여, 여기서 네가 온전히 드러날 것이다.[031]

10 내가 시작했다. "나를 인도하시는 시인이여,
    고난의 길로 나를 믿고 받아들이기 전에,
    내게 그럴 힘이 있는지 살펴보십시오.

---

031 단테 《희극(Commedia)》 전체의 입문(지옥 1곡)을 마치고 시작하는 〈지
     옥〉의 입문(지옥 2곡)에서 시인이 청하는 세 가지 도움: 서사시, 역사, 음
     악, 희극과 전원시, 비극, 춤, 서정시, 찬가, 천문학의 지식을 가진 아홉 뮤
     즈들; 시를 쓰는 시인의 모든 재능(고귀한 재능); 시의 소재를 위한 시인
     의 기억력.

13   실비우스의 아버지가, 아직 필멸자로,
        불멸의 세상을 가서 보았다고
        당신이 말합니다.[032]

16   그러나, 그가 누구였고 어떤 이였는지와 그로부터
        나와야 했던 고귀한 결과를 고려하면서, 그에게
        모든 악의 적이[033] 자비로우셨다면,

19   이해할 수 있는 사람에게 이상하게 보이지 않습니다.
        위대한 로마와 그 제국의 아버지로서
        청화천에서[034] 그가 선택되었기 때문입니다.

22   진실을 말하자면, 로마와 그 제국은
        성 베드로의 후계자가[035] 자리하는
        신성한 곳으로서 세워졌습니다.

---

032 알바 롱가(Alba Longa)의 왕 실비우스(Silvius)의 아버지 아이네아스는 미
     래의 로마 황제 아우구스투스에 대한 예언을 듣기 위해 살아서 (필멸자로)
     죽은 (불멸의) 아버지 안키세스의 망령을 보러간다고 베르길리우스가 《아
     이네이스》 6권에서 말한다.
033 하느님.
034 하느님이 있는 가장 높은 하늘.
035 교황.

25 그에게 당신이 영광을 주신 여정에서
    그의 승리와 교황복의 원인들을
    그가 이해했습니다.[036]

28 그 후 그곳에 선택된 그릇이 가서,[037]
    구원의 길의 시작인 믿음에
    확신을 들고 왔습니다.

31 그런데 그곳에 왜 내가 갑니까? 누구의 허락입니까?
    나는 아이네아스도 바오로도 아닙니다.
    내가 그럴만 하다고 나도 아무도 믿지 않습니다.

34 그래서 내가 무심코 간다면,
    가는 것이 무모하지 않을까 두렵습니다.
    현인이시니 내 말못하는 사정을 더 잘 아십니다."

37 하려던 것을 하지 않으려 하고,
    의도한 것을 생각이 변해 바꾸어,
    시작한 것을 모두 포기하는 사람같이,

---

036 지상의 정신적 (교황) 정치적 (황제) 중심이 될 로마를 세우기 전에, 베르
     길리우스의 《아이네이스》에서 지하의 세상을 다녀온 아이네아스.

037 "선택된 그릇"("vas electionis": 사도행전 9.15)인 성 바오로는 셋째 하늘까
     지 올라갔다(2고린토 12.2).

40   그 어두운 산기슭에서 내가 그랬다.
     그렇게 서둘러 시작한 일을 생각하며
     내가 겁을 집어먹고 있었기 때문이다.

43   넓은 마음의 영혼이 답했다.
     "네 말을 내가 잘 이해했다면,
     좁은 마음이 네 영혼을 사로잡고 있구나.

46   잘못 보고 짐승이 움츠리듯,
     옹졸함은 매번 사람에게 걸림돌이 되어
     명예로운 일에서 되돌아서게 한다.

49   이 두려움에서 너를 풀어주기 위해,
     왜 내가 왔고, 내가 너를 가엾게 여긴 첫 순간에
     무엇을 들었는지 네게 말해 주겠다.

52   내가 유예된 이들 사이에[038] 있을 때,
     복되고 아름다운 여인이 나를 불러서,
     내게 명할 것을 내가 간청했다.

55   그녀의 눈들이 별보다 더 반짝였고,
     은은하고 잔잔한 천사의 목소리로
     그녀의 이야기를 내게 시작했다.

---

038   림보.

58   "오, 만토바의 관대한 영혼이여,
      그 명성이 아직 세상에 이어지고,
      세상이 긴 만큼 이어질 것이에요.

61   행운보다[039] 나를 더 사랑하는 그가,
      사막을 걷다 길이 막혀,
      무서움에 되돌아섰어요.

64   하늘에서 그에 대해 들은 바로,
      그가 이미 길을 너무 벗어나, 그를 도우려고
      내가 늦게 일어난 것이 아닌지 염려돼요.

67   어서 가서, 그대의 아름다운 말과
      그가 빠져 나오는 데 필요한 것으로
      그를 도와 나를 달래주세요.

70   그대를 가게 하는 내가 베아트리체예요.
      돌아가고픈 곳에서[040] 내가 왔어요.
      내가 말하게 하는 사랑이[041] 나를 움직였어요.

73   내 주님 앞에 내가 있을 때,

---

039   세상에서 변하는 행운 또는 운.
040   하늘.
041   하느님의 사랑.

그분께 내가 그대를 자주 찬양하겠어요."
그녀가 침묵하자 내가 시작했다.

76   "오, 미덕의 여인이여, 오직 그대에 의해서만,
      가장 작은 원들을 그리는 하늘 아래[042]
      담겨있는 모든 것을 인류가 초월합니다.

79   감사할 뿐인 그대의 명을
      벌써 따랐다 해도 내게 늦습니다.
      그대가 원하는 것만으로도 나는 족합니다.[043]

82   그러나 그대가 돌아가길 열망하는
      그 넓은 곳에서 이 아래 가운데로[044] 내려오길
      마다하지 않은 이유를 말해 주십시오."

85   그녀가 내게 대답했다. "그런 내면까지
      그대가 알고자 하니, 왜 내가 이 안으로
      오길 꺼리지 않는지 짧게 말할게요.

---

042 중세 우주관의 중심인 지구 가장 가까이에서 가장 작은 원들을 그리며 도
     는 달 아래 지상.
043 베르길리우스의 찬양 없이도.
044 청화천에서 지하 중심에 있는 지옥으로.

88   남을 해할 힘이 있는 것들만
        두려워하기 마련이지요. 다른 것들은
        두려움을 불러 일으키지 않아요.

91   하느님과 그의 은총이 빚어낸 나를
        그대들의 불행이 건드릴 수 없고,
        이 타오르는 불꽃이 해칠 수 없어요.[045]

94   하늘에 계신 자비로운 여인께서
        내가 그대를 보내는 이 난관을 동정하시어,
        저 위의 엄중한 판결도 번복하세요.[046]

97   이 여인께서 루치아를 불러,
        '너에게 충실한 이가 너를 필요로 하니,
        너에게 그를 맡긴다' 라고 말씀하셨어요.[047]

100   모든 무자비의 적인[048] 루치아가

---

045 성서의 말이다: "올바른 이들의 영혼은 하느님 손 안에 있어 죽음의 고통
     이 손댈 수 없다" (지혜서 3.1); "불 속을 걸어도, 불에 타지 않을 것이다"
     (이사야 43.2). 축복 받은 베아트리체를 지옥의 벌과 불이 해칠 수 없다.
046 자비로운 어머니 마리아가 그리스도의 심판을 유일하게 번복할 수 있다.
047 "빛"(luce)을 뜻하는 이름의 성녀 루치아(283-304)는 눈의 수호자로 인간
     정신의 눈을 은총으로 밝히는 역할을 한다 ("루치아는 너의 눈이 몰락으
     로/ 빠질 때 너의 여인을 움직였다: 천국 32.136-137).
048 언제나 자비로운.

움직였고,[049] 선조이신 라헬과[050]

내가 앉아 있는 곳으로 왔어요.[051]

103   그녀가 말했어요. '하느님의 참다운 찬미,

베아트리체여, 당신을 사랑하여 당신을 위해

속세의 무리에서 벗어난 그를 왜 돕지 않으세요?[052]

106   그의 가련한 울음 소리가 들리지 않으세요?

바다가 무색할 정도로 부풀은 강 위에서

그가 고전하고 있는 죽음이 보이지 않으세요?'

109   그 말이 떨어지자마자, 세상에서 아무도

나보다 더 빨리 그들을 이롭게 하려거나

그들에게 해로운 것에서 도망치지 않았을 만큼,

---

049   천국에서 루치아는 아담 맞은편에 앉아있다 (천국 32.137-138).

050   창세기 29:16 이하 참조. 라반의 큰딸 레아를 얻기 위해 야곱은 칠 년을, 작은딸 라헬을 얻기 위해 또 칠 년을 일한다. 풍만한 레아는 인간의 실행하는 삶을, 아름다운 라헬은 명상하는 삶을 상징하는 것으로 해석되었다 ("하지만 내 동생 라헬은 자기 거울에서/ 결코 떠나지 않고 하루 종일 앉아 있어요": 연옥 27.104-105).

051   천국에서 단테를 신학으로 이끄는 베아트리체도 라헬과 함께 명상하는 자리에 앉아 있다 (천국 32.8-9).

052   단테가 베아트리체를 "그 어떤 여인과도 다른 여인에게 마땅한 말로" (단테,《새로운 삶》42.1-2) 참답게 찬미하기 위해 속세의 시에서 벗어나 새로운 시를 추구한다.

112   내 축복 받은 자리에서 이 아래로 와서,
       그대와 그것을 들은 이들을 영광스럽게 하는
       그대의 바른 말들에 내가 부탁해요."

115   이 말을 내게 한 그녀는
       울면서 그녀의 빛나는 눈을 돌려,[053]
       나를 더 서둘러 오게 만들었다.

118   그리고 그녀가 바라는 대로 내가 네게 왔다.
       아름다운 산으로 가는 지름길을 네게서 앗아간
       그 짐승 앞에서 너를 구했다.

121   그런데, 무슨 일인가? 왜, 왜 주저앉느냐,
       왜 마음에 그렇게 겁이 많으냐,
       왜 용기와 자신이 없느냐,

124   하늘의 궁정에서 그렇게 축복받은
       세 여인들이 너를 보살피고, 그렇게 많은
       선을 내 말로 네게 약속한 후에?"

127   밤의 찬 기운에 수그리고 오그리는
       꽃들이, 해가 비치자,

꽃대 위로 활짝 피어 오르는 것처럼,

130 힘없이 시들어진 내가 그렇게 되었다.
커다란 열기가 가슴 속에 들어차,
자유로워진 사람처럼 내가 입을 열었다.

133 "아, 나를 구하신 그녀는 자비로우시며,
당신께 한 그녀의 진실한 말들에
주저없이 순종하신 당신은 너그러우십니다!

136 당신의 말들이 내 마음을 가고자 하는
소망으로 가득 채워, 처음 의도한 데로
내가 되돌아 왔습니다.

139 이제 가십시오. 우리 둘의 소망은 오직 하나입니다.
당신이 길잡이요, 선두자요, 스승입니다."
그렇게 내가 말했고, 그가 움직이자,

142 깊은 숲속의 길로 내가 들어갔다.

지옥 3곡 목차

지옥 3곡

1   '나를 지나 고난의 도시로 간다.
     나를 지나 영원한 고통 속으로 들어간다.
     나를 지나 잃은 자들 사이로 간다.

4   정의가 내 고귀한 조물주를 움직였다.
     하느님의 힘과 최고의 지혜와
     최초의 사랑이 나를 만들었다.[054]

7   나 이전에 창조된 것들은 영원하지 않으면
     존재하지 않았고, 나는 영원히 지속한다.[055]
     들어오는 자들은 모든 희망을 버려라.'

10   이런 말이 어떤 문 꼭대기에
     어두운 색으로 쓰여 있는 것을 본
     내가, "스승님, 이 뜻을 이해하기 힘듭니다."

---

054 성부(힘), 성자(지혜), 성령(사랑)의 삼위일체.

055 하느님이 처음 직접 창조한 천사들, 하늘들, 원소적 물질들은 불멸한다 (
     천국 7.67-69). 창조된 후 스물을 세기도 전에 일부 천사들이 땅에 떨어
     져 (천국 29.49-51) 지옥이 생겼다. 필멸하는 지상의 모든 것들은 그 후
     에 만들어졌다.

13   그리고 이해한 그가 내게,
      "여기에서 모든 의심을 버려야 한다.
      여기에서 모든 두려움이 사라져야 한다.[056]

16   내가 말한 그곳에 우리가 왔다.
      지성의 선을[057] 잃고 고통에 빠진
      사람들을 네가 볼 것이다."

19   그리고 반기는 표정으로 그의 손을
      내 손에 놓고 나를 달랜 후,
      숨겨진 곳 속으로 나를 데려갔다.

22   한숨과 통곡과 다른 비명 소리들이 거기서
      별 없는 대기를 뚫고 퍼지고 있어서,
      나도 울기 시작했다.

25   서로 다른 언어들, 끔찍한 이야기들,
      상처난 말들, 분노된 말투들,
      찢어지고 꺼지는 목소리들과, 손으로 치는 소리들이

28   시도 때도 없이 항상 까맣게 물든
      대기를 돌며, 모래 소용돌이처럼,

---

056 불안해하고 주저하지 마라.
057 하느님.

소동치고 있었다.

31   무서움에 머리를 감싸며 내가 말했다.
    "스승님, 내게 들리는 이것이 무엇입니까?
    고통 속에 빠져 보이는 저들이 누구입니까?"

34   그리고 그가 내게, "치욕도 명예도 없이
    산 자들의 슬픈 영혼들이 이렇게
    비참한 방식으로 방치된다.

37   하느님께 충실하지도 반항하지도 않았고
    홀로 비겁했던 천사들의 무리에
    저자들이 섞여있다.

40   덜 아름답지 않기 위해 하늘이 차내고,
    죄인들을 영광스럽게 하지 않기 위해
    그들을 깊은 지옥도 받지 않는다."

43   그리고 내가, "스승님, 무엇이 그렇게 힘들어
    그들이 그렇게 심하게 한탄합니까?"
    그가 대답했다. "아주 간단히 말하겠다.

46   그들은 죽을 희망도 없다.
      그들의 눈먼 삶이 너무나 비천해,
      다른 모든 운명들을 부러워한다.

49   세상에 남은 이름도 없다.
      자비도 정의도 그들을 무시한다.
      말하지 말고, 보고 지나가거라.”

52   그리고 다시 바라본 나는 한 깃발이
      한 숨도 쉴 틈 없을 만큼 돌면서,
      몹시 급하게 달리는 것을 보았다.

55   그 뒤로 늘어진 긴 줄의 사람들이 오고 있었다.[058]
      죽음이 그 많은 사람들을 없앴다는 것을
      내가 믿지 않았을 것이다.

58   몇몇을 다시 알아보고 나자,
      비겁하여 거대한 거절을 한
      그자의 영혼을 내가 보고 알았다.[059]

---

058 용기 없이 비겁하고 비굴했던 생의 죄를 갚기 위해, 선택한 한 깃발을 따
     라 뛰어다니는 벌을 영원히 받고 있다. 우유부단함의 죄에 반한(contra) 단
     호함으로 단테의 지옥이 적용하는 벌인 “콘트라파소”(contrapasso)를 죄인
     들이 실행하고 있다.

059 단테가 알아보는 지옥의 첫 죄인인 교황 첼레스티누스(Caelestinus) 5세(
     재위: 1294)는 즉위한 몇 달 후 교황 보니파티우스 8세(재위: 1294~1303)

61   하느님에게도, 그의 적들에게도 불쾌한
      비굴한 자들의 떼인 것을
      한번에 이해하고 확인했다.

64   한 번 살지도 않았던 이 하찮은 것들은
      벌거벗고 있었고, 거기 있던
      쇠파리와 말벌들에게 자꾸 뜯기고 있었다.

67   얼굴을 일구어낸 피는
      눈물과 범벅이 되어, 발 밑에서
      더러운 벌레들에 의해 수확되었다.

70   그리고 그 너머를 바라보던 내가,
      큰 강가에 있는 사람들을 보고
      말했다. "스승님, 희미한 빛 속에서

73   내가 분별하는 저들이 어떤 자들이고,
      어떤 관습이 저들을 지나가려고 저리도
      애태우게 만드는지 내게 알려 주십시오."

에게 자리를 내주며 임무를 마다한 인물로 등장한다.

76   그리고 그가 내게, "아케론의⁰⁶⁰ 슬픈 강변에
      우리의 발걸음이 멈추게 되면,
      너에게 사실들이 밝혀질 것이다."

79   그래서 부끄러운 눈을 내리고,
      말이 많을까 염려하여,
      강까지 말을 삼갔다.

82   그러자 우리를 향해 배를 타고,
      태고의 백발을 한 노인이⁰⁶¹ 오며
      소리쳤다. "각오하라, 악한 영혼들아!

85   하늘을 보기를 절대 희망하지 마라.
      영원한 암흑 속에서 뜨겁고 얼어 붙은
      저 다른 강변으로 너희를 이끌려고 내가 온다.

88   그리고 거기 있는 너, 살아있는 영혼아,
      죽은 자들로부터 떨어져라."
      그러나 떨어지지 않는 나를 보고

91   그가 말했다. "다른 길로, 다른 항구들을 통해,
      여기가 아닌 강가에서 너는 건너갈 것이다.

---

060 지상과 지옥의 경계인 아케론 강.
061 아케론 강의 사공 카론.

더 가벼운 배가 너를 태우고 가야한다."[062]

94   그리고 길잡이가 그에게, "카론아, 노하지 마라.
      하려는 것을 할 수 있는 저곳에서
      하려한다.[063] 더 이상 묻지 마라."

97   그러자 눈가에 동그랗게 불을 켰던,
      검푸른 늪의 사공의 뺨이
      털로 덮힌채 조용해졌다.

100   그러나 지치고 벌거벗은 영혼들은
      그 적나라한 말들을 듣자,
      창백해진 채 치를 떨었다.

103   신과 부모와 인류와
      그들의 잉태와 탄생의
      장소와 시간과 씨를 모독했다.

106   하느님을 두려워하지 않는 모든 자들을 기다리는
      사악한 강가로 모두가 함께
      울부짖으며 내려갔다.

---

062 구원된 영혼들은 테베레 (연옥 2.100) 강어귀에서 연옥의 해변까지 (다른
     항구들) 천사가 태우는 가벼운 배를 (연옥 2.41) 타고 간다.
063 전능한 하느님의 뜻이다.

109 악마 카론은 이글거리는 눈짓으로
모두를 모았고, 꾸물거리는 자는
노로 후려쳤다.

112 가을에 하나씩 하나씩,
앙상한 가지가 벗은 모든 잎들이
땅 위에 떨어지듯이,

115 지시에 따라 한 명씩 한 명씩,
아담의 악한 씨앗이, 다시 불린 새처럼,[064]
강둑에서 뛰어내렸다.

118 그렇게 검은 파도를 타고 그들이 가고,
저편에 내리기도 전에,
이편에 또 새로운 무리가 생긴다.

121 내 너그러운 스승님이 말하셨다. "내 아들아,
하느님의 노여움 속에 죽은 자들은
모두 도처에서 이곳으로 모인다.

124 하느님의 정의가 그들의 두려움을
욕망으로 돌려, 고양된 그들이

---

064 사냥하던 새를 주인인 사냥꾼이 다시 부르는 새.

강을 건너려고 달려온다.

127   선한 영혼은 절대 이곳을 지나지 않는다.
       그러니, 카론의 불평 소리가
       무엇을 의미하는지 이제 네가 잘 알 수 있다."⁰⁶⁵

130   이 말이 끝나자, 그 어두운 대지가
       너무나 심하게 흔들려서, 생각만 해도
       무서워 지금도 식은 땀에 범벅이 된다.

133   눈물에 젖은 땅이 바람을 일으켰고,
       한 붉은빛이 번쩍하여⁰⁶⁶
       모든 내 감각을 압도하여,

136   잠에 취한 사람처럼 나는 쓰러졌다.⁰⁶⁷

---

065 하느님의 은총으로 지옥을 벗어나 하늘로 향하는 순례자를 의미한다.

066 아리스토텔레스를 따라, 지하의 수증기와 바람이 지진의 원인이라 믿었고
     ("땅 속에 숨은 바람 때문인지 내가 모르나,/ 아마 더 아래는 다소 떨리나":
     연옥 21.55-56), 수증기가 말라 번개가 된다고 생각했다. 순례자를 압도하
     는 초인적인 경험을 암시한다.

067 죽은 자들과 아케론을 함께 건너지 않고, 살아서 환상적 잠에 취해 지옥
     으로 들어가는 단테.

지옥 4곡 목차 (첫 둘레: 림보)

지옥 4곡

1   무거운 천둥소리가 머리속의 깊은 잠을
    깨워 억지로 깨워진 사람처럼
    내가 흔들렸다.

4   잠시 붙였던 눈을 바로 떠,
    주변을 두리번거리다, 내가 있던 곳을
    알아채려고 똑바로 쳐다보았다.

7   참으로 내가 그 깊은 고통의 골짜기
    끝에 와 있었다. 끝없는 비탄의
    소리가 주변을 메우고 있었다.

10 칠흑같이 깊게 낀 안개로,
    아무리 보려고 들여다보아도
    아무것도 분별하지 못했다.

13 "이제 이 아래 눈먼 세상으로 내려가자."
    창백한 시인이 시작했다.
    "내가 첫 번째로, 그리고 너는 두 번째로."

16   얼굴색을 알아본 내가 말했다.
      "내 의심을 달래주던 당신께서
      두려워하시면 내가 어떻게 갑니까?"

19   "이 아래 사람들의 고난이
      내 얼굴 속에 그린 연민을
      네가 두려움으로 보는구나.

22   가자, 먼 길이 우리를 재촉한다."
      그렇게 그 심연을 둘러싼 첫 둘레로
      그가 가서 나도 들어갔다.

25   여기서 영원한 대기를 떨게하며
      들려오는 것은 울음보다
      탄식의 소리였다.

28   수많은 남, 녀, 아이들의 큰 군중들이
      수난없이 겪는 고통에서
      나오고 있었다.

31   너그러우신 스승님이 내게, "네가 보는
      이 혼들이 누구인지 묻지 않느냐?
      가기 전에 네가 알았으면 한다.

34   죄를 짓지 않았고, 덕을 쌓았으나,
       네가 믿는 신앙의 문인
       세례를 받지 않아 부족했거나,

37   그리스도교 이전에 살며,
       하느님을 제대로 섬기지 않았다.
       그리고 그들 중 하나가 바로 나이다.

40   다른 잘못이 아니라, 그런 결점으로
       헤매는 우리는 희망 없는
       욕망 속에 살며 괴로워한다.”

43   내가 알던 많은 덕인들이
       이 림보에 유예된 것을 알자,
       커다란 슬픔이 내 가슴을 메웠다.

46   “내 주인이신 스승님, 말해 주십시오.”
       온갖 오류를 굴복시키는 그 신앙을[068]
       확신하려는 내가 시작했다.

49   “자신이나 다른 사람의 덕으로 여기서 나가서
       혹 후에 축복 받은 사람이 있습니까?”
       내 숨은 뜻을 헤아린 그가

068   그리스도교.

52   대답했다. "내가 이곳에 새로이 왔을 때,
             승리의 왕관을 쓰고 이곳에 오신
             권능하신 분을 내가 보았다.[069]

55   최초의 아버지와[070] 그의 아들 아벨,
             노아와, 법을 세우고 순종한 모세의
             영혼을 여기에서 끌어내셨다.

58   아브라함 족장과 다윗 왕,
             이스라엘을[071] 그의 아버지와 아들들과,[072]
             그가 그녀를 위해 참으로 애썼던 라헬,[073]

61   그리고 다른 많은 이들을 복되게 하셨다.
             이들 이전에 인간의 영혼이 구원되지
             않았다는 것을 네가 알았으면 한다."

64   그가 말할 때도 우리는 발걸음을 멈추지 않았다.

---

069 베르길리우스는 기원전 19년, 그리스도는 기원후 33년에 사망했다. 성금
       요일에 십자가 위에 못박힌 그리스도가 성토요일에 지옥으로 내려가 갇혀
       있던 영혼들을 해방시킨 후 부활절 일요일에 부활하였다.

070 아담.

071 야곱이 천사와 고전한 (창세기 32.28) 후 "하느님과의 싸움"이란 뜻을 지
       닌 "이스라엘"(Israel)로 불렸다.

072 야곱의 아버지 이삭과 그의 열두 아들들.

073 지옥 2.101 참조.

숲을 지나고 있었다.
영혼들로 빽빽한 숲을 내가 말하고 있다.

67   잠들었던 곳에서 아직 멀지 않았던
우리 길에서, 어두운 반구를 밝히는
불빛 하나를 내가 보았다.

70   우리가 아직 조금 멀었지만,
영광스러운 사람들이 머무는
그곳을 어느정도 내가 분별했다.

73   "아, 학문과 예술에 영광을 돌리는 당신이여,
다른 자들과 다르게 보이게 하는
그처럼 큰 영광을 지닌 이들이 누구입니까?"

76   그리고 그가 내게, "위의 너의 삶에서
울리는 그들의 영광스런 명성이 하늘에서
이렇게 그들에게 베푸는 은총을 받는다."

79   그러자 한 목소리가 내게 들렸다.
"가장 고귀한 시인에게 영광을 돌려라.
떠났던 그의 영혼이 돌아온다."

82   그 목소리가 은은히 사라진 후,
      거대한 네 그림자들이, 슬프지도 기쁘지도 않게,
      우리에게 오는 것을 내가 보았다.

85   그 좋은 스승님이 말을 시작했다.
      "왕처럼 셋에 앞서 오며
      칼을 손에 쥔 분을 보아라.[074]

88   최고의 시인 호메로스이다.[075]
      다음으로 풍자가 호라티우스가 온다.[076]
      오비디우스가[077] 셋째, 마지막이 루카누스이다.[078]

074 트로이 전쟁을 노래하는 《일리아드》를 암시한다.

075 기원전 8세기의 그리스 시인으로 서사시 《일리아드》와 오디세우스의 귀향
     행로를 그린 《오디세이아》의 저자로 알려져 있다. 그리스어를 모르던 단테
     는 트로이 전쟁을 라틴어로 쓴 베르길리우스와 다른 많은 저자들을 통해
     간접적으로 호메로스를 알고 있었다.

076 《풍자(Saturae)》의 저자인 로마 시인 퀸티우스 호라티우스 플라쿠스
     (Quintus Horatius Flaccus, 기원전 65~8).

077 《변신(Metamorphoses)》의 저자인 로마 시인 푸블리우스 오비디우스 나소
     (Publius Ovidius Naso, 기원전 43-기원후 17/18).

078 율리우스 카이사르와 폼페이우스 마그누스(Gnaeus Pompeius Magnus, 기
     원전 106-48) 사이의 내전과 로마 공화정의 몰락을 그린 서사시 《파르살
     리아(Pharsalia)》를 쓴 로마 시인 마르쿠스 안나이우스 루카누스(Marcus
     Annaeus Lucanus, 39~65).

91   한 목소리가 불렀던 이름으로[079]
        모두가 나와[080] 함께 모여
        내게 영광을[081] 잘 돌려주고 있다."

94   독수리처럼 다른 이들 위로 날으는
        가장 숭고한 노래의 주인의[082] 아름다운 학파가
        그렇게 모이는 것을 내가 보았다.

97   서로 잠시 이야기를 나누고 난 그들이
        환영의 표시로 나를 향했고,
        내 스승님은 큰 미소를 지었다.

100   그리고 나를 그들의 무리로 만드는
        아직 더 큰 영광을 내게 돌려,
        내가 그 큰 지성 중의 여섯째가 되었다.[083]

103   그렇게 거기서 하고 여기서 하지
        않는 것이 좋은[084] 말들을 하며,
        빛을 향해 우리가 걸어갔다.

---

079 베르길리우스의 이름과 명성.

080 베르길리우스 자신도 동참하고 있다.

081 베르길리우스 시인의 이름의 영광은 자기 개인의 영광을 초월한다.

082 호메로스.

083 그리스 로마 시인들의 승계자가 된 이탈리아 시인 단테.

084 샛길로 빠지지 않고 시를 지속한다.

106 한 아름다운 강이 빙둘러 방어하고,
일곱의[085] 높은 벽들이 에워싼,
한 고결한 성의 발치에 우리가 도착했다.

109 강을 마치 마른 땅처럼 우리가 건넜다.
일곱 개의 문들을 지나 이 현인들과 함께
푸른 풀밭에 우리가 다다랐다.

112 큰 권위를 지닌 모습의 사람들이
온화하고 깊은 눈빛과
부드러운 음성으로 드물게 말하고 있었다.

115 한 구석에서 넓고 밝고 높은 곳으로
우리가 나오자,
모두를 볼 수 있었다.

118 푸르게 그려진 그곳 위에서 직접
내가 보았던 그 위대한 영혼들을
그려내는 내 자신이 흥분한다.

---

085 중세 교육의 일곱 과목들(문법, 논리학, 수사학, 기하학, 수학, 천문학, 음악)이나 일곱 철학 분야들 혹은 덕목들을 상징한다.

121 엘렉트라와 많은 동반자들을 보았다.
그들 중 헥토르와 아이네아스,
매의 눈으로 무장된 카이사르를 알아보았다.[086]

124 카밀라와 펜테실레이아를 보았다.
라티누스 왕이 그의 딸 라비니아와[087]
다른 편에 앉아 있는 것을 보았다.

127 타르퀴니우스를 쫓아낸 브루투스,
루크레티아, 율리아, 마르치아와 코르넬리아를,[088]
그리고 홀로 한쪽에 있던 살라딘을 보았다.[089]

---

086 트로이를 세운 신화적 인물 다르다누스의 어머니 엘렉트라, 트로이를 지키
다 전사한 왕자 헥토르, 트로이에서 와 로마를 세운 아이네아스, 그리고 로
마 제국의 기반을 마련한 율리우스 카이사르가 같이 있다.

087 트로이를 위해 전사한 아마존 여왕 펜테실레이아, 라티움을 위해 전사한
카밀라, 라티움의 왕 라티누스, 아이네아스의 아내 라비니아가 같이 있다.

088 루크레티아를 겁탈한 섹스투스 타르퀴니우스의 아버지이자 로마의 마지
막 왕 루키우스 타르퀴니우스 수페르부스(Lucius Tarquinius Superbus, 재
위: 기원전 534~509)를 쫓아내고 공화정을 시작한 루키우스 유니우스 브
루투스(Lucius Junius Brutus, 기원전 6세기)가 로마 공화정의 덕목을 대
변하던 여인들과 같이 있다: 루크레티아, 율리우스 카이사르의 딸이자 폼
페이우스의 아내 율리아, 카토의 부인 마르치아, 그라키 형제의 어머니 코
르넬리아.

089 제3차 십자군 전쟁으로 그의 정의로운 명성이 알려진 이집트와 시리아의
술탄 살라딘(재위: 1174~1193).

130   눈썹을 조금 더 올린 후,[090]
       철학적 가족들 사이에 앉아있는
       깨친자들의 스승을[091] 보았다.

133   모두가 그를 바라보며 영광을 돌렸다.
       다른 이들 앞에서 그에게 가장 가까이 있던
       소크라테스와 플라톤을 보았다.

136   세상을 우연이라고 한 데모크리토스,
       디오게네스, 아낙사고라스, 탈레스,
       엠페도클레스, 헤라클레이토스와 제논,

139   어떤 것을 잘[092] 수집할지 알았던, 내가 말하자면,
       디오스쿠리데스를 보았고, 오르페우스,[093]
       툴리우스,[094] 리노스,[095] 그리고 도덕적인 세네카,[096]

---

090 철학자들이 정치가들 위에 자리하고 있다.
091 아리스토텔레스.
092 약학의 아버지로 불리는 그리스인 디오스쿠리데스는 약풀들을 질에 따라
     순서대로 열거한 《의학서(De re medica)》를 기원전 1세기에 썼다.
093 그리스의 신화적 시인.
094 로마 정치가이자 저자 마르쿠스 툴리우스 키케로(Marcus Tullius Cicero,
     기원전 106~43).
095 그리스 시인.
096 로마 스토아 철학자.

142　기하학자 에우클레이데스, 프톨레마이우스,[097]
　　　히포크라테스, 아비세나, 갈레노스,[098]
　　　훌륭한 해석을 한 아베로에스를 보았다.[099]

145　모두를 다 채워 늘어놓을 수 없다.
　　　긴 주제가 나를 재촉하니,
　　　매번 말이 사실에 미치지 못한다.

148　여섯이 두 무리로 나뉜다.
　　　정적의 밖으로, 떨리는 대기 속으로,
　　　다른 길로 나를 현명한 길잡이가 이끈다.

151　빛이 없는 곳으로 내가 들어간다.

─────────

097　코페르니쿠스와 갈릴레오 이전 중세 천문학이 의지하던 이집트 알렉산드
　　　리아의 천문학자 (Claudius Ptolemaeus, 약 100~170).

098　세 명의 의학자들.

099　아리스토텔레스의 해석자들인 아비세나(10세기)와 아베로에스(12세기)
　　　가 살라딘(129)과 함께 림보에서 이슬람 문화와 정치의 빛을 대변하고
　　　있다.

지옥 5곡 목차 (정욕)

지옥 5곡

1   비명을 지르게 하는 더 큰 고통과
더 좁은 공간을 둘러싼, 저 아래
두 번째로 그렇게 첫 둘레에서 내려갔다.

4   그곳에서 미노스가 무섭게 으르렁거린다.
입구에서 죄를 심사하고 판결하여,
꼬리로 감은 만큼 보낸다.[100]

7   잘못 태어난 영혼이 그 앞에 오면,
모든 것을 고백하고,
그 죄의 심판자가

10   그에게 적합한 지옥의 자리를 보고,
아래로 내려 놓아야 할 계단들만큼
그를 꼬리로 감는다는 것을 내가 말한다.

---

100 유피테르와 에우로페의 아들이며 크레타의 왕이었던 미노스가 죽은 후 지옥 입구에서 죄인들을 심판한다. 꼬리로 감은 수만큼 죄인이 내려가야 할 둘레가 결정된다.

13   끊임없이 많은 자들이 그 앞에 선다.
      각자 순서대로 재판관에게 간다.
      말하고 듣고는 저 아래로 떨어진다.

16   "아, 고통의 소굴로 들어오는 너,"
      나를 본 미노스가 하던 일을
      놓고 내게 말했다.

19   "누굴 믿고 어딜 들어오는지 보아라.
      넓은 문에 속지말아라."[101]
      내 길잡이가 그에게, "왠 소란인가?

22   그의 운명의 길을 가로막지 마라.
      하고자 하는 것을[102] 할 수 있는 그곳에서
      그렇게 하고자 한다. 더 이상 묻지 마라."

25   이제 고통의 곡절이 내게 들려오기
      시작한다. 이제 울부짖음이 나를
      뒤흔드는 곳에 내가 왔다.

28   모든 빛이 침묵에 잠기고,
      폭풍에 잠긴 바다처럼 맞부딪히는

---

101 "멸망에 이르는 문은 크고 또 그 길이 넓어서" (마태복음 7.13).
102 하느님의 뜻.

바람들이 거칠게 울리는 곳에 내가 왔다.

31   거침없이 질주하는 지옥의 질풍이
      영혼들을 가로채서 돌리고
      강타하며 그들을 괴롭힌다.

34   그 벼랑 앞에 그들이 닿으면,
      비명과 통곡과 한탄으로
      신의 힘을 신성모독한다.

37   이성을 감성 아래 두는
      육신적 죄인들이 시달리는
      고난으로 내가 가늠했다.

40   추운 날씨에 날개가 찌르레기들을
      크고 꽉찬 떼거리로 들어올리는 것처럼,
      추잡한 영혼들을 회오리 바람이,

43   휴식도, 희박한 고초의 희망의
      위안도 전혀 없이, 여기서 저기로
      위에서 아래로 그들을 이끈다.

46   하늘에 길게 줄지어
     애절하게 부르며 가는 두루미들처럼
     한을 품고 오는 영혼들을 보았다.

49   휘몰아치는 바람에 그들이 휩쓸려
     내가, "스승님, 검은 공기가 저리도
     질타하는 저들이 누구입니까?"

52   "사연들을 네가 알고자 하는 그들 사이의
     첫 여인은," 그러자 내게 그가 말했다.
     "여러 언어들의 황후였다.[103]

55   음욕의 죄로 지나치게 부패되어,
     그녀가 빠진 비난을 피하기 위해,
     그녀의 법 안에서 쾌락을 합법화했다.

58   술탄이 지배하는 땅을 차지했던
     니누스를 승계한 그의 부인으로
     읽히는 세미라미스이다.[104]

---

103 다국어의 다민족들을 지배했던 아시리아 제국의 황후.

104 단테는 파울루스 오로시우스(약 375/85~420)의 역사책에서 그녀에 대
     해 읽었다. 아들과의 성관계를 정당화하기 위해 근친상간을 합법화하였
     다고 한다.

61   시카이우스의 재에 대한 정조를 저버리고,
      사랑으로 자살한 자가 다른 여인이다.[105]
      쾌락의 클레오파트라가 다음이다.[106]

64   헬레나를 보아라. 그녀로 인해
      죄많은 세월이 흘렀다.[107] 끝내
      사랑과 싸운 위대한 아킬레우스를 보아라.[108]

67   파리스, 트리스탄을[109] 보아라." 그리고
      사랑이 앗아간 수천명의 우리 목숨들을
      내게 보여주고 손가락으로 지명해 주었다.

70   옛 여인들과 기사들의 이름들을
      호명하는 스승님의 말을 듣고나서 내게 닿은
      동정심은 나를 온통 뒤흔들어 놓았다.

---

105 죽은 남편 시카이우스를 저버리고 사랑에 빠진 그녀를 아이네아스가 저
     버리자 자살한 카르타고의 여왕, 디도 (베르길리우스,《아이네이스》4).

106 율리우스 카이사르와 마르쿠스 안토니우스의 여인으로 옥타비아누스가 승
     리하자 자살한 프톨레마이오스 왕국의 마지막 여왕 (재위: 기원전 51~30).

107 스파르타 메넬라오스 왕의 부인이었던 헬레나가 트로이 프리아모스 왕
     의 아들 파리스와 달아난 계기로 일어난 십 년 동안의 전쟁이 트로이를
     멸망시켰다.

108 아킬레우스가 프리아모스의 딸 폴릭세나와의 사랑에 연루되어 끝내 아킬
     레우스건이 파리스의 화살에 맞아 죽었다고 중세시대에 알려졌다.

109 숙부와 약속된 여인과 사랑에 빠져 숙부에 의해 살해된 전설의 영웅.

73   내가 시작했다. "시인이여, 바람에
날려가듯 함께 가는
저 둘과 기꺼이 말해보고 싶습니다."

76   그리고 그가 내게, "우리에게 더 가까워지면
네가 볼 것이다. 그때 그들을 이끄는
사랑으로 간청하면 그들이 올 것이다."

79   바람이 그들을 우리에게 밀어내자마자,
내가 목소리를 내었다. "아, 고달픈 영혼들이여,
다른 분이[110] 거절하지 않으시면, 우리에게 말하러 오시오!"

82   바라기에 불린 비둘기들이
단호하고 높은 날개들로, 의지에 실려,
대기를 뚫고 달콤한 둥지로 오듯이,

85   디도의 무리에서 나온 그들이
악의의 대기를 타고 우리에게로 왔다.
애처러운 간청의 힘이 그렇게 컸다.

88   "아, 자비롭고 선하게 사는 사람이여,
세상을 피로 물들인 우리들을

---

110 절대적 사랑이신 하느님. 하느님이란 말은 지옥의 죄인들 사이에서 가급
적 기피된다.

암흑한 허공을 통해 찾아 다니니,

91 혹 우주의 왕이 벗이라면,
   악한 우리를 불쌍히 여기는
   당신의 평화를 위해 우리가 기도하렵니다.

94 당신이 듣고 말하고 싶어하는 것을,
   바람이 이렇게 우리에게 침묵하는 동안,
   우리가 듣고 당신에게 말하렵니다.

97 평화를 향해 쫓아가는 물들과 함께[111]
   포강이 흘러내리는 해안가 위에
   앉은 땅에서[112] 내가 태어났죠.

100 다정한 가슴을 얼른 사로잡는 사랑이,
   내게서 앗아간 아름다운 사람으로[113]
   그를 붙잡았고, 아직 이렇게 내가 빼앗겼죠.

103 사랑받는 사람이 사랑하지 않도록 용서하지 않는
   사랑이, 그에 대한 기쁨으로 나를 그렇게 꽉 붙잡아,
   당신이 보듯이, 아직 나를 버리지 않아요.

---

111 포강에 합류하는 지류들.
112 중세에 아드리아 해변에 위치해 있던 라벤나.
113 육신으로.

106   사랑이 우리를 하나의 죽음으로 이끌었죠.
       카이나가 우리를 삶에서 꺼버린 자를 기다려요."[114]
       이 말들이 그들에게서 우리에게 실려왔다.

109   사로잡힌 영혼들을 내가 이해하며,
       아래로 오래 고개 숙였던 내게
       시인이 말했다. "무슨 생각을 하느냐?"

112   마침내 내가 대답하기를, "아, 얼마나
       많은 감미로운 생각들이, 얼마나 큰 소망이
       고통의 길로 그들을 몰고 갔는지!"

115   그리고 그들에게 돌아서서 내가 말하기
       시작했다. "프란체스카여, 그대의 고난이
       슬프고 동정어린 내 눈물을 자아내오.

118   의심적인 욕망들을 알고 달콤하게 탄식할 때,
       무엇에 어떻게 사랑이 승낙했는지
       이제 내게 말해보시오."

---

114 불륜에 빠진 부인 프란체스카 다 폴렌타와 동생 파올로를 죽인 조반니 말
     라테스타 다 리미니는 가족을 배반한 벌로 더 깊은 지옥 구덩이에 빠질 것
     이라 예언한다.

121   그리고 그녀가 내게, "그대의 스승이 알듯이,
        불행할 때 되새기는 행복의 순간보다
        더 쓴 것은 없지요.

124   하지만 우리 사랑의 첫 출처를 찾으려고
        한없이 애태우는 그대를 위해,
        울며 말하는 사람처럼 말하겠어요.

127   하루는 우리가 사랑에 사로잡히는
        랜슬롯을[115] 즐기며 읽고 있었죠.
        홀로 있었지만 스스럼이 없었어요.

130   몇 번이나 그 글이 우리의 눈을 부딪히게 했고
        얼굴을 창백하게 만들었어요.
        그리고 오직 그 한 구절이 우리를 압도했죠.

133   소망하는 미소가 고결한 여인의[116]
        입술과 마주치자, 정녕 나와
        나뉘어지지 않는 이 사람이

---

115 아서 왕의 부인 귀네비어를 사랑한 기사.
116 정표를 하사하듯 여왕이 기사의 입술을 맞추었다.

136 내 입을 온통 떨며 맞추었죠.
     책과 글쓴이가 갈레하우트였죠.[117]
     그날 우리는 더 이상 읽지 않았죠."

139 한 영혼이 이를 말할 때,
     다른 영혼이 울어, 연민에 젖은
     나는 죽은듯 움츨어 들었고,

142 시체처럼 쓰러졌다.

---

117 랜슬롯과 귀네비어의 사랑을 이어준 갈레하우트 같이 파올로와 프란체스
     카의 사랑을 이어준 책과 글쓴이를 탓한다.

지옥 6곡 목차 (탐식)

지옥 6곡

1   나를 온전히 슬픔으로 몰아넣었던
     두 친척들의 애처로움 앞에서
     잃어버렸던 내 정신이 되돌아오자,

4   내가 움직이고, 돌고, 바라보는 곳곳에서,
     새로운 고통들과 고통 받는 자들을
     내가 본다.

7   내가 세 번째 둘레에 있다.
     영원하고, 비정하고, 차고, 무거운 비가
     끊임없이 절대 새로운 변함 없이 내린다.

10   큰 우박과, 더러운 물과 눈이
     어두운 공기 중에 퍼붓고,
     이것을 맞는 땅은 썩은 냄새를 풍긴다.

13   이곳에 잠긴 사람들 위에서,
     이상하고 잔인한 짐승인 케르베로스가[118]
     세 목구멍으로 개같이 짖어댄다.

---

118 고대 신화에서 지옥 입구를 지키는 머리 셋의 개.

16   눈은 시뻘겋고, 수염은 기름과 때에 찌들었고,

배는 불러 있고, 손톱이 난 손으로

영혼들을 할퀴고 벗기고 갈기갈기 찢는다.

19   참혹히 전락한 자들은 자꾸만

한쪽을 다른 쪽의 방패로 삼아 틀면서,

비 탓으로 개같이 울부 짖는다.

22   거대한 벌레인[119] 케르베로스가 우리를

알아채자, 입들을 열고 송곳니들을 드러내며

온 몸뚱이를 떨었다.

25   그러자 내 길잡이가 자기 손들을 펴서

흙을 가득 집은 주먹들로

흙을 욕심 가득한 목구멍들 속으로 던져 넣었다.

28   구걸하며 짖던 개가

먹이를 물고 조용해지고,

먹이만 물어뜯고 삼키려 하듯이,

---

119 "지옥에서는 그들을 파먹는 구더기도 죽지 않고 불도 꺼지지 않는다(ubi vermis eorum non moritur et ignis non extinguitur)" (마가복음 9.47).

31   영혼들이 귀먹고 싶을 만큼
        요란했던 악귀 케르베로스의
        더러운 아가리가 그러했다.

34   무거운 비에 깔린 그림자들 위로,
        사람 모습을 한 허공 위로,
        우리는 발자국을 심으며 지나갔다.

37   모두 땅에 누워 있을 때,
        앞에 지나가는 우리를 보고, 벌떡
        앉으려고 하나가 일어났다.

40   "아, 이 지옥을 지나 인도되는 그대여,"
        내게 말했다. "내가 다 되기 전에,
        그대가 만들어진 것을 알면, 나를 알아볼 것이오."[120]

43   내가 그에게, "그대가 겪는 괴로움이
        내 기억에서 그대를 아마 앗아갔는지,
        내가 그대를 전혀 본 적이 없었던 것 같소.

46   이런 고된 곳에 놓여, 아무리 더 크더라도,
        아무것도 더 비참하지 않을 이런 고통을

---

120 단테가 14살 때 차코가 죽었다.

당하는 그대가 누구인지 내게 말해 보시오."

49　그가 내게, "시기가 가득차 이미 자루에서
　　넘쳐나는 그대의 도시의 평온했던
　　삶을 내가 누렸소.

52　그대 시민들이 나를 차코라 불렀소.
　　그대가 보듯이, 목구멍이 지은 죄로
　　이 빗속에서 시들고 있소.[121]

55　나 홀로 슬픈 영혼이 아니라,
　　이 모두가 비슷한 죄로 비슷한 벌을
　　받고 있소." 그리고 더 이상 말하지 않았다.

58　내가 그에게 답했다. "차코여, 그대의
　　고충이 너무나 무거워, 내 눈물을 자아내오.
　　분단된 도시의 시민들이 어디로 갈지,

61　의로운 이가 거기 있는지, 그런 큰 불화에
　　사로 잡힌 이유가 무엇인지,
　　그대가 알면, 내게 말하시오."

121　탐식의 죄를 지은 평범한 한 시민이 피렌체의 정치적 상황을 설명할 것
　　이다.

64 　그가 내게, "긴 긴장 끝에

　　그들이 피로 갈 것이오. 사나운 쪽이

　　많은 피해를 입은 다른 쪽을 쫓아낼 것이오.[122]

67 　그 뒤에 해가 세 번 바뀌기도 전에

　　이쪽이 내려가고, 양다리를 걸치는 자의

　　힘으로 다른 쪽이 올라가게 되어 있소.[123]

70 　오랫동안 높이 고개를 치켜들고,

　　다른 쪽이 그 아래에서 울고 불의를 당하도록,

　　무거운 짐으로 그들을 짓누를 것이오.

73 　의로운 이들이 둘이 있으나, 아무도 듣지 않소.

　　교만과 시기와 탐욕이 가슴을 불지르는

　　세 불씨들이오."

76 　여기서 슬픈 소리를 그가 끝내자,

　　내가 그에게, "더 가르쳐 주시오.

---

122 궬피 백색당과 흑색당의 긴장된 갈등 속에 생긴 유혈충돌 이후, 피렌체 근
　　　처 시골에서 (사나운) 새로 와서 장사로 성공한 체르키 가문이 대표하던
　　　백색당이 권세나 도덕적으로 기울고 오래된 도나티 가문이 이끌던 흑색당
　　　의 주요 인물들을 1301년에 도시에서 추방한다.

123 차코가 예언하고 있는 1300년에서 3년이 지나기도 전 1302년에, 표면적으
　　　로는 화해를 도모하던 교황 보니파티우스 8세의 (양다리를 걸치는 자) 도
　　　움으로 흑색당이 (다른 쪽) 백색당을 (이쪽) 도시에서 추방한다.

더 말하는 호의를 내게 베푸시오.

79   존엄했던 파리나타와 테기아이오,
      재능으로 선행을 도모했던 다른 사람들과
      야코포 루스티쿠치, 아리고, 그리고 모스카가[124]

82   어디에서 무얼 하는지 내게 말해 주시오.
      그들을 하늘이 달게 혹은 지옥이 쓰게 하는지
      알아 내려는[125] 내 욕구가 나를 짓누르오."

85   그리고 그가, "더 어두운 영혼들 속에 있소.
      다른 죄들이 저 바닥까지 무거워서,
      더 내려가면, 거기서 그대가 볼 수 있을 것이오.

---

124 기벨리니와 궬피당에 속한 것에 상관없이 존엄했던 피렌체 시민들이다. 파
     리나타(Farinata)는 이교도로 벌받는 기벨리니들을 대표하고 있고 (지옥
     10), 테기아이오(Tegghiaio)와 야코포 루스티쿠치(Iacopo Rusticucci)는 동
     성애로 벌받고 있는 존엄한 궬피들 중에 있다 (지옥 16). 모스카는 기벨리
     니와 궬피 사이의 이간자로 벌받고 있다 (지옥 28). 독일 호엔슈타우펜 가
     문의 성이 있는 비벨링(Wibeling)에서 온 이탈리아어 기벨리니(Ghibellini)
     는 황제를 지지하는 당파를 가리키고, 독일 벨펜(Welfen) 가문의 이름에서
     온 이탈리아어 궬피(Guelfi)는 교황을 지지하는 정치적 세력을 가리킨다.
125 "Savere"는 맛을 보고 알아낸다는 뜻이다.

88 그러나 달콤한 세상에 그대가 있게 되면,
    다른 마음들에 나를 그대가 불러들이기 바라오.[126]
    더 이상 말도 대답도 그대에게 내가 하지 않소."

91 그리고 그의 곧은 눈들이 비뚤게 틀어졌다.
    나를 조금 더 바라보고 나서 머리를 숙였다.
    다른 눈먼 자들과 같이 수그리며 쓰러졌다.

94 인도자가 내게 말했다. "그의 적의 힘이 올 때,[127]
    천사의 나팔 소리가 있을 때까지,[128]
    더 이상 여기서 그가 깨어나지 않는다.

97 슬픈 무덤을 모두가 다시 보고,
    각자의 살과 모습을 다시 입고,[129]
    영원히 울리는 소리를 들을 것이다."

100 비로 진흙탕이 된 그림자들을 그렇게,
    발길을 늦추며, 우리가 지나가며,
    미래의 삶에 대해 조금 짚어보았다.

---

126 살아있는 사람들 속에서 기억되길 바란다.

127 전능하신 하느님이 다시 오실 때.

128 최후의 심판: "사람의 아들은 울려 퍼지는 나팔 소리와 함께 천사들을 보
     내어 그가 뽑은 사람들을 하늘 이 끝에서 저 끝까지 사방에서 불러 모을 것
     이다" (마태복음 24.31).

129 그리스도교가 믿는 육신의 부활.

103   내가 말했다. "스승님, 커다란 심판 후에
이 고통들이 더 커집니까, 더 작아집니까,
아니면 똑같이 가해집니까?"

106   그리고 그가 내게, "기쁨이든 슬픔이든
온전한 것일수록 더 완전히 느낀다고
하는 너의 학문을[130] 되짚어 보아라.

109   진정 온전한 존재에 절대
이 저주 받은 자들이 도달하지 않지만,
여기보다 거기가 더 나을 것을 기대한다."[131]

112   내가 되풀이 하지 않는 많은 말을 하며,
길 한 바퀴를 우리가 돌았고,
내려가는 지점에 우리가 왔다.

115   여기서 우리는 대적 플루투스를[132] 발견했다.

---

130 아리스토텔레스의 이론.

131 축복된 자들처럼 절대적이 아니라, 상대적으로 더 온전한 존재가 될 것
이다.

132 부의 신.

지옥 7곡 목차 (탕진, 탐욕, 분노, 나태)

지옥 7곡

1   "파페 사탄, 파페 사탄 알레페!,"[133]
     플루투스가 꼬꼬댁 거리는 목소리로 시작했고,
     다 알고 있던 인자한 현자가

4   나를 위로하며 말했다. "네 두려움으로 너를
     망치지 마라. 그것이 힘이 있어도, 우리가
     바위를 내려가는 것을 막지 못할 것이다."

7   그리고 그 툭 튀어나온 입에[134] 대고 말했다.
     "닥치거라. 저주 받은 늑대야,[135]
     네 성을 네 속에서 삼켜라.

10   깊은 곳으로 이유없이 가지 않는다.
     교만한 공격을 미카엘이 보복한[136]
     높은 곳에서 의도한 일이다."

---

133   의미를 알 수 없는 소리.

134   플루투스의 화난 얼굴 표정.

135   탐욕을 상징하는 동물 "암늑대" (지옥 1.51).

136   "미카엘과 그의 천사들이 용과 싸웠다" (요한계시록 12.7).

13   바람에 부푼 돛폭이 때때로
돛대가 꺾이면 떨어지는 것과 같이,
그 사나운 짐승이 땅에 쓰러졌다.

16   온 우주의 악이 안에 들어 있는 자루의[137]
아픈 비탈을 더 타며 우리가
네 번째 구렁으로 내려갔다.

19   아, 하느님의 정의여! 누가 내가 본
그렇게 많고 새로운 수난과 고통을 쌓고,[138]
왜 우리 죄가 우리를 이렇게 탕진합니까?[139]

22   저 카리브디스[140] 위로 파도가
서로 부딪히고 부서지는 것처럼,
여기 사람들이 춤추어야 한다.

25   다른 데보다 더 넘치는 사람들이,[141]
한쪽과 다른 쪽에서 크게 소리치며,
가슴에 힘을 주며 무거운 것을 밀고 있었다.

---

137 지옥의.

138 탐욕.

139 탕진.

140 두 바다 사이의 좁고 거친 메시나 해협 속의 신화적 괴물.

141 탐욕의 죄를 지은 지나치게 많은 죄인들 (연옥 20.9 참조).

28   서로 맞부딪히고 나서 그 자리에서
     뒤로 돌며 각자 서로에게 소리쳤다.
     "왜 쥐고 있소?" 또 "왜 버리시오?"

31   서로를 헐뜯는 소리로 목청을 높이며,
     양쪽으로 반대쪽으로
     칠흑같은 둘레를 따라 돌아갔다.

34   둘레의 반에 도달하면
     다른 시합으로[142] 다시 각자 돈다.
     가슴이 창에 꽂힌듯 했던 내가

37   말했다. "내 스승님, 이 사람들을 내게
     설명해 주십시오. 우리 왼쪽에서[143]
     수도승 머리를 한 자들이 모두 성직자들이었습니까?"

40   그러자 그가 내게, "모두의 마음의 눈이
     첫째 생애 속에서 비뚤어져
     절제 없는 남용을 범했다.

---

142 마상 창시합.
143 탕진보다 더 무거운 탐욕의 죄를 지은 자들이 왼쪽에 있다.

43   대조되는 죄가 그들을 나누는
     둘레의 두 지점들에 오면 모두
     목청이 터지도록 그것을 짖어댄다.

46   털로 머리가 덮히지 않은 자들은
     탐욕을 넘치도록 탐닉했던
     교황들과 추기경들과 성직자들이었다."

49   그리고 내가, "스승님, 이자들 사이에서
     그딴 죄들로 추잡했던 몇몇을
     다시 내가 잘 알아볼 것도 같습니다."

52   그가 내게, "헛된 생각을 네가 품는다.
     그들을 더럽혔던 분별없던 삶이 이제
     그들을 어둡게하여 전혀 분별할 수 없다.

55   두 박치기로 영원토록 올 것이다.
     이들은 주먹을 쥐고, 이들은 머리털이 잘려[144]
     무덤에서 다시 일어날 것이다.

58   잘못 주고 잘못 쥐어 아름다운 세상을
     빼앗긴 그들이 이 난투에 빠져있다.

---

144 탐욕한 자는 아직 쥐고 있는 손으로, 탕진한 자는 속세의 것을 상징하는 머리카락이 잘린 몸으로 부활할 것이다.

아름다운 말들을 그것에 내가 쓰지 않는다.[145]

61   이제, 아들아, 사람들이 서로
      머리털을 쥐어뜯고 싸우는 이유인
      행운이 주는 짧은 조롱의 덕을 보아라.[146]

64   달 아래 있고 그리고 이미 있었던 모든
      황금이[147] 이 지친 영혼들 중 단 하나도
      쉬게하지 못할 것이다."

67   "내 스승님," 내가 말했다. "세상이
      선호하는 것들을 손에 쥐고 있는
      언급하신 행운이 무엇인지 말해주십시오."

70   그리고 그가 내게, "아, 무지한 피조물들이여,
      너희를 해하는 어리석음이 얼마나 큰가!
      이제 내 설명을 네 입 속에 떠넣으려 한다.

---

145 낭비하지 않는다.
146 조롱하듯이 짧은 행운을 놓고 서로 싸우며 사는 사람들이 얻는 이득.
147 세상에 있고 있었던 모든 황금.

73   모든 것을 초월하는 전지하신 분이
      만드신 하늘들에 부여된 운영자들이,[148]
      빛이 골고루 퍼지듯이,

76   구석구석에서 빛난다.
      비슷하게, 세상에서 빛나는 것들에
      정해진 전반적 관리자와 인도자는

79   인간 지성의 방어 능력을 넘어서,
      민족에서 민족으로, 한 혈족에서 다른 혈족으로,
      헛되이 선호되는 것들을 수시로 바꾸어서,

82   풀 속의 뱀같이 가려진
      그녀의 판단에 따라,
      한 민족이 흥하고 다른 민족이 쇠한다.

85   다른 신들[149]같이, 자신의 왕국을
      보고, 판단하고, 집행하는 그녀에게
      너희들의 지식이 맞설 수 없다.

---

148   지성 혹은 천사들.
149   천사들.

88   쉴새없이 변하고
     필수적으로 빠르다. 그래서
     시시때때의 상황에 따라야 한다.

91   그녀를 찬미해야 할 자들이
     그녀를 잘못 탓하고 나쁘게 말해
     그녀를 자주 십자가에 못박는다.

94   그러나 축복받은 그녀가 그것을 듣지 않는다.
     다른 첫 피조물들과[150] 함께 기꺼이
     자신의 바퀴를 돌리고 즐겁게 즐긴다.

97   이제 더 슬픈 것으로 내려가자.
     내가 움직이기 시작했을 때 올라가던
     모든 별들이 떨어지니 오래 머물 수 없다."[151]

100 물이 넘쳐 생긴 물줄기를 따라
     물이 흘러 나오는 샘 위의 다른 변두리로
     둘레를 가로질러 우리가 갔다.

150 천사들.

151 "날이 저물어 어두어지던" (지옥 2.1) 저녁에 내려오기 시작한 지옥이 자
     정이 되어, 올라가던 별들이 이제 떨어지기 시작한다. 지옥의 사분의 일 즉
     6시간을 돌았다.

103   물은 칠흑보다 더 검었고,
       흙탕물이 흘러가는 데로 우리는
       한 회귀한 길을 따라 아래로 들어갔다.

106   이 슬픈 시냇물이 사악한 회색 경사
       발치에 내려오면, 스틱스라는
       늪 속으로 들어간다.

109   그 진흙탕 속에서 진흙투성이가 된
       모두 벌거벗은 성난 모습의 사람들을
       쳐다보려고 내가 멈춰섰다.

112   손뿐만이 아니라 머리와 가슴과 발로
       서로 치고박고 있었다. 이빨로
       갈기갈기 물어뜯고 있었다.

115   인자한 스승님이 말했다. "아들아,
       분노를 이기지 못한 영혼들을 보아라.
       그리고 확실하게 믿었으면 한다.

118   어디로 돌아도 눈이 네게 말해 주듯이,
       물 위의 거품들을 만드는 사람들이
       물 아래에서 한숨들을 내쉰다.

121   진흙 바닥에 처박힌 채 그들이 말한다.
       '해로 행복했던 달콤한 대기 속에서도,
       나태한 안개를 안에 안고 우리는 슬퍼했다.

124   이제 시커먼 수렁 속에서 우리가 슬퍼한다.'
       제대로 말을 못해 이 노래를
       목구멍 속에서 쿨럭쿨럭 소리내고 있다."

127   그렇게 진흙을 삼키는 자들에게 눈을 돌린 채로,
       마른 가장자리와 젖은 곳 사이로 우리는 그
       더러운 구덩이의 거대한 반둘레를 돌았다.

130   한 탑의 발치에 마침내 우리가 왔다.

지옥 8곡 목차 (분노, 디스)

지옥 8곡

1   말을 계속하자면, 높은 탑의 발치에
     우리가 오기 훨씬 전에, 꼭대기 위로
     우리 시선이 갔다.

4   두 불꽃들이 놓인 것을 우리가 보았다.
     다른 한 불꽃은 너무 멀리서 신호를 보내
     거의 시야에서 벗어났다.

7   모든 지혜의 바다로 돌아 내가 말했다.
     "이것은 무슨 말을 하고 있습니까? 무슨 대답을
     다른 불이 하고 있습니까? 누가 그렇게 했습니까?"

10   그가 내게, "늪의 안개가 가리지 않는다면,
     흙탕 물결 위에서 기다리는 것을
     네가 벌써 알아챌 수 있을 것이다."

13   공중으로 달아나는 화살을 활이 한번도
     그렇게 쏘아본 적이 없을 만큼 빨리
     물을 타고 그때 우리를 향해오는

16   한 조각배를 내가 보았다.
      한 사공이 노를 저으며 외쳤다.
      "망한 영혼아, 이제 잡혔다!"

19   "플레기아스여,[152] 헛되이 소리치지 마라."
      내 주인이 말했다. "이번에는
      늪을 건널 때만 우리를 태울 뿐이다."

22   큰 속임수를 당한 것을 듣고,
      화가 치밀어 오르는 것처럼,
      플레기아스가 울컥했다.

25   내 길잡이가 배로 내려가서,
      내가 그를 따라 들어오게 했다.
      내가 안에 들어서자 무게가 실리는 듯했다.

28   길잡이와 내가 배에 타자마자,
      다른 자들과 보다 더 깊이 물살을 가르며
      오래된 뱃머리가 나아간다.

---

152 아폴로에 분노하여 델피의 아폴로 신전을 불태운 죄로 아폴로의 화살에
     맞아 죽어 지옥에서 벌받고 있다는 라피테스의 왕 플레기아스의 이름은
     "불지르는"을 뜻한다. 단테의 지옥에서 분노의 죄를 지은 자들을 벌하는 다
     섯 번째 구렁을 지키고 있다.

31   죽은 물길을 우리가 달릴 때,
        진흙으로 진창이 된 자가 앞에 나타나
        말했다. "네 시간 전에 오는 너는 누구냐?"

34   내가 그에게, "내가 오나 머무르지 않는다.
        그런데 이런 몰골을 한 너는 누구냐?"
        그가 대답했다. "보다시피 나는 우는 자요."

37   내가 그에게, "저주 받은 영혼이여,
        울고 불며 머무시오. 전신이
        더럽게 덮여 있어도 내 자네를 알아보오."

40   그때 그가 두 손을 배 쪽으로 뻗자,
        알아챈 스승님이 그를 밀어내며
        말했다. "다른 개들과 같이 가버려라!"

43   그리고 팔로 내 목을 두르고 내 얼굴에
        입을 맞추고 말했다. "혐오하는 영혼이여,
        그대를 배었던 그녀가 복되도다!"[153]

---

153   "beatus venter qui te portavit" (누가복음 11.27). 예수처럼 악령을 혐오하
      는 단테를 칭찬하는 베르길리우스.

46 세상에서 교만했던 저자의 기억을
    장식할 만한 아무런 선행이 없어서,
    여기에서 그의 그림자가 그리도 분개한다.

49 저 위에서 대단한 왕 행세를 하는 얼마나
    많은 자들이 가증스런 경멸만을 뒤에 남기고,
    여기 진흙 속에서 돼지같이 뒹굴겠느냐!"

52 그리고 내가, "스승님, 우리가 호수에서 나가기 전에
    이 진흙 바닥으로 떨어져 버린 그를
    보기를 간절히 바랍니다."

55 그가 내게, "건너편이 보이기 전에,
    네가 만족할 것이다. 너의 그런
    소원은 성취되어야 한다."

58 조금 후 진흙으로 뒤범벅된 자들이
    그를 갈기갈기 찢는 것을 내가 보았다.
    하느님을 아직 내가 찬양하고 그것에 감사드린다.

61 모두가 외쳤다. "필리포 아르젠티한테!"[154]

154 추방된 단테가 남긴 재산을 가로채는 등 위세 당당하고 오만했던 피렌체
    아디마리 가문의 기사 필리포 아르젠티의 이름은 말에 은을 박고 다녀서
    붙여진 별명이다 (argento: 은).

그리고 그 격분한 피렌체의 영혼이
이빨로 자신을 물어 뜯었다.

64 여기서 우리가 떠난 그를 더 이상 내가 말하지 않는다.
고통의 소리가 내 귀를 내리치며 울렸다.
그래서 내 눈을 앞으로 번쩍 뜬다.

67 선한 선생님이 말했다. "아들아,
무거운 죄를 지은 시민들과 큰 군대를 지닌
디스라는 도시에 이제 가까워진다."

70 내가, "스승님, 불에서 막 나온 듯 붉은
저 계곡 속에서 두드러지는
사원들을[155] 이미 내가 분간합니다.

73 그가 내게 말했다. "네가 보듯이,
이 낮은 지옥 안에서 타는 영원한 불이
그것들을 붉게 보이게 한다."

76 깊게 둘린 웅덩이들 안으로
위로되지 않는 땅에 우리가 드디어 도달했다.
벽들은 쇠로 된듯 보였다.

---

155 이슬람 사원들의 종탑들.

79   먼저 크게 돌고 나온 곳에서[156]
      사공이 버럭 소리를 질렀다.
      "여기서 내리시오. 여기가 입구요."

82   하늘에서 비처럼 수천으로 떨어져서[157]
      문들 위에서 화를 내며 말하는 자들을
      내가 보았다. "죽은 자들의 왕국으로

85   죽지도 않고 가는 자가 누구인가?"
      내 지혜로운 스승님이 그들과 따로
      말하고자 하는 신호를 했다.

88   강한 경멸을 조금 가리고 말했다.
      "당신 혼자 오시오. 이 왕국으로
      감히 들어온 그자는 가게 하시오.

91   무모한 길로 홀로 돌아가게 하시오.
      할 수 있는지 두고 보시오. 이 어두운 곳에서
      그를 인도한 당신은 여기 남을 것이오."

---

156 벽을 따라 길게 돌고 나서 문으로 나온 곳에서.
157 하늘에서 떨어져 악마가 된 천사들.

94　독자여, 여기로[158] 내가 돌아오리라 절대
　　믿지 않았기에, 저 저주 받은 말들의
　　소리 속에서 불안했을 나를 생각해 보시오.[159]

97　"오, 소중하신 내 길잡이시여, 일곱 번 넘게[160]
　　내게 신념을 주셨고, 내 앞에 서 있던
　　막중한 위험에서 나를 꺼내주셨습니다.

100　이렇게 힘없는 나를 버리지 마십시오.
　　우리가 더 이상 지나갈 수 없다면," 내가 말했다.
　　"우리의 길을 같이 빨리 되돌아 갑시다."

103　나를 거기로 이끌었던 주인이 내게 말했다.
　　"두려워 마라. 우리들의 길을 아무도
　　앗아갈 수 없다. 그건 그분께서 주신 것이다.

106　여기서 나를 기다려라. 지친 마음을
　　달래고 희망으로 좋은 마음을 먹어라.
　　내가 너를 낮은 세상에 두지 않을 것이다."

---

158 이 세상으로.
159 단테의 추방당한 체험이 담긴 호소로 들린다.
160 "몇 번이나 용서해 주어야 합니까? 일곱 번이면 되겠습니까?" (마태복음
　　18.21). 여러 번을 뜻한다.

109   다정한 아버지가 나를 두고 그렇게 가버린다.
       혹시 속에 남은 내 머리 속에서
       예와 아니오가 결투를 벌인다.

112   그가 그들에게 내놓은 것을 내가 듣지 못했지만,
       그가 그들과 거기서 오래 있기도 전에 모두가
       안으로 서로 서두르며 다시 뛰어 들어갔다.

115   우리의 적들이 내 주인의 정면에서
       문들을 닫아, 밖에 남은 그는
       내게 돌아 무거운 발걸음을 옮겼다.

118   아무 기운없는 눈썹과 눈을 땅으로
       떨어뜨리고 한숨 쉬며 말했다.
       "누가 내게 고통의 집들을 거절했는가!"

121   그리고 내게 말했다. "적대적으로 나오는
       나를 보고 놀라지 마라. 어떤 방어를
       안에서 해도 내가 도전을 이겨낼 것이다.

124   새롭지 않은 이 오만함을 이미 그들이
       사용했던 덜 비밀스러운 문이 아직
       내게 잠겨있지 않은 것을 발견한다.[161]

127   그 위에 죽은 글자들을 네가 보았다.[162]
       벌써 여기서 내려가는 경사가
       안내도 없이 둘레들을 지나간다.

130   그런 그가 도시를 열어줄 것이다."

---

161 그리스도가 지옥에 들어오는 것을 오만한 그들이 막았던 문이 영원히 열
     려있어 위에서 우리가 이미 지나왔다.

162 지옥 3.1-3.

지옥 9곡 목차 (디스, 이교도)

지옥 9곡

1   뒤로 돌아오는 내 길잡이를 보고
       두려움의 내색이[163] 내 밖으로 드러나자,
       그의 새로운 색은[164] 서둘러 속으로 사라졌다.

4   짙은 안개와 검은 공기를 지나
       멀리 나가지 못하는 시선 때문에,
       듣는 사람처럼 그가 가만히 주의를 기울였다.

7   "그래도 우리는 이 싸움을 이길 것이다."
       그가 시작했다. "않으면… 그러한 분이[165] 제시하셨다.
       아, 여기에 이를 이는 내게 얼마나 늦은가!"

10   시작한 첫 말들을 뒤에 온
       다른 말들로 그가 덮는 것을
       내가 잘 보았다. 그래도,

---

163 두려움으로 하얗게 질린 얼굴색.

164 화로 붉어진 얼굴색.

165 베아트리체.

13   끊어진 말에 없는
      아마 더 나쁜 의미를 끌어내던
      내게 그의 말이 겁을 주었다.

16   "끊어진 희망이 유일한 고통인
      슬픈 수렁의 첫 둘레에서[166] 누가
      이 심연으로 내려오곤 합니까?"

19   이 질문을 내가 하자 그가 내게 답했다.
      "내가 가는 길을 우리들 중 누군가가 가는 일이
      드물게 일어난다.

22   영혼을 몸에 다시 부르는
      에릭토에 홀려 내가 한번
      여기 아래 있었던 것이 사실이다.[167]

25   내가[168] 몸을 벗은 지 얼마 되지 않았을 때,

---

166 "희망 없는/ 욕망 속에 살며 괴로워"(지옥 4.41-42)하는 영혼들이 있는
     림보.

167 카이사르와 폼페이우스 사이의 전쟁 결과를 폼페이우스의 아들에게 예언
     하기 위해, 그리스 테살리아의 마녀 에릭토가 죽은 사람을 살아 돌아오게
     한다 (루카누스,《파르살리아》 6.507-827). 베르길리우스도 마술의 힘을
     지닌 것으로 중세에 알려졌다.

168 영혼.

유다의 둘레에서[169] 한 영혼을 꺼내려고,
저 벽 안으로 그녀가 나를 들어가게 했다.

28 가장 낮고 가장 어둡고,
모든 것을 움직이는 하늘에서 가장 먼
길을 내가 잘 아니 안심하여라.

31 악취를 내뱉는 이 늪이
둘러싸고 있는 고통의 도시를
분노없이 이제 우리는 들어갈 수 없다."[170]

34 그가 더 말했으나 내 기억에 없다.
불타오르는 높은 탑 꼭대기 쪽으로
시선이 나를 온통 이끌었기 때문이다.

37 피에 젖은 지옥의 세 푸리에가
그곳에서 한순간 벌떡 우뚝 솟았다.
여자의 몸과 몸짓을 지니고 있었다.

40 푸리디푸른 히드라들에 감겨 있었다.
작은 뱀들과 뿔뱀들의 머리카락들이
흉측한 머리를 감싸고 있었다.

---

169 유다가 벌받고 있는 지옥 밑바닥의 주데카.
170 첫 둘레들처럼 평화롭게 들어갈 수 없다.

43   영원한 울음의 여왕의 하녀들을[171]
       잘 알던 그가 내게 말했다.
       "매서운 에리니에스를 보아라.

47   이 왼쪽이 메가이라, 울고 있는 저 오른쪽이
       알렉토, 가운데가 티시포네이다."[172]
       그리고 그가 한참 동안 침묵했다.

50   손톱으로 자신의 가슴을 찢고,
       손바닥을 치며 찢어지게 소리쳤다.
       무서워진 내가 시인에게 바짝 다가섰다.

53   "메두사여 오너라. 놈을 돌로 만들 것이다."[173]
       내려다보며 모두가 말했다.
       "테세우스의 침범에 보복 못 해 한이다."[174]

---

171 세 푸리에는 지하 세계의 왕 플루토와 여왕 프로세르피나를 섬긴다.

172 그리스어로 에리니에스, 라틴어로 "분노"(furia)의 복수형인 푸리에(혹은 푸리아이, furiae)로 불리는 세 자매들이다. 메가이라는 질투에 찬 분노, 알렉토는 끊임없는 분노, 티시포네는 파괴적 분노를 상징한다.

173 뱀이 머리카락인 메두사를 바라보는 사람은 돌로 변한다. 메두사는 고르곤이라 불리기도 한다.

174 프로세르피나를 납치하러 지하세계를 침범하다 잡혔으나 헤라클레스가 구해준 테세우스를 죽이지 못한 원한을 갚기 위해, 지금 지옥을 침범한 자를 죽여야 한다고 푸리에가 소리친다.

56   "뒤로 돌아 눈을 감아라.
      고르곤이 나타나 네가 본다면,
      위로 다시는 돌아갈 수 없을 것이다."

59   그렇게 말한 스승님 스스로가
      나를 돌렸고, 내 손을 믿지 못해,
      그의 손으로도 내 눈을 막았다.

62   아, 온전한 지성을 지닌 그대들이여,
      비상한 시구절들의 너울 아래
      숨겨진 가르침을 찾아 보시오.[175]

65   뿌연 물결 위로 공포로 가득찬
      폭음 소리가 벌써 들려와,
      강변 양쪽이 떨리고 있었다.

68   적대적 열기들로 격렬해진
      바람이 숲을 거침없이
      해치는 것과 다름 없었다.

---

175 임박한 천사의 출연을 준비시키는 시인의 말은 연옥에서도 반복된다 (연
     옥 8.19-21).

71   가지들을 꺾어 떨어뜨리고 밖으로 몬다.
       먼지 앞을 당당히 지나가고,
       짐승들과 목동들을 몰아낸다.

74   내 눈을 풀며 그가 말했다. "이제
       시각을 저 고대의 거품[176] 위를 따라
       안개가 더 짙은 곳으로 돌려라."

77   적인 뱀 앞에서 개구리들이 모두
       물에서 흩어져 나가 하나하나
       땅 위에 모여 쌓이는 것처럼,

80   저주받은 수천의 영혼들이 마른
       발바닥으로 스틱스를 걸어 지나가는
       하나 앞에서 도망치는 것을 내가 보았다.

83   유일하게 그를 귀찮게 하는 듯한
       앞의 탁한 공기를 왼손으로 자주 내저으며
       얼굴에서 그가 밀쳐 내었다.

86   하늘에서 보내진 분임을 내가 잘 알아채고
       스승님을 돌아보자, 내가 조용히 그에게
       고개 숙이라는 신호를 하였다.

---

176   스틱스.

89   아, 얼마나 경멸에 가득차 보였는가!
　　　　와서 작은 지팡이 하나로 문을 열었다.
　　　　아무런 저항이 없었다.

91   "아, 하늘에서 쫓겨난 무례한 무리들아,"
　　　　무시무시한 문턱 위에서 그가 시작했다.
　　　　"무엇이 너희를 이렇게 주제넘게하느냐?

94   목적이 달성되지 않을 수 없는 그런 의지에
　　　　왜 발길질을 하여 매번
　　　　고통을 더하느냐?

97   숙명[177] 속에서 걷어찬들 무슨 소용이 있느냐?
　　　　너희들의 케르베로스의 턱과 목이 아직
　　　　벗겨져 있다는 것을 잘 기억하여라."[178]

100   그리고 그 칙칙한 길로[179] 다시 돌아섰다.
　　　　우리에게는 한마디도 하지 않았다.
　　　　그 앞에 있는 것보다 다른 일에[180]

---

177 하느님의 섭리.

178 테세우스를 구하러 지옥으로 내려가던 헤라클레스를 막던 케르베로스의
　　　　목에 사슬을 걸어 지옥 문 밖으로 끌고 나가며 헤라클레스가 낸 상처 자
　　　　국을 가리킨다.

179 스틱스.

180 하늘로 빨리 되돌아가는 일.

103   얽매이고 재촉되는 사람처럼 보였다.
       성스러운 말씀들에 안심된 우리는
       도시를 향해 발길을 옮겼다.

106   안으로 아무 저항없이 우리가 들어갔다.
       그런 성벽이 가두고 있던 실상을
       살펴보고 싶어했던 내가

109   안에 들어서자 안으로 눈길을 보냈다.
       극도의 고통과 아픔으로 가득찬
       거대한 공간이 사방으로 펼쳐진 것을 본다.

112   론강이 침전하는 아를르에서,
       이탈리아를 가르고 국경을 적시는
       콰르네르 만에 접한 풀라에서,

115   무덤들이 전역을 울퉁불퉁하게 하듯이,[181]
       더 비통했던 모양만 빼면,
       여기서도 온 사방이 그러했다.

118   사이로 흩어진 불꽃들로,

---

181 지중해로 흘러 나가는 론 강어귀에 있는 프로방스 아를르 성벽 밖과 이탈리아 북동 국경을 만드는 콰르네르 만에 접한 풀라 (오늘날 크로아티아 도시) 외곽에 수많은 석관들이 모여있는 공동묘지를 말한다.

더 이상 달구어질 수 없는 쇳덩어리같이,
무덤들이 활활 불타고 있었기 때문이다.

121   무덤 뚜껑들이 모두 열려있었고,
        비정한 비탄들이 흘러나와,
        비참하게 당하는 자들임에 틀림없어 보였다.

124   내가, "스승님, 저 관들 속에 묻혀,
        고통의 탄식들을 들려주는
        저들이 누구입니까?"

127   그가 내게, "모든 이교도 종파들의
        두목들과 졸개들이, 네가 믿을 수 없을 만큼,
        여기 무덤들 속에 꽉 차있다.

130   비슷비슷한 것들끼리 묻혀있고,
        서로 다르게 석관들이 뜨겁다."
        그리고 오른손 쪽으로 돌아 우리는

133   수난들과 높은 성벽들 사이로 지나갔다.

지옥 10곡 목차 (이교도)

지옥 10곡

1   도시의 성벽과 수난들 사이로
       숨겨진 오솔길을 따라 이제
       내 스승님이, 그리고 그 등 뒤로 내가 간다.

4   내가 시작했다. "불경한 둘레들을 따라
       나를 돌게 하시는 고결한 힘이시여, 원하시면,
       내게 말해 내 소원을 들어 주소서.

7   무덤 속에 누워있는 사람들을
       볼 수 있습니까? 벌써 관 뚜껑들이
       모두 열려있고 아무도 지키지 않습니다."

10   그러자 그가 내게, "저 위에 두고 온
       육신들과 함께 여호사밧에서[182] 여기로
       그들이 돌아오면 모두 잠길 것이다.[183]

---

182 최후의 심판을 위해 그리스도가 모두를 불러 모을 예루살렘 근처 골짜기
     (요엘 4,2).
183 최후의 심판 후 되찾은 몸으로 돌아오면, 관 뚜껑이 모두 닫힐 것이다.

13   육신과 함께 영혼을 죽게하는
        에피쿠로스와[184] 함께 그의 추종자들
        모두의 묘지가 이편에 있다.

16   내게 하는 질문과 내게 침묵하는
        네 소망도 여기 안에서 곧
        채워지게 될 것이다."

19   그러자 내가, "인자하신 길잡이시여,
        당신께서 내게 늘 당부하셨듯이, 당신께
        말을 삼가할 뿐, 내 심정을 숨기지 않습니다."

22   "아, 토스카나 사람이여, 불의 도시를
        살아서 그리도 고상하게 말하며 가는
        그대가 여기서 머물기를 바라오.

25   그대의 말투가, 아마 내가
        지나치게 추근거렸던, 고귀한 나라
        출신임을 말해주는구려."

28   갑자기 이 소리가 한 석관에서
        나와, 무서워하던 내가 스승님께

---

184 영혼불멸설을 거부하고 지상의 쾌락과 행복을 추구하는 그리스 향락주
     의 철학의 창설자.

조금 더 다가섰다.

31   내 길잡이가 말했다. "뭘 하느냐?
      파리나타가[185] 꼿꼿이 선 저곳을 돌아보아라.
      허리부터 위로 다 네가 볼 것이다."

34   벌써 내 시선이 그에게 꽂혀 있었다.
      마치 지옥을 경멸하는 듯이
      가슴과 이마를 치켜들고 있었다.

37   벌써 부추기는 손으로 나를
      무덤들 사이의 그에게 밀며
      길잡이가 말했다. "헤아려 말하여라."

40   무덤 발치에 이른 나를
      조금 쳐다보고 난 그가 거의 경멸조로
      내게 물었다. "누가 네 선조들이냐?"

43   복종하고 싶어하던 내가
      숨김없이 모든 것을 털어놓자,
      눈썹을 조금 치켜올린 후 그가

---

185 추방된 기벨리니를 이끌고 피렌체를 침입하여 궬피를 굴복시킨 파리나타
     델리 우베르티 (Farinata degli Uberti, 1212~1264).

46   말했다. "나와 내 집안과 내 당파의
      맹렬한 적들이었던 그들을 내가
      두 번 무찔렀소."[186]

49   "쫓겨났지만 곳곳에서 돌아왔소."
      내가 답했다. "두 번 다.
      그대들이 잘 배우지 못했던 재주였소."[187]

52   그때 그 옆에 열린 구멍에서
      한 그림자가 턱까지 올라왔다.
      아마 무릎 위로 섰을 것이다.

55   나와 같이 있는 다른 사람을 보려는 듯,
      내 주변을 돌아보고 나서,
      모든 희망이 사라지자,

58   울면서 말했다. "이 까만 감옥을
      높은 재능으로 자네가 지나간다면,
      내 아들은 어디에 있소? 왜 같이 있지 않소?"

61   내가 그에게, "혼자서 가지 않소.

---

186   1248년과 1260년에 기벨리니가 궬피를 피렌체에서 쫓아내었다.
187   1251년과 1266년 궬피가 피렌체로 다시 돌아 왔으나, 파리나타의 집안 우
      베르티는 망명에서 결코 돌아오지 못했다.

저기서 기다리시는 분이 그대의 구이도가[188]
아마 멸시했던 분께로[189] 나를 이끄오."

64   그의 말과 그가 받던 고통에서
      그의 이름을[190] 이미 읽었던 내가
      그렇게 충만하게 대답했다.

67   곧바로 똑바로 서서 외쳤다. "뭐라고?
      '그가 했던'? 아직 살아 있지 않는가?
      부드러운 빛이 그의 눈들을 스치지 않는가?"

70   대답 전에 꾸물거리던 나를
      알아챈 그는 뒤로 다시 쓰러져
      더 이상 밖으로 나타나지 않았다.

73   그러나 그가 원해 내가 머물렀던
      다른 담대한 영혼은 얼굴도 목도
      움직이지 않고, 허리도 굽히지 않으며,

---

188 단테의 "첫 번째 친구"로 불리는 시인 구이도 카발칸티 (Guido Cavalcanti,
     1300년 사망). 궬피였으나 화해를 도모하고자 기벨리니 파리나타의 딸과
     결혼하였다.
189 하느님의 은총과 지혜를 상징하는 베아트리체.
190 파리나타 사돈이자 구이도 카발칸티의 아버지 카발칸테 데이 카발칸티
     (Cavalcante dei Cavalcanti, 1280년경 사망). 아들과 함께 향락주의 철학을
     추구한 것으로 피렌체에서 알려졌다.

76   먼저 했던 말을 이어가며 말했다.
       "그들이 그 재주를 잘못 배운 것이
       이 잠자리보다 나를 더 괴롭게 하오.

79   그러나 여기를 다스리는 여인의 얼굴이
       오십 번도 채 밝혀지기 전에, 얼마나
       그 재주가 힘든지 알게 될 것이오.[191]

82   달콤한 세상으로 언젠가 되돌아갈 그대가
       말해 보시오. 모든 법으로 그 사람들이
       내 사람들에게 대적하여 왜 그리도 매정하오?"

85   내가 그에게, "아르비아 강을 붉게
       물들였던 학살과 대접전이
       우리 성전에서 그런 서약을 맺게 했소."[192]

88   한숨을 쉬며 머리를 움직인 후 그가 말했다.
       "혼자 한 일이 아니었소. 결코 이유없이
       다른 이들과 같이 움직이지도 않았을 것이오.

---

191 지옥에서 프로세르피나로 섬기는 달이 오십 번도 밝혀지기 전에, 즉 1300
     년인 지금부터 4년이 지난 1304년에, 피렌체로 다시 돌아가기 위해 단테
     와 함께 추방된 궬피 백색당이 시도하는 모든 헛된 수단들을 알게 될 것
     이라는 예언이다.

192 1260년 대학살을 초래한 몬타페르티(Montaperti) 전투를 기벨리니의 승
     리로 이끈 파리나타의 가문을 피렌체 사람들이 결코 용서할 수 없었다.

91   하지만 모두가 피렌체를 파괴하려
      했던 곳에서, 피렌체를 방어하려
      얼굴을 들었던 자는 나 혼자였소."[193]

94   "아, 그대의 후손이 언젠가 안착하길,"
      내가 그에게 바랐다. "내 판단을
      여기서 엉키게 한 매듭을 풀어 주시오.

97   내가 들은 바로, 시간이 가져오기 전에
      그대들이 보는 듯하나, 현재는
      다르게 이해하는 듯하오."

100   "최고의 길잡이가 아직 눈에 비치는 한,"[194]
      그가 말했다. "멀리 있는 것들을
      눈 나쁜 사람처럼 우리가 본다오.

103   가까이나 지금은 아무것도 우리가
      알지 못하니, 다른 이들이 알려주지 않으면,
      그대들의 인생살이를 전혀 모른다오.[195]

---

193 승리한 기벨리니가 재로 만들려 했던 피렌체를 유일하게 반대하여 구한
     자가 파리나타였다.
194 모든 것을 아는 하느님이 허락하는 한.
195 살아서 미래를 무시하고 현재의 향락만 추구했던 것과 반대로, 죽어서 미
     래를 보나 현재에 대해 무지하다 (콘트라파소).

106   그래서 미래의 문이 닫히는
그 순간부터 우리의 지식은
완전히 사멸함을 그대가 알 수 있을 것이오."[196]

109   그러자 자책감에 찔린 내가 말했다.
"그러면 쓰러진 그자에게 아들이 아직
산 자들과 묶여있다 말해 주시오.

112   그대가 바로 잡은 잘못된 생각 속에[197]
벌써 빠져있던 내가 그에게 앞서
대답하지 못했다고 알려주시오."

115   벌써 선생님이 나를 다시 불러서,
누가 같이 있는지 말해 주기를
더 재촉하며 그 영혼에게 청했다.

118   그가 말했다. "여기 누워있는 수천 명 속에

---

196 최후의 심판이 오면 아무것도 알 수 없게 된다. 영혼불멸을 믿지 않아 영원
한 영혼과 몸을 영원히 알지 못하는 벌을 받는다 (콘트라파소).

197 단테는 구이도의 아버지가 미래도 현재도 볼 수 있다고 생각했다.

프리드리히 2세와[198] 그 추기경이[199] 있소.
다른 사람들에 대해서는 입을 다물겠소."

121   그리고 그가 사라지자, 내게 해롭게 들렸던
그 말을 되새기며, 내 발길을
옛 시인에게로 돌렸다.

124   그가 움직였다. 그리고 그렇게 걸어가며
내게 말했다. "왜 넋을 잃고 있느냐?"
그래서 그의 물음을 내가 충족시켜 주었다.

127   "네 귀에 거슬리는 말을 네 마음에
새겨 놓아라"라고 현자께서 당부하셨다.
그리고 손가락으로 가리켰다. 이제 여기에 주목하여라.

---

198 현재 독일 남서부 지방인 슈바벤에서 온 호엔슈타우펜 가문의 세 번째이
    자 마지막 신성 로마 제국 황제였던 프리드리히 2세(재위: 1220-1250)
    는 1248년 피렌체를 침입하던 파리나타를 도왔다. 이탈리아 전역의 기벨
    리니의 중심이었고 신성 로마 제국의 통일을 도모했다. 시칠리아 왕(재
    위:1198-1250)으로서 그의 궁정을 당대 예술과 문화의 중심으로 만들었
    다. 그러나 그의 향락주의적인 삶으로 인해 벌받고 있다.
199 피렌체의 강력한 기벨리니 가문 출신의 추기경 오타비아노 델리 우발디니
    (Ottaviano degli Ubaldini, 1214-1275). 황제를 추종하던 기벨리니가 교황
    을 따르던 궬피보다 더 많이 이교도로 벌을 받고 있다.

130   아름다운 눈이 모든 것을 보는 그녀의
       부드러운 빛 앞에 네가 당도하면,
       그녀로부터 네 삶의 여정을 알게 될 것이다."[200]

133   그리고 그의 발길을 왼쪽으로 옮겼다.
       벽을 떠나 골짜기로 이어지는
       오솔길을 따라 우리가, 그 위까지

136   악취를 풍기는 안쪽으로 들어갔다.[201]

---

200 하느님의 빛 속에서 삶의 여정의 진실한 의미를 알 수 있을 것이다.
201 위의 벽까지 악취를 풍기는 아래 골짜기로 들어갔다.

지옥 11곡 목차 (이교도, 지옥 구조)

지옥 11곡

1   거대하게 깨진 바위들이 에워싼
       높은 절벽 가장자리에,
       가장 잔인한 무리 위에 우리가 왔다.

4   깊은 심연이 내뿜는 악취에
       못이긴 우리가 뒤로 주춤하다가,
       거대한 무덤 뚜껑 위에

7   쓰여진 것을 내가 보았다.
       '포테이노스가 바른길에서 벗어나게 한
       교황 아나스타시우스를 내가 보호한다.'[202]

10   "우선 슬픈 입김에 조금 익숙해진
       우리의 감각이 더 이상 개의치 않을 때까지,
       우리는 내려가는 것을 미루어야 한다."

---

202   그리스도의 신성을 부정하고 인성만을 믿던 그리스 테살로니케의 부제 포
      테이노스를 옹호한 교황 아나스타시우스(Anastasius) 2세(재위: 496-498)
      이다. 황제를 추종하는 기벨리니 뿐만 아니라 퀠피가 따르는 교황 자신도
      이교도에 의해 이끌린 예를 보여주고 있다. 속한 당파보다 각자의 자유의
      지를 더 중요시 하는 시인의 의도를 엿볼 수 있다.

13   선생님이 그러시자 내가 대답했다. "시간을
      헛되이 보내지 않을 대책을 찾으십시오."
      그러자 그가, "내 생각을 네가 아는구나."

16   "내 아들아, 저 바위들 안에,"
      그가 말하기 시작했다. "네가
      지나온 것처럼 층층이 세 둘레가 있다.

19   모두 저주받은 영혼들로 가득차 있다.
      어떻게 그리고 왜 갇혀있는지는
      나중에 네가 보는 것으로 충분하다.

22   하늘이 혐오하는 모든 악의의
      끝인 불의는 폭력이나 사기로
      다른 사람에게 해를 끼친다.

25   하지만 사람만이 저지르는 사기의 악행에
      하느님이 더 노하시어, 사기꾼들은
      저 아래에서 더 큰 고통을 당한다.[203]

---

203 인간만이 지닌 이성을 남용하는 사기로 다른 사람에게 불의를 가한 죄인
     들이 지옥의 가장 아래에서 벌받고 있다.

28   첫 둘레는 폭력배들로 가득차 있다.
      하지만 폭력이 세 사람들에게 가해져서
      세 구렁들로 구별되어 구성되어 있다.[204]

31   하느님께, 자신에게, 이웃에게,
      그들에게 그리고 그들의 것들에 가해지는
      폭력에 대한 명확한 해석을 들어 보아라.[205]

34   죽음과 쓰라린 상처를 폭력이
      이웃에게 그리고 이웃이 지닌 것에
      파괴, 방화, 약탈로 가한다.

37   살인자, 폭력배, 도둑놈과,
      모든 악당들을 첫 구렁이
      무리별로 처벌한다.

40   자신과 자신이 지닌 것에 사람은
      폭력의 손을 휘두를 수 있으니, 헛되이,
      두 번째 구렁 속에서 참회해야 한다.

---

204 이성을 잃은 동물적 감정에 의한 폭력의 죄가 제일 먼저 처벌된다. 지옥 아
     래로 내려갈수록 더 무거운 죄가 처벌된다.
205 폭력을 가한 대상에 따라 지옥의 여섯 곡을 (지옥 12-17) 이루는 세 구렁
     속에서 벌받는 세 가지 죄들이 아래 여섯 연에서 열거된다 (36-51).

43   자신이 너희들의 세상을 버리게 하고,
      자신의 능력을 도박으로 탕진하며,
      기뻐해야할 곳에서[206] 우는 자이다.

46   신성을 모독하고 부정하고 자연과
      하느님의 자비를 업신여기며
      하느님께 마음으로 폭력을 가할 수 있다.

49   하느님을 마음으로 업신여기며 말하는 자와
      소돔과 카오르에는[207] 가장 좁은[208] 구렁의
      낙인이 그래서 찍혀있다.

52   모든 양심을 찌르는 사기를,
      믿는 사람과 믿음을
      갖추지 않은 자에게 칠 수 있다.[209]

---

206 하느님이 주신 자신의 능력을 감사히 여기고 기쁘게 사용해야 할 세상.
207 동성애에 분노한 하느님이 불의 비를 내린 소돔(창세기 18-19)과 고리대
     금으로 당시 악명이 높았던 프랑스 도시 카오르(Cahors)를 성서와 역사적
     사실의 두 예들로 나란히 들고 있다.
208 내려갈수록 좁아지는 지옥.
209 이성을 남용한 인간의 죄들이 아래 네 연에서 열거되고 (55-66) 지옥의 가
     장 아래에서 처벌된다 (지옥 18-34).

55   자연스러운 사랑의 인연을
        끊는 듯한 후자의 방식은
        둘째 둘레 속에 둥지를 틀고 있다.

58   위선, 아첨, 현혹하는 자,
        거짓, 도둑질, 성물 매매, 포주,
        뇌물죄와 같은 혐오스러운 것들이다.

61   다른 방식으로 자연스러운 사랑과,
        더 나아가서 생긴 특별한 믿음을
        망각하므로,

64   디스가[210] 앉아있는 우주의 중심의
        가장 좁은 둘레 속에서,
        배반자는 끝없는 고통을 당한다."

67   그리고 내가, "스승님, 이 어두운 곳과
        이곳에 있는 사람들을 아주 명백히,
        논리 정연하게 구별해 주십니다.

---

210 지하의 왕 플루토를 가리키는 라틴어 "디스"(Dis)는 단테의 지옥 중심에 있
     는 루키페르(Lucifer)와 그에 가까이 있는 지옥 하단 전체를 일컫는 도시의
     이름으로 사용되고 있다. 이탈리아어로는 "디테"(Dite)이다.

70   그런데 깊은 늪에 빠진 자들,
      바람에 휩쓸리고, 비에 맞고,
      매서운 말들에 부딪히는 자들이[211]

73   하느님의 분노를 샀다면, 불타는
      도시 속에서 왜 벌을 받지 않습니까?
      분노를 사지 않았다면, 왜 그렇게 있겠습니까?"

76   그가 내게 말했다. "가던 길에서
      네 마음은 왜 이토록 이탈하느냐?
      네 마음은, 아니면, 다른 곳을 바라 보느냐?[212]

79   하늘에 반하는 세가지 성향을
      너의 《윤리학》에서 다루던 말들이
      너는 기억나지 않느냐?

82   무절제, 악덕, 수심(獸心)을,
      그리고 무절제가 덜 비난 받고
      하느님을 덜 분노케 하는 것을?[213]

---

211 정욕 (둘째 둘레), 탐식(셋째), 탐욕(넷째), 분노(다섯째)의 죄를 지은 자들.
212 재능이 비켜 가서가 아니라면, 정신이 다른 곳(이론)에 팔려 있는지 묻
     는다.
213 아리스토텔레스의 《윤리학》이 나누는 부도덕의 세 가지 중, 감정을 절제하
     지 못한 죄가 가장 가볍게 여겨진다.

85   이 판단을 잘 살펴보고,
　　　　저 위, 밖에서 벌을 받는 자들이
　　　　누구인지 네 마음 속에 되새기면,

88   여기 떨어진 자들로부터 왜 그들이
　　　　떨어져 있는지, 왜 그들을 덜 분노하며
　　　　신성한 복수가 망치질하는지 네가 볼 것이다."[214]

91   "오, 모든 흐려진 시야를 고치시는 해여,
　　　　이리도 흡족히 당신께서 풀어주시는 의심을
　　　　아는 것보다 못하게 내가 반길 수 없습니다.[215]

94   고리대금이 하느님의 자비를 해한다고
　　　　말씀하신 곳으로 다시 조금 뒤로 되돌아 가서
　　　　매듭을 풀어 주십시오." 내가 말했다.

97   그가 말했다. "아는 사람은 알듯이,
　　　　단지 한 부분에서만 아니라, 철학이
　　　　논하기를, 자연 과정은

214 무절제의 죄를 지은 자들은 디스 시 밖에 있고, 폭력(수심, 즉 짐승적 감성)
　　　　과 악덕(악의)의 죄를 지은 자들은 디스 시 안에 갇혀 벌을 받는다.
215 항상 의심을 만족스럽게 풀어주는 베르길리우스 덕분에, 아는 것 만큼 의
　　　　심함에 기뻐하는 단테.

100   하느님의 지성과 예술에서 나오고,[216]
       네 《자연학》을 몇 장 넘기지 않고
       잘 주목하면 네가 알아내듯이,

103   제자가 스승을 따르듯이 너희들의 예술이
       할 수 있는 한 자연을 따르니, 너희들의 예술이
       하느님에게 거의 손주와도 같다.[217]

106   창세기 처음을[218] 네 기억에
       잘 떠올리면, 이들 둘에서[219]
       사람은 삶을 일구고 뻗어나가야 한다.

109   다른 길을 택하는 고리대금업자는
       자연과 자연을 따르는 것을[220] 경시하고,
       다른 것에[221] 희망을 둔다.

---

216 아리스토텔레스 철학이 여러 번 논하듯이, 자연은 하느님의 지성과 예술
     의 산물이다.
217 아리스토텔레스의 《자연학》이 논하듯이, 자연을 모방하는 인간 예술은 하
     느님의 산물의 연속이다.
218 "처음에 하느님이 창조하셨다"(in principio creavit Deus)로 시작하는 창
     세기 (창세기 1.1).
219 자연과 예술.
220 자연과 예술.
221 노동 없이 돈으로 번 돈.

112   이제 가려는 나를 따르거라.

       물고기자리가 지평선 위로 반짝이고,

       북두칠성이 온통 북서풍 위로 기울고,[222]

115   절벽은 저기 저편에서 내리막이다."

---

222 춘분에 양자리와 함께 아침 6시에 뜨는 해가 오르기 2시간 전 새벽 4시를
      가리킨다. 양자리 바로 앞에 뜨는 물고기 자리가 30도 차이 즉 2시간 전에
      지평선에 오르기 때문이다. 북반구의 북두칠성이 북서쪽으로 기울기 시작
      하는 오후 2시 방향 쪽에 있다.

지옥 12곡 목차 (가해)

지옥 12곡

1   절벽을 내려가 험난한 난간에
우리가 갔다. 게다가 거기에서는
저마다 눈을 돌리고 싶을 것이다.

4   지진이 나거나 지탱될 수 없어,
트렌토에서 이쪽 아디제 강변으로
부딪히며 붕괴된 낙석이[223]

7   산꼭대기에서 떨어져서,
평지에 무너져 내린 돌 위로
지나가는 사람에게 길을 내주는,

10   그런 계곡의 내리막이었다.
부서진 바위 절벽 정상에
크레타의 치욕이 늘어져 있었다.

---

[223] 이탈리아 트렌토 남쪽에 산사태로 무너진 암석이 형성한 슬라비니 디 마르코(Slavini di Marco).

13   위장된 암소 안에서 잉태되었던 놈이[224]
      우리를 보자, 속에 있는 분노로
      자신을 망치는 사람처럼 자신을 물어 뜯었다.

16   내 현자가 그쪽을 향해 호통쳤다. "혹
      위 세상에서 죽음을 네게 가져다준
      아테네의 공작이 여기 있다고 믿느냐?[225]

19   물러서라, 짐승아![226] 이 사람은
      네 누이가[227] 시켜서 온 것이 아니라,
      너희들의 수난을 보러간다."

22   마치 이미 치명상을 맞고,
      고삐에서 풀린 황소가
      가지 못하고, 우왕좌왕 날뛰는 것처럼,

25   나는 미노타우로스가 그렇게 하는 것을 보았다.

---

224 크레타 미노스 왕의 부인 파시파에는 다이달로스가 나무로 만든 암소 모
     양 안에서 황소로부터 황소 반 사람 반의 미노타우로스를 잉태한다. (연
     옥 26.41-42 참조).
225 아테네의 왕자 테세우스가 크레타 공주 아리아드네의 도움으로 미노타우
     로스를 죽인다.
226 수심(獸心)의 폭력을 범한 자들의 상징.
227 크레타 미노스 왕과 파시파에 여왕의 딸 아리아드네는 테세우스에게 미노
     타우로스를 죽일 칼과 미궁을 빠져나올 때 사용할 실패를 준다.

현명한 그가 외쳤다. "사잇길로 뛰어라.
분에 미쳐있는 사이에, 내려가는게 낫다."

28   예기치 않게 무거운[228] 내 발길에
      차여 떨어지는 돌길을 따라
      우리는 아래로 내려갔다.

31   내가 아직 생각에 잠겨있었다. 그가 말했다.
      "방금 내가 억누른 야수의 분노가
      방어하는 이 폐허에 대해 생각하는구나.

34   이전에 여기 아래 깊은 지옥 속으로
      내가 내려왔을 때, 이 바위가
      아직 무너지지 않았다는 것을 알길 바란다.

37   그러나 고귀한 둘레의 큰 전리품을
      디스에서 들어 올리신 분이, 내가 잘
      식별한다면, 오시기 바로 조금 전에,[229]

---

228   살아있는 몸의 무게.
229   그리스도가 숨을 거두시자, 땅이 흔들리고 바위가 갈라졌다 (마태복음
      27.51). 성금요일에 십자가 위에 못박히신 그리스도가 성토요일에 지옥에
      내려와 림보(고귀한 둘레)에서 영혼들을 해방시켰다.

40   깊게 악취를 풍기는 골짜기의 곳곳이
      흔들려, 우주가 사랑을 느낀다고
      내가 생각했고, 어떤 사람은

43   매번 세상이 혼돈에 빠진다고 믿었다.[230]
      그 순간에 이 오래된 암벽이
      이곳저곳으로 그렇게 뒹굴었다.

46   이제 아래 계곡으로 눈길을 모아라.
      폭력으로 남을 해친 자들이 안에서
      끓고 있는 피의 강에[231] 우리가 닿고 있다."

49   아, 눈먼 탐욕이여, 무모한 분노여,
      너희는 짧은 삶 속의 우리를 그렇게 채찍질한 후
      영원히 우리를 악에 빠지게 하는구나!

52   내 길잡이가 말했던 대로,
      평원 전역을 둘러싸고 굽어 흐르던,
      널찍한 고랑을 내가 보았다.

---

230 단테의 림보에 있는 (지옥 4.138) 그리스 철학자 엠페도클레스(기원전
     494~434년경)는 조화와 혼돈이 매번 반복되는 우주론을 주장했다. 그리스
     도의 사랑을 우주의 본질로 믿는 그리스도교와 어긋나는 이론이다.
231 플레게톤 강.

55 절벽 발치와 이것 사이에서,[232]
   세상에서 사냥을 가던 것처럼 캔타우로스들이
   화살을 들고, 줄을 서서 달리고 있었다.

58 내려오던 우리를 보고 모두 멈췄다.
   활과 벌써 고른 화살을 들고
   셋이 무리에서 나와,

61 하나가 멀리서 소리를 질렀다.
   "너희는 어떤 벌을 받기 위해 언덕을 내려 오는지
   거기서 말하지 않으면 쏜다."

64 내 스승님이 말했다. "케이론[233] 곁에 가서
   대답하겠다. 너는 항상 성급히 하려해서
   네게 해가 되었다." 그리고

67 나를 넌지시 누르시며 말했다. "아름다운
   데이아네이라 때문에 죽고,
   스스로 복수한 네소스이다.[234]

---

232 깎아내린 절벽 아래와 강 사이.

233 켄타우로스들의 우두머리.

234 헤라클레스의 아내 데이아네이라를 납치하다 헤라클레스가 쏜 독이 든 화
   살에 맞고 죽던 네소스가 자신의 피가 묻은 옷을 데이아네이라에게 준다.
   에우리토스 왕의 딸 이올라와 사랑에 빠진 헤라클레스를 자신에게 되돌아
   오게 하리라 믿은 아내가 입힌 옷의 독으로 헤라클레스는 죽는다.

70   가운데에서 자기 가슴을 바라보는 자가
      아킬레우스를 키운 위대한 케이론이다.[235]
      다른 자는 분노로 가득 찼던 폴로스이다.[236]

73   지은 죄보다 더 높이 피에서 벗어나는
      영혼들에게 화살을 쏘며 수천 명이
      도랑 둘레를 돈다."

76   재빠른 짐승들에게 우리가 가까워지자,
      케이론이 화살 하나를 잡아 오늬로
      수염을 턱 뒤로 갈랐다.

79   거대한 입을 드러낸 그가 동료들에게
      말했다. "뒷사람이 만지는 것이
      움직인다는 것을 알았소?

82   죽은 자의 발이 그럴 수 없소."
      두 자연이 만나는 그의 가슴에[237]
      벌써 다가간 어진 내 길잡이가

---

235 아킬레우스의 스승 케이론.

236 라피타이의 왕 페이리투스의 혼인 잔치에서 술에 취하고 분노에 찬 신부
     와 다른 여인들을 겁탈하려 했다.

237 가슴 위는 사람이고 가슴 아래는 말인 켄타우로스.

85   답했다. "그는 분명히 살아있소. 홀로
어두운 계곡을 보여 주려 하오.
재미가 아니라 필요에 의해서라오.

88   할렐루야를 부르다 오신 분이[238]
이 새로운 임무를 내게 내렸소.
그는 도둑이 아니오. 내 영혼도 마찬가지오.

91   거친 길을 따라 내 발을 옮기는
근거인 그 힘을 위해, 우리 곁에
그대들 중 하나를 주시오.

94   건널 수 있는 곳을 우리에게 보여주고,
그를 등에 태우고 가야하오.
공기를 타고 가는 영혼이 아니기 때문이요."

97   케이론이 오른편으로 돌아 네소스에게
말했다. "돌아가 데려다 주어라.
만나는 다른 무리들이 길을 내주게 하여라."

100   그래서 비명소리가 높게 들끓고
진홍빛으로 끓는 강변을 따라
이끄는 이를 믿고 우리가 움직였다.

---

238 하느님을 찬양하며 천국에서 축복받으신 분.

103   눈썹 아래까지 잠긴 자들을 내가 보자,
       커다란 켄타우로스가 말했다.
       "약탈과 피를 손에 묻힌 폭군들이다.

106   비정했던 범죄로 비탄에 잠겨 있다.
       알렉산드로스가[239] 여기 있고, 고통스러운 세월을
       시칠리아에게 안겨준 디오니시오스가[240] 있다.

109   새까만 머리카락을 한 저 이마가
       에첼리노이고,[241] 다른 금발이
       위 세상에서 의붓아들에게

112   정말로 살해당한 오비초 데스테이다."[242]
       그러자 내가 돌아보니 시인이 말했다.
       "이 자가 이제 네게 먼저이고, 내가 다음이다."[243]

---

239 고대 그리스 마케도니아의 알렉산드로스 대왕 (재위: 기원전 336-323).

240 고대 시칠리아의 왕 디오니시오스 1세 (기원전 432~367년경).

241 에첼리노 다 로마노 3세(Ezzelino da Romano III, 재위: 1226~1259)는 기벨리니 프리드리히 2세와 동맹하고 지금의 베네토 지방을 다스리며 폭군으로 악명이 높았다.

242 페라라(Ferrara)의 후작 오비초 데스테 2세(Obizzo d'Este II, 1294~1352)는 후계자인 의붓아들 아초 데스테 8세(Azzo d'Este VIII, 1308년 사망)가 죽인 것으로 알려졌다. 금발의 궬피가 검은 머리의 기벨리니와 함께 있다.

243 네소스를 믿으라는 베르길리우스의 조언이다.

115   조금 더 지나서 켄타우로스가
      끓는 물에서 목까지 나와 보이는
      사람들 가까이에서 멈추었다.

118   한쪽 구석에 혼자 있는 그림자를 가리키며
      말했다. "지금도 템스 강 위에서 존경받는
      가슴을 하느님의 품 속에서 가른 자이다."[244]

121   뒤이어 강 밖으로 머리를 거기다
      가슴까지 다 내민 사람들 사이에서
      제법 많은 자들을 내가 알아보았다.[245]

124   피가 그렇게 점점 더 낮아지며
      오직 발들만 끓이자, 우리가
      고랑을 건너는 곳에 이르렀다.

127   "점점 줄어드는 끓는 강물을
      네가 이편에서 보듯이,"
      켄타우로스가 말했다.

---

244 아버지 원수를 갚기 위해 사촌(Henry of Cornwall, 1235~1271)을 성당
     안에서 (하느님의 품 속) 죽인 기 드 몽포르(Guy de Montfort, 1244~1291).
     헨리는 템스 강 위 웨스트민스터 사원에 안장되었다.
245 피렌체 사람들.

130   "폭정이 신음해야 하는 곳에
        닿을 때까지, 다른 이편에서
        바닥이 점점 더 낮아짐을 믿길 바란다.

133   땅을 휘둘러 치던 아틸라,[246]
        피로스[247] 그리고 섹스투스를[248] 여기서
        신의 정의가 징벌하고 있고,

136   길에서 자주 다투던
        리니에르 다 코르네토와 리니에르 파초의[249]
        눈물을 끓여 나오게 하여 영원히 짜낸다."

139   그리고 돌아서서 웅덩이를 다시 건너갔다.

---

246 5세기에 이탈리아를 침입하여 피렌체도 폐허로 만든 훈족 최후의 왕 아틸
     라(재위: 434-453).
247 당대 로마의 가장 큰 적이었던 그리스 에페이로스의 왕 피로스(재위: 기
     원전 297-272).
248 폼페이우스 마그누스의 아들로 해적이 되었다.
249 로마와 피렌체 근처 길에서 강탈을 범하던 자들.

지옥 13곡 목차 (자해)

지옥 13곡

1   아직 저편에 네소스가 닿기도 전에,
    아무 길도 놓여있지 않은 숲속으로
    우리가 들어섰다.

4   잎은 푸르지 않고 어두웠다.
    가지는 바르지 않고 얽히고설키었다.
    열매 대신 독이 든 가시로 앙상했다.

7   체치나와 코르네토 사이에서
    경작지를 싫어하는 사나운 짐승들도
    그렇게 거칠고 빽빽한 수풀 속에 살지 않는다.[250]

10 미래에 대해 불길한 예언을 하며
    스트로파데스에서 트로이인들을 쫓아내는
    혐오스러운 하르피아들이 여기서 둥지를 튼다.[251]

---

250 체치나(Cecina) 강과 코르네토(Corneto) 강이 북쪽과 남쪽 경계를 이루는
     마렘마(Maremma)에서 가장 거친 숲속보다 더 험한 수풀을 이루고 있었다.
251 여자의 얼굴을 한 새들이 망친 음식이 미래의 기아를 예언하며 트로이
     인들을 스트로파데스 섬에서 쫓아내었다. (베르길리우스, 《아이네이스》
     3.209-257 참조).

13   넓은 날개와, 사람 목과 얼굴과,
        발톱 달린 발과, 털 난 커다란 배로,
        이상한 나무들 위에서 울부짖는다.

16   선한 선생님이 말을 시작했다.
        "더 들어가기 전에, 두 번째 구렁에
        너가 있고, 무서운 모래 사막에

19   이르기까지 있을 것을 알아라.
        잘 보아라. 너는 내 말에서
        믿지 못할 것을 볼 것이다."

22   온 사방에서 신음 소리를
        내는 사람을 보지 못한 나는
        온통 혼란스러워 멈춰 섰다.

25   수풀 사이에서 우리에게 숨겨진
        사람들에게서 나오는 목소리로 내가
        여겼으리라고 그가 여겼다고 내가 여긴다.

28   그래서 선생님이 말했다. "이 나무
        가지들 중 작은 가지 하나를 자르면,
        네 생각도 몽땅 부러질 것이다."

31   그러자 내가 손을 조금 앞으로 내밀어
큰 가시 넝쿨에서 잔가지 하나를 떼어내자,
그 둥치가 소리쳤다. "왜 나를 꺾소?"

34   피로 거무스름해진 그것이 다시 말하기
시작했다. "왜 나를 뜯어내오?
아무 연민도 없소?

37   지금 덤불이 된 우리도 사람이었소.
뱀의 망령이라도,[252] 그대의 손에
동정심이 더 들어있을 것이오."

40   한쪽 끝이 타는 푸른 잔가지의
다른 쪽에서 바람을 타고
나오는 소리와 진물같이,

43   말과 피가 쪼개진 조각에서 같이
나오자, 나무 토막을 떨어트린
나는 무서워하는 사람처럼 멈추었다.

---

252   악을 상징하는 동물이 아니라 인간이었다.

46   내 현인이 답했다. "상처 입은 영혼이여,
      오직 내 글에서 본 것을[253]
      그가 먼저 믿을 수 있었더라면,

49   그대에게 손을 뻗치지 않았을 것이오.
      그러나 믿지 못할 일이라, 내 스스스로를
      무겁게 하는 일을 그에게 시켰소.

52   그 대신 그가 돌아가게 되어있는
      위 세상 속의 명예를 회복하기 위해,
      그대가 누구였는지 그에게 말하시오."

55   그러자 나무 둥치가, "달콤한 당신의 말의 미끼로
      덫에 걸린 내가 잠자코 있지 못해서
      하는 말이니 부담 갖지 마시오.

58   프리드리히의 마음을 두 열쇠를 쥐고[254]
      살며시 돌리며 닫고 열었던
      사람이 바로 나였소.[255]

---

253 죽은 폴리도루스가 묻힌 땅 위에서 자라는 수풀을 아이네아스가 꺾자 피
     가 흘러나오고 폴리도루스의 망령이 말한다. (베르길리우스,《아이네이스》
     3.22 이하 참조). 자살하여 몸을 버린 영혼이 수풀 속에서 자신의 사지를
     자라게 하는 콘트라파소로 단테가 전환시킨다.

254 하나로 열고 다른 것으로 닫았던 두 열쇠.

255 프리드리히 2세 궁정에서 충성하며 최고의 총애를 입었던 피에르 델레 비

61   그의 비밀에서 거의 모든 사람을 배제했고,

      명예로운 임무에 너무나 충실해,

      잠과 삶을 내가 잃었소.

64   황제의 궁정에서 절대

      눈독을 떼지 않는 매춘부,

      모든 사람을 죽이는 궁들의 악이[256]

67   모든 사람의 마음을 내게 맞서도록 불지폈고,

      불지펴진 자들이 황제를 불지펴,

      기쁨의 영광이 슬픈 애도로 돌변했소.[257]

70   역겨움을 못이긴 내 영혼이,

      죽음으로 욕됨에서 벗어나리라 믿고,

      정의로운 내게 맞서 부정의를 저질렀소.

      네(Pier delle Vigne, 약 1190~1249).

256 "악마의 시기로 지상의 도시에 죽음이 들어왔다 (invidia autem diaboli
     mors introivit in orbem terrarum)" (지혜서 2.24). 이브를 유혹하여 인류에
     게 죽음을 (모두를 죽이는) 가져온 최초의 악덕인 악마의 시기가 (매춘부)
     궁정에서 심하게 일어난다.

257 반역자로 몰려 감옥에 갇혔다.

73   영광스러운 군주에게 내가 절대
        충성을 저버리지 않았음을
        이 나무의 새로운[258] 뿌리들에 대고 맹세하오.

76   그대들 중 누가 세상으로 되돌아가면,
        질투가 준 타격에 아직 드러누운
        내 기억을 똑바로 세워 주시오."

79   조금 기다린 후 시인이 내게 말했다.
        "그가 말이 없으니 시간을 버리지 말고,
        그에게 더 묻고 싶은 것을 말하여라."

82   그러자 내가 그에게, "연민에
        가슴이 눌러서 할 수 없는 내가 또
        만족하리라 믿는 것을 물어 주십시오."

85   그가 다시 시작했다. "갇힌 영혼이여,
        그가 그대 말이 바라는 것에 관대하도록
        아직 말해 주시오.

88   어쩌다 영혼이 이런 가지 속에
        꼬여 있고, 그런 사지에서 언제

---

258 얼마 전에 죽어 심긴 새로운 뿌리.

풀려날 수도 있는지, 할 수 있으면, 말해 주시오."

91   그러자 나무 둥치가 내쉰 큰 한숨의
    바람이 이내 이런 목소리로 변했다.
    "짧게 그대들에게 대답하겠소.

94   자기 자신을 뽑아낸 몸에서
    사나운 영혼이 빠져나가면,
    미노스가 그를 일곱 번째 입구로 보내오.

97   정해진 곳도 없이, 운명이 쏘아
    닿는 데로 숲속에 떨어져,
    거기서 밀알처럼 싹을 틔우오.

100   솟아난 새순이 숲속의 나무로 자라면,
    하르피아들이 잎들을 쪼아 대며,
    고통과 고통의 통로를[259] 자아내오.

103   다른 영혼들처럼 우리가 벗은 것을
    되찾을 것이나, 버린 것을 가지는 것이
    옳지 않기에, 아무도 다시 입지 않을 것이오.

---

259 고통의 소리가 나오는 상처.

106   여기 슬픈 숲속으로 끌려온

         우리 몸들은 모두 고통스러운 그림자의

         가시에 걸려 있을 것이오."[260]

109   다른 말을 하리라 믿고 여전히

         나무 둥치에 귀 기울이던 우리는

         한 소음에 소스라쳤다.

112   멧돼지와 사냥꾼이 이리로 오는 것이

         들릴 때, 짐승들이 짓밟는

         가지에서 나는 소리와 비슷했다.

115   그러자 왼쪽에서 벌거벗고 할퀸

         두 영혼이 마구 도망치며

         닥치는 대로 수풀을 부수고 있었다.

118   앞선 자가, "자, 죽음아, 서둘러 달려라!"

         자신이 너무 늦다 여기던 다른 자가

         외쳤다. "라노여, 토포의 창시합에서

---

260   최후의 심판 후 되찾은 몸도 지금의 사지인 수풀을 대신하지 못하고 영원
      히 가시 위에 걸려있을 것이다.

121   자네 다리들이 그렇게 재빠르지 않았소."[261]
        그리고 아마 숨이 가빴는지,
        자신과 수풀이 한 덤불이 되었다.

124   그들 뒤 숲은 허기져 날뛰는
        검은 암캐들로[262] 가득 차 있었다.
        사슬에서 풀린 사냥개들 같았다.

127   웅크린 자에게 이빨을 대고,
        그를 갈기갈기 찢어,
        처참해진 사지를 물고 달아났다.

130   그러자 내 길잡이가 내 손을 잡고,
        피범벅이 된 상처로 소용없이
        울고 있던 가시 넝쿨로 이끌었다.

133   그것이 말했다. "아, 야코포 다 산토 안드레아,[263]
        나를 방패로 삼아 좋은 것이 무엇이냐?
        너 죄 많은 삶에 내 잘못이 무엇이냐?"

---

261 13세기 시에나에서 부유했던 청년 라노 디 리콜포 마코니(Lano di Ricolfo
     Maconi)는 전 재산을 탕진한 후, 자신의 목숨을 끊기 위해 토포(Toppo) 근
     처의 창시합에서 적의 창들 속으로 뛰어들었다고 한다.
262 악마들을 상징한다.
263 자신의 집을 불태워 즐길 정도로 재산을 탕진했던 파도바인.

136   그 위에 멈춰선 선생님이 말했다.
"그 많은 가지 끝에서 피와 같이
고통의 말을 뿜어내는 그대는 누구였소?"

139   그가 우리에게, "아, 내게서 내 잎들이
무자비하게 찢겨 나간 것을
보러 온 영혼들이여, 잎들을

142   슬픈 수풀 발치에 다시 모아 주시오.[264]
첫 수호신을 세례자로 바꾼
도시 출신이오.[265] 그 때문에

145   항상 자기 재주로[266] 도시를 슬프게 할 것이오.
아르노 강 위를 지나가는 길에
그의 흔적이 아직 남아있지 않았다면,

148   아틸라가 남긴 재 위에
도시를 다시 세운 시민들이
헛일을 했었을 것이오.[267]

---

264 자살한 영혼이 이제 잘 보살피는 자신의 사지.

265 수호신을 전쟁의 신 마르스에서 세례자 요한으로 바꾼 피렌체.

266 첫 수호신의 재주, 즉 전쟁.

267 아틸라가 아니라 동고트 왕 토틸라(재위: 541-552)의 침입으로 부서진 마
르스 동상의 잔재를 아르노 강 위에 있는 다리 폰테 베키오(Ponte Vecchio)
에 다시 세워 놓았다는 전설이 있다. 수호신을 바꾼 후에도 전쟁의 신의 잔

151   내 집으로 내 교수대를 내가 만들었소."[268]

재가 아직 존재하는 피렌체의 평화롭지 못한 상황을 암시하고 있다.

268 평화롭지 않은 피렌체에서 살다 자신의 집에서 자신의 목을 메달아 자살한
    사람이다. 자살이 드물지 않았던 당시 상황을 말해주고 있다.

지옥 14곡 목차 (신성모독)

지옥 14곡

1   태어난 곳에 대한 애착에
     사로잡힌 나는 흩어진 잎들을
     모아 이미 목이 메인 그에게 주었다.

4   그리고 우리는 두 번째 구렁이
     세 번째와 나뉘고, 정의의
     끔찍한 예술을 보는 곳에 왔다.

7   새로운 것을 명확히 하기 위해 말하자면,
     땅바닥에서 풀 하나 나지 않는
     허허벌판에 우리가 도착했다.

10   슬픈 강이 그러하듯이, 고통의 숲이
     화관처럼 둘러싼 곳의
     가장 가장자리에서 우리가 발길을 멈추었다.

13   카토의 발에 먼저 밟힌
      것과 다르지 않은 마른 모래가[269]
      빽빽이 들어찬 곳이었다.

16   아, 하느님의 복수여, 내 눈에
      나타난 것을 읽는 모든 사람은 너를
      얼마나 두려워해야 마땅한가![270]

19   저마다 다른 법에 따르는 듯해 보이던,
      여러 무리들의 벌거벗은 영혼들이
      모두 참으로 비참하게 울고 있는 것을 보았다.

22   어떤 사람들은 등을 땅에 대고 누워있었고,
      어떤 사람들은 온통 웅크리고 앉아 있었고,
      다른 사람들은 계속해서 가고 있었다.

---

269 파르살루스 전투에서 패배한 폼페이우스가 도피한 이집트로 로마 군사들
     을 이끌고 리비아의 사막을 건너가던 마르쿠스 포르키우스 카토 우티켄시
     스 (Marcus Porcius Cato Uticensis, 기원전 95-46). 폼페이우스가 이집트
     에서 암살된 후, 공화정을 위협하는 율리우스 카이사르에 굴복하지 않기
     위해 우티카(Utica)에서 자살한다. 자유를 위해 자살한 카토는 단테의 연
     옥 입구를 지키고 있다. (연옥 1 참조).
270 글로만 본 것을 믿으라는 (지옥 13.47-48) 베르길리우스의 말을 단테가
     따른다.

25   돌아다니는 사람들이 가장 많았다.
        고통으로 입을 더 많이 놀리며
        고통스레 누워있던 사람들이 가장 적었다.

28   온 모래사장 위로 긴 불꽃들의
        비가 천천히 내리고 있었다.
        바람 없는 산에 내리는 눈 같았다.

31   알렉산드로스가 인도의 그 무더운
        지역 속에서 자신의 군대 위에서
        땅까지 그대로 떨어지는 불꽃들을[271] 보고,

34   불길이 번지기 전에
        군사들이 발로 흙을 엎도록
        지시했던 것과 같이,[272]

37   그렇게 끝없는 뜨거움이 내려와,
        부싯돌 아래 부싯깃처럼 마른 모래를 불태워
        고통을 두배로 더했다.

---

271 번개.
272 알렉산드로스 대왕이 스승인 아리스토텔레스에게 쓴 편지에서 알린 인도
     원정 중의 일화가 중세에 잘 알려져 있었다.

40   여기저기 새로운 불길을
      자기에게서 털어내는 손들의
      참담한 춤이 잠시도 멈추지 않았다.

43   내가 시작했다. "스승님, 문에 들어서는
      우리에 맞서서 나온 가혹한 악마들
      외에 모든 것을 이기시는 분이시여,

46   불을 경멸하며 비틀어진 채 누워서, 타는 데도
      괘념치 않고, 비가 망치지 않는
      저 대단한 자가 누구입니까?"

49   내 길잡이에게 묻는 것을
      알아챈 그 사람이 소리쳤다.
      "살아서였던 내가 죽어서도 나요.

52   나를 마지막 날에 날카로운 번개를
      얻어 치려고 초조해했던 유피테르가
      자기 대장장이를 지치게 해도,

55   '불카누스여, 부디 도와 다오, 도와 다오!'
      부르며, 몬지벨로의 시커먼 화로에서
      하나하나 다른 자들을 지치게 해도,

58   플레그라의 전투에서 그랬던 것처럼,[273]
      그리고 모든 힘을 다해 나를 맞춰도,
      성에 차는 복수를 할 수 없을 것이오."

61   그러자 내가 여태 듣지 못했던 그런
      큰 소리를 내 길잡이가 질렀다.
      "아, 카파네우스여, 네 오만이

64   수그러지지 않아 네가 벌을 받는다.
      네 분노말고 다른 어떤 고난도
      네 격노를 그렇게 극도로 불지르지 않았을 것이다."

67   그리고 내게 더 나은 얼굴을 돌려 말했다.
      "테베를 에워쌌던 일곱 왕들 중의 하나이다.[274]
      신을 모독했고 여전히 모독하고

70   좀처럼 섬기지 않는 듯해 보인다.
      그에게 내가 말했듯이, 경멸이
      그의 마음을 알맞게 꾸미고 있다.

---

273 그리스 플레그라에서 거인들이 유피테르에 대항하자, 시칠리아 에트나
     (Etna, 옛날 이름은 Mongibello) 화산에서 그의 아들 대장장이 불카누스로
     하여금 수많은 번개를 만들게 했다.
274 테베를 지배하는 일곱 왕들에서 제외된 자신에 분노하여 신을 모독하자,
     유피테르의 첫 번개에 맞고 죽었다.

73   아직 뜨거운 모래에 발을 들여놓지 말고,
      언제나 숲에 꼭 붙어서,
      이제 내 뒤를 따라오너라."

76   조용히 우리가 작은 시냇물이
      숲 밖으로 솟구치는 곳에 이르렀다.
      그 붉은[275]빛이 아직 나를 소름끼치게 한다.

79   불리카메에서 흘러나와 죄인들 사이에서
      나뉜 냇물같이,[276]
      아래 모래로 내려가고 있었다.

82   바닥과 양벽과 주변이
      돌로 되어있어, 통로가
      거기 있는 것을 내가 알아챘다.

85   "아무도 막지 않는 문턱의
      문을 지나 우리가 들어오고 나서,[277]
      내가 보여준 다른 모든 것들 사이에서

---

275 피.

276 플레게톤의 핏물에서 나오는 냇물. "끓는 물"(지옥 12.116)의 의미를 지닌
     "불리카메"(Bulicame)는 비테르보(Viterbo) 근처 온천으로 공중탕을 이용
     할 수 없었던 매춘부들이 따로 끌어내어 사용했던 물이다.

277 문에 들어서는 그들에게 맞서 나온 고집스러운 악마들이 (43-5) 이기지
     못하는 천사로 단테의 말을 수정하며 베르길리우스가 시작한다.

88   여기 있는 강물만큼 놀라운 것을
      네가 보지 않았다. 그 위에서
      모든 불꽃들이 꺼지기 때문이다."

91   내 길잡이의 이 말을 듣고,
      내게 식욕을 돋구신
      음식을 주시라고 빌었다.

94   그러자 그가 말했다. "바다 한가운데에
      크레타라 불리는 부패한 나라가 있다.
      그곳의 왕 아래서 한때 세상이 순수했었다.[278]

97   이다라 불리는 산이
      물과 잎들로 한때 기뻐했으나,
      이제 금지된 것처럼 폐허가 되었다.

100   레아가 그곳을 안전한 요람으로 삼았고,
      아들이 울면 더 잘 숨기기 위해
      사람들이 소리치게 하였다.[279]

---

278 베르길리우스가 노래한 황금 시대의 왕 사투르누스: "Saturnia regna" (베
     르길리우스, 《전원시》 4.6).
279 아버지 사투르누스로부터 보호하기 위해 어머니 레아가 아들 유피테르
     를 크레타의 이다 산 속에 숨겼고, 아이 우는 소리를 노래와 함성 소리 속
     에 숨겼다.

103   다미에타를 등에 지고
로마를 자신의 거울처럼 들여다보는[280]
큰 노인이 산 속에 우뚝 서있다.

106   머리는 순금으로 만들어졌고,
가슴과 팔은 순은으로,
그리고 다리에 닿기 전까지 동으로,

109   그 아래는 모두 엄선된 쇠로,
다만 오른발은 구운 흙이고,
다른 발보다, 그 발 위로, 더 똑바로 서 있다.[281]

112   금이 아닌 모든 부분에 금간
금에서 떨어지는 눈물들이
고여 그 석굴을[282] 이루었다.

115   이 계곡의 바위들을 타고 내려가며
아케론, 스틱스, 플레게톤 강을 만들고 나서

---

280 이집트의 도시 다미에타는 동양 문화를 가리킨다. 해처럼 동쪽에서 서쪽으로 향해 가며 로마에서 번성할 문화를 반영하여, 다미에타를 뒤로 하고 로마를 바라보는 거대한 노인의 동상이 서있다.

281 황금 시대로부터 점점 쇠퇴해가는 인류 문명을 반영한다. 더 이상 금속이 아닌 구운 흙, 즉 테라코타로 된 두 발은 당시 부패되고 서로 충돌하던 신성 로마 제국과 교회로 해석되기도 한다.

282 노인상이 서있는 석굴.

이 좁은 물길을 타고 아래로

118   더 이상 내려가지 않는 곳까지 가서
       코키토스 강을 만드는데, 그것이 어떤
       늪인지는 네가 볼 것이니, 여기서 말하지 않겠다."

121   내가 그에게, "우리 세상에서
       흘러나와 여기 있는 냇물이
       왜 이 언저리에서만 보입니까?"

124   그가 내게, "이곳이 둥근 것을 네가 안다.
       네가 많이 왔지만, 모두 왼쪽으로만이었다.
       바닥으로 내려가며

127   아직 둘레를 다 돌지 않았으니,[283]
       새로운 것이 나타나도
       놀라움을 얼굴에 나타내지 말아라."

130   아직 내가, "플레게톤과 레테를 어디에서,
       스승님, 찾을 수 있습니까? 하나는 말하지 않았지만,
       다른 하나는 이 비로 되었다 하셨습니다."

---

283 왼쪽으로 돌며 아직 다 돌지 못한 지옥의 둘레를 말한다.

133   그가 답했다. "너의 모든 질문들을
       내가 아낌없이 반긴다. 그러나 한 질문은
       끓고 있는 붉은 물이 틀림없이 잘 해결해 주었을 것이다.

136   레테는, 이 구멍에서 나가
       참회한 죄를 없애려고 씻기 위해
       영혼들이 가는 곳에서, 네가 볼 것이다."

139   그리고 말했다. "이제 숲을 벗어나
       떠날 시간이다. 내 뒤를 따라오너라.
       모든 불길이 사라지고 뜨겁지 않은

142   가장자리들이 길을 터 준다."

지옥 15곡 목차 (동성애)

지옥 15곡

1   단단한 강둑 하나가 우리를 이제 지고,
       강의 연기가 위에서 그림자를 지워,
       물과 둑들을 불에서 구한다.[284]

4   위쌍과 브르쥬 사이의 플랑드르 사람들이,
       치며 침입해 오는 파도가 두려워,
       바다가 퇴각하도록 둑들을 쌓는다.[285]

7   브렌타 강을 따라 파도바 사람들이,
       카렌타나가 따뜻해지기 전에,
       마을과 성을 지키려고 쌓은 것처럼,[286]

10   그런 모양으로, 그리 높고 두껍지 않아도,
       거기서 만든 거장이 누구였든,
       그것들이 놓여 있었다.

---

284 강에서 올라오는 수증기가 강물과 강둑의 불을 끈다.

285 서쪽 위쌍에서 동쪽 브르쥬 사이 북해 연안의 플랑드르가 쌓아올린 댐.

286 브렌타(Brenta) 강이 솟아오르는 알프스 산 지역의 카렌타나(Carentana, 혹은 Carinzia, 라틴어로 Clarentana)의 얼음이 녹아 강이 범람하기 전에 파도바를 지키기 위해 쌓은 강둑.

13   뒤돌아도 볼 수 없었을 만큼,
      숲에서 이미 우리가
      멀어져 있었을 때,

16   둑을 따라오던 한 무리의 영혼들과
      우리가 마주쳤다. 우리를 모두가
      마치 초승달의 밤 하늘 아래에서

19   서로를 쳐다보는 것처럼 쳐다보았다.
      늙은 재단사가 바늘 구멍에 대고 하듯이
      매서운 눈매를 우리들에게 들이대었다.

22   그 무리에게 그렇게 주목을 받던 중
      나를 알아본 한 사람이
      내 옷자락을 잡고 외쳤다. "기적이다!"

25   내게 팔을 뻗은 그의
      익은[287] 얼굴에 내 시선이 꽂혔다.
      그을린 낯도 내 인지력이

---

287   말 그대로는 "익힌" 혹은 "요리가 된" (cotto), 즉 "불에 탄." 우리말 "낯익
      은"을 연상시킨다.

28   알아내는 것을 막지 못했다.

그의 안면을 향해 손을 내리며

내가 답했다. "여기 계십니까, 브루네토 선생님?"

31   그리고 그가, "아, 내 아들아, 너와

브루네토 라티노가[288] 잠시 뒤돌아서

줄이 지나가게 해도 개의치 말아라."

34   내가 그에게, "내가 할 수 있는 한 당신께 청합니다.

당신이 원하시면 내가 함께 앉겠습니다.

나와 함께 가는 저분께 좋으시면 말입니다."

37   "아, 아들아," 그가 말했다. "이 무리 중

누구나 한순간만 멈춰 서면 백 년 동안

피할 수 없는 불을 맞으며 앉아 있어야 한다.

40   그러니 계속 가거라. 네 옷자락 곁에서 갔다가,

끊임없이 받는 벌에 울며 가는

내 패거리에 다시 합류할 것이다."

---

288 대표적으로 아리스토텔레스의 《윤리학》과 키케로의 작품을 번역했고, 도
덕과 학문에 대한 백과사전적 저서 《보물(il Tesoretto)》을 쓴 당대 피렌체
최고의 지성인이자 정치가로 청년 단테의 스승이었던 브루네토 라티노
(Brunetto Latino, 약 1220~1294).

43 　그와 같이 가려고 길에서 감히
　　내가 내리지 않았으나, 존경을 금치
　　못하는 사람처럼 고개를 숙이고 갔다.

46 　그가 시작했다. "어떤 운명이나 숙명이
　　마지막 날 이전에 너를 여기로 이끌었느냐?
　　네 길을 보여주는 이분이 누구신가?"

49 　내가 그에게 답했다. "저 위에서
　　조용히[289] 살던 제가 나이가 차기도
　　전에 계곡 속에서 헤매고 있었습니다.

52 　겨우 어제 아침에 등을 돌렸습니다.
　　계곡으로 다시 도는 제게 이분이 나타나셔서
　　이 길을 따라 저를 집으로 이끄십니다."

55 　그리고 그가 내게, "아름다운 삶 속에서
　　내가 제대로 보았다면, 네가 네 별을 따르면,
　　영광의 항구를 놓칠 수 없을 것이다.

289　지옥에 반해.

58   내가 이렇게 단명하지 않았었더라면,[290]
        네게 하늘이 그렇게 관대한 것을 보면서,
        내가 네 일에 힘이 되었을 것이다.

61   그러나 오래 전에 피에졸레에서 내려와[291]
        아직 산과 바위의 기질을 지닌
        배은망덕하고 몹쓸 사람들이

64   네 선행 때문에 네 적이 될 것이다.
        쓴 나무들 사이에서 단 무화과를
        맺는 것이 지당하지 않는 것이 당연하다.

67   옛부터 세상에서 눈먼 자로 소문난
        사람들이 욕심 부리고 시기하고 교만하니,[292]
        그들의 관습에 네가 물들지 않아야 한다.

70   네 운명이 지닌 큰 명예 때문에,
        네게 이쪽저쪽에서 허기질 것이나,
        풀이 주둥이에서 멀리 있으리라.[293]

---

290 단테가 29살 때, 즉 아직 무척 젊었을 때 브루네토 라티노가 벌써 죽었다
     는 말이다.
291 로마인들이 피에졸레(Fiesole)를 폐허로 만든 후 피렌체를 세웠다고 한다.
292 탐욕, 시기, 교만의 세 악덕.
293 흑색당도 백색당도 멀리하고 홀로 망명에 오를 것이다.

73   피에졸레 짐승들을 서로 뜯어먹는
     지푸라기로 나두고, 그것들의 거름에서
     아직 올라오는 나무를 그냥 두어라.

76   그렇게 악의 둥지가 된 그곳에 남은
     로마인들의 신성한 씨앗이
     그 안에서[294] 되살아난다."

79   내가 답했다. "내 소망이 모두
     이루어졌더라면, 당신께서는 아직
     사람의 속성에서 내던져지지 않았을 것입니다.[295]

82   사람은 어떻게 영원해지는가를 세상에서 때때로
     제게 가르치시던 사랑스럽고 선한
     아버지의 모습이 제 마음 속에 새겨져 있는데,

85   이제는 제 가슴을 칩니다.
     얼마나 많은 은혜를 입었는지, 살아있는 한,
     제 말로 갚는 것이 마땅합니다.

---

294 나무 안에서. 피에졸레 출신 사이에 아직 남아있는 로마의 후손들을 가
     리킨다. 로마의 사명을 지속시키려는 단테 자신의 의지를 엿볼 수 있다.
295 아직 죽지 않고 세상 사람으로 살아 있을 것입니다.

88   제 길에 대해 하신 말씀을 적어두고,

        다른 글과²⁹⁶ 함께 간직하여

        제가 도달하면, 한 여인이 알고 알려줄 것입니다.²⁹⁷

91   양심에 찔리지 않는 한,

        운명의 뜻에 따를 준비가 된 저를

        당신이 알아주셨으면 할 뿐입니다.

94   예언이 제 귀에 새롭지 않습니다.

        운명이 제멋대로 바퀴를 돌리고,

        농부는 괭이를 휘두릅니다."²⁹⁸

97   그러자 내 스승님이 얼굴을 오른쪽으로

        뒤로 돌려 나를 보며 말했다.

        "잘 새겨 들어라."

100   그래도 브루네토 선생님과 걸어가면서 내가

        말 수를 줄이지 않고, 같이 있는 자들 중 누가

        가장 널리 알려졌고 높이 올라갔는지를 물었다.

---

296 파리나타의 예언을 적은 글.

297 베아트리체가 아니라 카차구이다가 단테의 생애에 대해 더 상세히 예언해
     줄 것이다 ("이것들이 네가/ 들었던 것에 대한 해석이다": 천국 17.94-95).

298 운명이 어떻든 농부의 임무에는 변함이 없다.

103   그가 내게, "알아서 좋은 사람이 있고,
        입을 다물어서 칭찬받을 사람들이 있다.
        그렇게 많은 소리를 내기에 시간이 부족하기 때문이다.

106   요컨대 모두가 하나의 같은 죄를 지었던 자들,
        세상에서 유명했고 대단했던 자들,
        성직자들과 문인들이었음을 알아 두어라.

109   프리스키아누스와 프란체스코 다코르소가[299]
        비참한 무리와 함께 간다.
        네게 추잡한 성향이 있었더라면,

112   하인 중의 하인[300]에 의해 아르노 강에서 옮겨져서
        바킬리오네 강에서 욕되이 뻗은 사지를
        버린 자를 볼 수 있었을 것이다.[301]

---

299 중세에 가장 널리 알려진 라틴어 문법서를 쓴 6세기 문법학자(Priscianus
     Caesariensis)와 옥스포드에서 가르친 피렌체 출신 학자(Francesco
     d'Accorso, 1225-1293).

300 "하느님의 하인들의 하인(servus servorum Dei)"이 공식 명칭인 교황.

301 교황 보니파티우스 8세가 아르노 강이 흐르는 피렌체에서 바킬리오네
     (Bacchiglione) 강이 흐르는 비첸차(Vicenza)로 동성애 스캔들 때문에 옮
     긴 후 죽은 대주교 안드레아 데이 모치(Andrea dei Mozzi, 1296년 사망)는
     단테가 볼 가치가 없다.

115   저기 사막에서 올라오는 새 연기가[302]
       보이니, 더 말하고 싶어도 더 이상
       걸으며 이야기할 수 없다.

118   같이 있어서는 안 될 사람들이 온다.[303]
       내가 여전히 그 안에 살고 있는 내 보물을[304]
       너희들에게 권할 뿐, 더 이상 묻지 않는다."

121   그러고 나서 그가 돌아섰는데, 초록 천을 얻으려
       베로나 들판을 달리는 사람들처럼
       보였다. 그들 중에서 패배자라기보다

124   승리자처럼 보였다.[305]

---

302 새로운 무리가 오며 내는 모래 먼지.

303 지옥 구조에서 나뉘어져 있는 사람들.

304 자신의 저서인 《보물》 속에 "아직 살아있는" 브루네토 라티노는 "사람이 영
     원해지는 것"(82)을 세상에서 이룬 승자로 간주된다. 지옥에서 영원히 받
     는 벌에도 개의치 않는 관대한 인품을 보여주고 있다.

305 사순절의 첫 번째 일요일에 베로나에 있었던 달리기 시합에서 벌거벗은
     승자는 푸른 옷을 입었다.

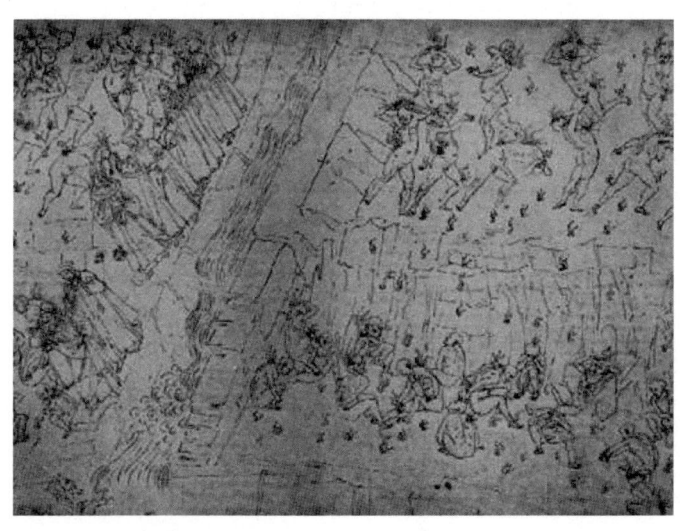

지옥 16곡

1   윙윙거리는 벌집 소리와 비슷하게,
     다음 둘레로 떨어지는 물소리가
     들리는 곳에 이미 있었다.

4   비통의 비 아래를 지나가는
     한 무리에서 세 영혼이 함께
     뛰어나왔다.

7   우리에게 와서, 저마다 소리쳤다.
     "행색으로 보아 몰락한 우리 땅
     사람 같은 당신, 멈추시오."

10   아이고, 오래 되고 새로 불에 탄
     그들 몸에 난 상처들을 내가 보았다!
     생각만 해도 여전히 가슴이 아프다.

13   그들의 외침 소리에 주목하던 선생님이
     내게 얼굴을 돌려 말했다. "자, 기다려라.
     이들에게 예의를 갖추어야 한다.

16   주변에서 쏘아대는 불이 없었다면,
      저들보다 네가 더 서둘러야
      마땅하다고 내가 말했을 것이다."

19   우리가 멈추자, 그들이 옛 곡을 다시 시작했다.[306]
      그들이 우리에게 닿았고, 셋이 모두
      한 바퀴를 만들어 돌았다.[307]

22   벌거벗은 몸에 기름을 바른 씨름꾼들이,
      서로 치고 박기 전에,
      상대방의 약점을 노려보듯이,

25   얼굴은 내 쪽으로 들이대고,
      목은 발 반대쪽으로 틀더니
      빙빙[308] 돌고 있었다.

28   한 명이 시작했다. "허물어지는[309] 이곳과
      검게 그을린 모습이 우리와 우리의 소원을
      경멸하게 만들어도, 우리의 명성이,

---

306 더 이상 외치지 않고 보통처럼 다시 타령하는 곡을 하기 시작했다.
307 결코 멈출 수 없는 그들이 한 바퀴 모양을 만들어 계속 돌며 간다.
308 우리말의 반복적 표현이 지속성(continüo)을 나타낸다.
309 모래 사장.

31   지옥을 아무런 두려움 없이 산 발로 밟는
      그대가 누구인지 말해 주도록,
      그대의 마음을 움직이길 바라오.

34   이분의 발자국을 내가 밟고
      비록 그가 벌거숭이로 가시더라도,
      그대가 보고 믿는 것보다 더 위대하셨소.

37   선한 괄드라다의 손자였소.[310]
      구이도 궤라가 존함이었고, 살아서
      지혜와 칼로 많은 일을 하셨소.[311]

40   내 옆에서 모래를 박차는 분의
      목소리를 위 세상이 들었어야 했소,
      그분이 테키아이오 알도브란디이시오.[312]

---

310   피렌체의 가장 고귀한 귀족들 중의 하나로 천국에서 언급되는 벨린촌 베르
      티(Bellincion Berti, 천국 15.112)의 선한 부인(Gualdrada)의 손자.

311   몬타페르티 전투 이후 추방된 피렌체 궬피를 만프레드가 전사한 베네벤토
      전투에서 이끈 정치가 구이도 궤라 (Guido Guerra, 1220-1272). 궬피의 파
      리나타라 할 수 있는 인물이다.

312   단테가 차코에게 물었던 존엄했던 피렌체 시민들 중 하나이다 ("존엄했던
      파리나타와 테기아이오,/ 재능으로 선행을 도모했던 다른 사람들과/ 야코
      포 루스티쿠치": 지옥 6.79-81). 몬타페르티의 대학살을 경고한 그의 말을
      피렌체 사람들이 듣지 않았다.

43 그들과 함께 십자가에 못박힌
    나는, 누구보다 더 사나운 아내가
    망친, 야코포 루스티쿠치였소."[313]

46 불을 내가 막을 수 있었더라면,
    그들 사이로 나 자신을 던졌을 것이다.
    선생님도 감수하셨으리라 믿는다.

49 그러나 태워지고 구워질 것을 염려하는 마음이
    그들을 안고 싶어하는 염원을
    압도했다.

52 내가 시작했다. "경멸이 아니라 아픔을
    그대들의 상황이 내 가슴에 꽂아서,
    내가 벗어나기 힘들 것입니다.

55 이 어른께서 내게 하신 말씀으로
    어떤 분들인 그대들이 오신다고
    제가 생각했을 때부터였습니다.

---

[313] 단테가 차코에게 물었던 다른 피렌체 시민으로 자신을 부인이 동성애의 죄
       로 빠지게 만들었다고 한다.

58 　　그대들의 땅에서 온 제가 언제나
　　　그대들의 명예로운 이름과 업적을
　　　애정을 담아 묘사하고 들었습니다.

61 　　쓴 것을 버리고 진정한 길잡이가 제게
　　　약속하신 달콤한 열매를 찾아갑니다.
　　　그러나 먼저 중심까지[314] 내려가야 합니다."

64 　　그가 또 대답했다. "영혼이 오랫동안
　　　그대의 사지를 이끈 후,
　　　그대의 이름이 빛나길 바라오.

67 　　예와 덕이 예전처럼
　　　우리 도시에 살아 남아 있는지, 아니면
　　　모두 사라져 버렸는지 말해 보시오.

70 　　얼마 전부터 우리와 함께 고통받고
　　　저기에서 같이 가는 굴리엘모 보르시에레의[315]
　　　말에 우리가 아주 우려하고 있소."

73 　　"새로운 사람과 신속하게 번 부로
　　　거만과 방종이 네 안에서 자라났구나.

314 　땅의 중심 즉 지옥 끝까지.
315 　차코처럼 피렌체의 상황을 잘 알던 평범한 시민.

피렌체여, 네가 이미 울고 있구나."[316]

76   얼굴을 들고 이렇게 내가 소리치자,
     대답으로 알아듣고, 셋이 진실을
     보듯 서로를 바라보았다.

79   모두가 답했다. "그렇게 쉽게
     다른 때도 다른 사람을 만족시키며,
     자유롭게 말할 행복한 그대여!

82   이 어두운 곳에서 벗어나
     아름다운 별을 다시 보러 돌아가,
     '내가 있던'이라 말하며 만끽할 때,

85   우리들의 이야기를 사람들에게 해주시오."
     그리고 바퀴를 박차고 달아나는 그들의
     날랜 다리들이 날개같이 보였다.

---

316 피렌체 근처 시골에서 새로 와 (새로운 사람) 장사와 고리대금으로 성
     공한 (신속히 번 부) 체르키 가문이 대표하던 궬피 백색당과 권세나 도덕
     적으로 기울던 오래된 도나티 가문이 이끌던 궬피 흑색당 사이의 긴장된
     갈등은 유혈충돌로 발전한다. (지옥 6. 58-75 참조).

88   아멘 한 번을 말할 수 없을
      순식간에 그들이 사라져 버리자,[317]
      선생님께서 떠날 때로 생각했다.

91   나도 따랐고, 우리가 조금 가자,
      물소리가 너무나도 가까워서 우리의
      말소리가 가까스로 들릴 정도였다.

94   아펜니노 왼편 산비탈로부터,
      비소 산에서 시작하여 동쪽을 향해
      제 길을 따라가는 그 강물이,[318]

97   위에서 아쿠아케타로 불리다가,
      계곡 아래 낮은 평지에 떨어지면,
      포를리에서 그 이름이 무의미해지고,[319]

100   알프스의 성 베네딕투스 수도원 저 위에서
      천 줄기로 담아내야 할 곳으로
      한 줄기로 떨어지며 울리듯이,

----

317 순식간에 사라져 버렸다.
318 몬토네(Montone) 강.
319 직역하면 '고요한 물'(Acquacheta)이라는 뜻이 무의미해지는 폭포로 떨
     어진다.

103   험준한 절벽 아래로
        울려 퍼지는 검게 물든 물을 들은
        우리 귀청이 금방 떨어질 듯했다.

106   얼룩진 털의 표범을
        언젠가 잡으려 생각하며
        허리에 매고 있던 끈이 있었다.

109   내게서 다 풀고 나서 꽁꽁 말아서,
        길잡이가 시킨 데로, 그에게
        건네 주었다.

112   그러자 오른쪽으로 돌아서,
        낭떠러지에서 어느 정도 떨어져서[320]
        아래 그 깊은 골짜기 속으로 던졌다.

115   내가 혼자 말했다. '선생님이
        주시는 새로운 신호에
        새로운 것이 응답할 것이다.'

118   아, 행동만 바라보지 않고, 지성으로
        생각 깊숙이까지 들여다보는 사람 곁에서
        우리는 얼마나 조심해야 하는지!

---

320 끈을 던지며 자신까지 떨어지지 않기 위해 미리 생각하고 행동하는 베르
     길리우스.

121   그가 내게 말했다. "내가 기다리고
       네 생각이 꿈꾸는 것이 곧 위에서 와서,
       네 눈앞에 곧 나타날 것이다."

124   웬만하면 거짓된 얼굴을 한 진실에
       사람은 되도록이면 입을 다무는 것이 좋소.
       가책이 없어도 부끄럽게 하기 때문이오.[321]

127   하지만 여기서 내가 말하지 않을 수 없소.
       독자여, 오랫동안 총애되길 바라는
       이 희극의 구절들에 대고 내가 맹세하오.

130   아무리 태연한 마음도 놀랄 정도로,
       한 형상이 짙고 어두운 대기를 뚫고 위로
       헤엄치며 올라오는 것을 내가 보았소.

133   암초나 바닷속에 숨겨진 다른 것에 걸린
       닻을 풀려고 때때로 아래로 내려갔다
       돌아오는 사람처럼,

136   위로 팔을 펴고 발을 웅크리고 있었소.

---

321 거짓처럼 보이는 진실에 가책 없이 부끄러워하지 않으려면 말을 삼가하
     는 것이 낫다.

지옥 17곡차 (고리대금)

지옥 17곡

1 　"산도 뚫고 벽도 무기도 물리치며,[322]
　　온 세상에 악취를 풍기는,
　　꼬리가 뾰족한 저 짐승을 보아라!"

4 　그렇게 길잡이가 내게 말하기 시작했다.
　　그리고 우리가 가던 돌길 가장자리
　　가까이에 오도록 그것에 신호했다.

7 　기만의 더러운 꼴이 다가오더니,
　　머리와 가슴만 드러내고,
　　꼬리는 언저리 위로 끄집어 내지 않았다.[323]

10 　올바른 사람의 얼굴을 하고 있었다.
　　겉으로는 아주 인자하게 보였다.
　　모든 다른 몸뚱어리는 뱀이었다.

---

322 트로이 성벽을 뚫고 들어간 목마와, 방패보다 발꿈치를 쏘아 아킬레우스를 죽게한 파리스의 화살과 같은 기만은 사람과 자연이 만든 성과 산을 뚫는다.

323 독성의 (26) 무기를 인자한 얼굴 뒤로 숨기는 기만.

13   두 손은 겨드랑이까지 털로 덮여 있었고,[324]
      등과 가슴과 양 옆구리에는
      매듭들과 작고 둥근 방패들이 그려져 있었다.[325]

16   이보다 더 가지각색의 날실과 씨실로 된 천을
      타르타르 사람도 튀르키예 사람도 만들지 않았고,
      아라크네도 이런 수를 놓지 않았다.[326]

19   때때로 한쪽은 물에 한쪽은 땅에
      닿아 강가에 놓인 쪽배들같이,
      저 게걸그러운 독일 사람들 사이에

22   전투 자세로 앉아있는 비버같이,[327]
      그 가장 가증스러운 짐승이 모래사장을
      돌로 두른 언저리에 자리잡고 있었다.

---

324 숨어서 사기 치는 손들을 상징한다.
325 성서에서 묘사된 바다괴물 레비아탄을 상기시킨다: "방패들을 두른 몸"
     (corpus illius quasi scuta fusilia, 욥기 41.7).
326 기만을 짜는 기술이 세상에서 가장 섬세한 천을 짜던 사람들과 베틀짜기
     로 신에 도전했던 아라크네(오비디우스, 《변신》 6:5-145)보다 더 탁월하
     다는 의미이다.
327 독일 다뉴브 강변의 비버는 기름낀 꼬리를 미끼로 물에 넣고 잡은 물고기
     를 먹고 산다.

25   갈라진 끝을 전갈같이 무장하고
        독성의 꼬리 전부를 위로
        치켜들어 허공 속에서 휘두르고 있었다.[328]

28   길잡이가 말했다. "사악한 짐승이
        버티고 있는 저기까지 당분간
        우리 길의 방향을 꺾어야겠다."

31   그래서 가슴 오른편[329]으로 내려갔다.
        열 걸음을 끝까지 갔다.
        모래와 불은 잘 피했다.

34   우리가 다가가니 조금 더 너머에
        모래 위, 구멍난 곳 가까이에
        앉아있는 사람들을 내가 본다.

37   스승님이 내게 말했다. "이 둘레의
        모든 경험을 온전히 채워가기 위해서,
        가서 그들의 상황을 살펴보아라.

---

328 사람을 해치는 가시가 든 꼬리를 전갈처럼 가진 성서에서 묘사된 메뚜기
      를 상기시킨다 ("et habebant caudas similes scorpionum et aculei in caudis
      earum potestas earum nocere hominibus mensibus quinque" 요한계시록 9.10).
329 지옥에서 항상 왼쪽으로 가던 방향을 오른쪽으로 꺾으며 기만에 대처한다.
      이교도들을 보기 위해 "오른손 쪽으로"(지옥 9.132) 돈 적이 있다.

40   네 말을 짧게 하고 돌아오는 동안,
        이놈이 강한 어깨를 내주도록
        내가 말해 보겠다."

43   그렇게 그 일곱 번째 둘레의 아직
        발끝까지[330] 완전히 혼자서,
        슬픈 사람들이 앉아 있는 곳에 갔다.

46   그들의 고통이 눈 밖으로 튀어나왔다.[331]
        쪼그리고서, 불과 타는 바닥을
        손으로 이리저리 피하고 있었다.

49   벼룩이나 파리나 날파리에 물릴 때,
        주둥이나 발로 여름에 개가
        하는 짓과 다르지 않다.

52   비통의 불이 떨어지는 몇몇의
        얼굴에 시선을 두어도 내가
        아무도 알아보지 못했으나,

---

330 원문의 "머리 끝까지(su per la strema testa)"는 "가장 구석진 곳까지 전부"
     를 말한다.
331 개와 비교되는 죄인들이 흘리는 눈물을 시인이 경멸스럽게 묘사한다.

55   특정한 색과 특정한 신호를
       지닌 주머니를 모두가 목에 걸고서,
       눈으로 만끽하는 듯 내게 보였다.

58   다시 가까이 보며 그들 사이로 가던 내가
       한 노란 주머니 안에서
       한 파란 사자의 얼굴과 모양을 보았다.[332]

61   내 시선이 진전하며 더 나아가자,
       피처럼 붉은 다른 주머니에서 보인
       버터보다 더 하얀 거위를 보았다.[333]

64   통통한 한 하늘색 암돼지를 새긴
       자그마한 흰 주머니를 가진 자가[334]
       내게 말했다. "이 구덩이 속에서 뭐 하시오?

67   이제 가시오. 그리고 아직 살아 있으니,
       내 이웃 비탈리아노가

---

332   고리대금으로 악명이 높았던 피렌체 궬피 흑색당 잔필리아치(Gianfigliazzi) 가문의 문장.

333   고리대금으로 악명이 높았던 피렌체 기벨리니 오브리아키(Obriachi) 가문의 문장.

334   파도바에서 악명이 높았던 고리대금업자 레지날도 델리 스크로베니 (Reginaldo degli Scrovegni).

내 왼편에 앉을 것을 아시오. [335]

70   파도바 사람인 나와 같이 있는
      이 피렌체 사람들이 자꾸 소리치며
      내 귀를 먹게 하오. '고귀한 기사여,

73   염소 세 마리가 있는 주머니를 들고 오시오!'" [336]
      여기서 그가 코를 핥는 황소처럼,
      입을 비틀고 혀를 밖으로 내밀었다. [337]

76   그리고 나는, 조금만 지체하도록 경고했던
      그에게 누가 되지 않도록,
      비참한 영혼들을 뒤에 두고 돌아섰다.

79   사나운 짐승의 등 위에 이미
      올라탔던 길잡이가 내게 말했다.
      "자, 용감하게 힘을 내어라.

---

335 아직 살아있는 파도바의 정치가의 자리가 이미 지옥에 마련되어 있다.
336 고리대금을 1300년인 지금도 일삼고 있는 피렌체 베키(Becchi) 가문의 조
     반니 부이아몬티(Giovanni Buiamonti)를, 1310년 죽기도 전에, 이미 지옥
     에서 부르고 있다.
337 수심(獸心)의 죄인들이 짐승같이 묘사되고 있다.

82   이제 이렇게 된 계단을 내려간다.
        앞에 올라타거라. 꼬리가 해치지
        않도록 내가 가운데에 있을 것이다."[338]

85   여태 열병을 앓아 이미 손톱이
        창백해졌고, 그림자만 보아도
        온몸을 떠는 그런 사람처럼,

88   그 말을 들은 나는 그렇게 되어 버렸다.
        그러나 나를 위협한 그 부끄러움이
        좋은 주인 앞에서 강한 하인을 만들었다.

91   그 등짝 위에 앉은 내가 "저를
        꼭 잡아주세요"라고 말하려고 했지만,
        생각만큼 목소리가 나오지 않았다.

94   그러나 내가 타자마자, 다른 때도
        아마 다른 일로 나를 도왔었던 그가
        나를 팔로 껴안고 붙들며 말했다.

97   "게리온아,[339] 이제 움직여라.

338 이성을 올바로 사용하면 기만의 독성도 해가 될 수 없다는 의미를 지닌다.
339 단테가 인자한 인간의 얼굴과 뱀의 몸과 전갈 꼬리의 세 모습으로 묘사하
     는 게리온은 베르길리우스가 《아이네이스》에서 언급한 "세 몸의 그림자의

크게 돌며 조금씩 내려 가거라.

네가 진 새로운 짐을 생각하여라."[340]

100   조각배가 자리에서 조금씩

　　　뒤로 나가듯이, 거기서 떨어져,

　　　전부가 자유로워지자,

103   가슴이 있는 곳으로 돌린 꼬리를

　　　뱀장어같이 길게 늘여 움직였고,

　　　앞발로 공기를 제 쪽으로 모았다.[341]

106   파에톤이 고삐를 놓아,

　　　아직도 그렇듯이, 하늘이 탈 때도,[342]

　　　가엾은 이카로스가 촛농이 녹아,

모양 (forma tricorporis umbrae)"(6.289)을 한 《게리온》(Geryonae)(8.202)
을 각색시킨 형상이다.

340   단테의 살아있는 몸의 무게.

341   몸을 돌려 헤엄치는 모습을 연상시킨다.

342   태양신 헬리오스의 전차를 궤도에서 벗어나 끌던 아들 파에톤이 유피테
　　　르가 친 번개에 맞고 강으로 떨어져 죽는다. 궤도에서 벗어난 태양이 태운
　　　흔적을 아직 (아직 그렇듯이) 은하수에서 볼 수 있다는 이야기가 전해졌
　　　다. (오비디우스,《변신》2.47-324 참조).

109   허리에서 날개가 떨어지는 것을 느끼고,
       아버지가 "길이 잘못됐다"라고 외칠 때도,[343]
       사방이 허공인 곳에서

112   짐승밖에 아무것도 볼 수 없었던
       나보다 더 두려웠을 것이라고
       나는 믿지 않는다.

115   짐승은 서서히 헤엄치며 간다.
       돌면서 내리나, 나는 얼굴로 아래에서
       부는 바람밖에 아무것도 모른다.

118   이미 우리 오른쪽 아래에서
       소용돌이가 무섭게 울리는 소리가
       들려서 머리를 빼 눈을 아래로 돌렸다.

121   그러자 내가 불을 보고 우는 소리를 들으니,
       떨어질까 봐 더욱 두려워하며,
       떨면서 잔뜩 움츠려 들었다.

124   그리고 미처 보지 못했던 것을 알았다.

---

343 아버지 다이달로스가 만든 날개로 아들 이카로스가 해에 너무 가까이 날아가 녹은 촛농 때문에 땅에 떨어져 죽는 순간 애태우며 소리치는 아버지의 모습이다. (오비디우스, 《변신》 183-235 참조).

구석구석에서 다가오는 대단히
악한 것들을 향해 돌며 내려가고 있었다.[344]

127 가짜든 진짜든 새를 보지 못하고,
날개를 펴고 오래 있던 매가 사냥꾼으로 하여금
"아이고, 내려오는구나"라고 말하게 하며,

130 재빨리 날아 올라갔던 곳으로,
백 바퀴를 돌고 나서 지쳐 내려와,
실망하고 화가 난 주인에게서 멀리 있듯이,

133 부서진 바위 발치 아래에 내린
게리온은 우리 사람을
내리게 하고,

136 활이 활줄에서 사라지듯 사라졌다.

---

344 악한 죄들을 벌하는 구렁들에 다가가며 내려가고 있었다.

지옥 18곡 목차 (첫 악구덩이: 뚜쟁이, 유혹자; 둘째 악구덩이: 아첨꾼)

지옥 18곡

1   지옥 안에 악구덩이라는[345] 데가 있다.
      그것을 두르는 둘레와 같이,
      온통 쇠 색깔의 돌로 되어있다.[346]

4   그 사악한 벌판 한가운데에
      아주 넓고 깊게 벌어진 구덩이,
      그곳의 구조에 대해서 말하겠다.

7   웅덩이와 높고 단단한 둑 발치 사이를
      돌며 둥글게 자리잡은 바닥은
      열 계곡으로 나뉘어져 있다.

10   성벽들을 지키기 위해서 성들을
      점점 더 많은 해자들이 감고 있는
      형태를 보여주는 그 부분처럼,

---

345 단테가 만든 말인 "Malebolge"는 기존에 있는 우리말의 악(male)구덩이
     (bolge)로 잘 표현된다. "주머니"라는 뜻을 지닌 "bolge"는 "구덩이"(pozzo:
     5)에 상응한다.
346 냉정하고 잔인함을 상징하는 잿빛.

13   그 계곡들은 그런 모양을 거기서 하고 있었다.

그런 요새들의 문턱에서부터

둔덕까지 밖으로 놓인 다리같이,

16   암벽 아래에서 튀어나온 암석들이

둑과 구렁을 가로질러 웅덩이까지

모여들고 나서 멈추었다.

19   게리온의 등에서 떨어진 우리가

이곳에 이르자, 시인은 왼쪽에

섰고 나는 뒤를 따랐다.

22   새로운 애처로움, 새로운 고달픔, 새로이

채찍질하는 자들을 내 오른쪽에서 보았다.[347]

그들이 첫 구덩이를 채우고 있었다.

25   바닥에서 벌거벗은 죄인들이

가운데에서부터 우리 얼굴 쪽으로 오고,

거기서부터[348] 우리와 더 큰 걸음으로 갔다.[349]

---

347 왼쪽에 절벽을 끼고 도는 순례자의 오른쪽에 구덩이가 있다.

348 가운데에서부터.

349 단테와 반대 방향과 (우리 얼굴 쪽으로) 같은 방향으로 (우리와) 가는 두
무리로 나뉘어져 있다. 단테보다 더 빨리 (더 큰 걸음으로), 즉 채찍질에
쫓겨 간다.

28   희년(禧年)에 많이 모인 군중을 위해,
사람들이 다리 위를 지나가는 방법을
로마인들이 모색했던 것과 같았다.

31   한쪽에서는 모두가 이마를
성[350] 쪽으로 향하여 성 베드로 성당으로 가고,
다른 편에서는 산을[351] 향해 간다.

34   이리저리 어두운 돌 위에서
뿔난 악마들이 그들의 등을 사정없이
큰 채찍들로 내리치는 것을 내가 보았다.

37   아, 첫 채찍질에 발꿈치를
어떻게 그들이 들어 올리게 했던지!
아무도 두 번째 세 번째를 기다리지 않았다.

40   내가 가던 중, 내 눈이 한 눈과
마주치자마자, 내가 말했다.
"이미 이 자를 본 적이 있습니다."

---

350 성 안젤로 요새.

351 조르다노 산.

43 　알아보고자 내 발길을 멈추자,
　　인자한 길잡이가 나와 머물며,
　　어느정도 뒤로 가도록 허락하였다.

46 　숨었다고 헛되이 믿고 얼굴을 낮추고
　　채찍을 맞던 자에게 내가 말했다.
　　"아, 땅에 눈길을 던지는 당신,

49 　가진 생김새가 거짓이 아니면,
　　베네디코 카차네미코이구려.
　　근데 어쩌다 이런 혹독한 맛을 보게 되었소?"

52 　그러자 그가 내게, "말하고 싶지 않지만,
　　당신의 명백한 말이 옛 시절을
　　내게 떠올리는구려.

55 　추잡한 이야기가 어떻게 들리든,
　　후작이 원하는 데로 기솔라벨라를
　　이끌던 이가 바로 나였소.[352]

352 　지옥 일곱 번째 둘레에서 폭군으로 벌받고 있는 페라라의 후작 오비초 데
　　스테 2세(지옥 12.112)에게 아름다운(bella) 누이 기솔라(Ghisola)를 자신
　　의 이익을 위해 넘긴 볼로냐의 정치가 (Venedico dei Caccianemici).

58   볼로냐 말로 여기서 우는 이가 나만이 아니오.

이곳을 그들이 너무나 가득 채워서,

볼로냐 방언을 사베나와 레노 강 사이에서[353]

61   그만큼 많은 혀들이 이제 놀리지 않고 있소.

믿을 증거가 필요하면,

욕심 많은 우리 마음을 다시 떠올려 보시오."

64   그렇게 말하던 그를 한 악마가

채찍으로 치며 말했다. "가라,

뚜쟁이야, 돈 벌어줄 여자들이 여긴 없다."

67   내 길잡이와 다시 합류하여,

우리가 몇걸음을 걷자

암벽에서 암석이 튀어나온 곳에 이르렀다.

70   아주 가볍게 그것에 올라,

가파른 길 위에서 오른쪽으로 돌아,

그 영원한 둘레를 우리가 떠났다.[354]

353 볼로냐 지방의 동서 경계를 이루는 강들.

354 첫 구덩이의 첫 죄인들인 뚜쟁이들을 떠나 오른쪽에 있는 다리 위로 간다.

73   매맞는 자들이 지나 가도록
      아래가 빈 곳에 우리가 이르자,[355]
      길잡이가 말했다. "멈춰라.

76   우리와 같이 가서 아직 얼굴을
      보지 못한 다른 자들, 잘못 태어난 이자들의
      눈길이 네게 닿도록 하여라."

79   첫째와 다름없이 채찍에 쫓기며,
      다른 편에서 우리 쪽으로 오는 줄을
      오래된 다리에서 우리가 쳐다보았다.

82   자상한 스승님이 묻지도 않은 내게 말했다.
      "고통에도 불구하고 눈물을 흘리지 않고 오는
      저 위대한 인물을 보아라.

85   왕손의 모습을 여전히 얼마나 많이 지녔나!
      용기와 꾀로 콜키스 사람에게서
      양을 빼앗은 저 사람이 이아손이다.[356]

---

355 굽은 다리 아래 공간.
356 그리스 신화에서 인간 역사상 최초로 띄워진 배 아르고를 타고 콜키스로
     건너가 황금 양털을 획득한 이올코스의 왕자 이아손 (천국 2.17, 33.96 참
     조).

88   당돌하고 냉혹한 여인들이
       그녀들의 모든 남자들을 죽인
       렘노스 섬을 그가 지나갔다.

91   먼저 다른 모든 여인들을 속였던
       젊은 여인 힙시필레를 거기서
       추파와 감언으로 그가 속였다.

94   잉태한 여인을 홀로 거기 두었다.
       그 죄가 그를 이 고통으로 벌하고
       메데아에게도 복수하고 있다.357

97   그쪽으로 속이는 자들이 그와 간다.
       첫 번째 계곡과 그 속에 빠진 자들을
       아는 것은 이것으로 충분하다."

100   좁은 길이 두 번째 둑과 만나
       다른 둥근 다리를 받쳐주는 곳에
       이제 우리가 왔다.

---

357 이아손이 아르고를 타고 닿은 첫 섬의 여왕 힙시필레와 콜키스의 공주 메
      데아를 유혹한 후 목적이 달성되자 버린 죄로 벌을 받고 있다. 모든 남자들
      을 여자들이 죽인 렘노스 섬의 여왕은 아버지 타오스 왕을 죽이지 않고 숨
      긴 것이 밝혀지자 네메아의 시녀가 된다. 이아손이 잉태시키고 버린 힙시
      필레의 두 아들들이 이후 분노한 리쿠르고스 왕으로부터 어머니를 구한
      다. (연옥 26.94-96 참조).

103 헐떡이며 주둥이로 그르렁대며,
손바닥으로 자기 자신을 치는 소리를
다른 구덩이 속에서 우리가 들었다.

106 눈과 코를 찌르는
고약한 공기가 아래서 올라와,
둑을 곰팡이로 떡칠해 놓고 있었다.

109 암석이 가장 높이 솟은
둥근 다리 등 위에 오르지 않고서는
낭떠러지 깊숙한 곳까지 볼 수가 없었다.

112 사람들의 뒷간에서 흘러나온 듯한
똥구덩이 속에 잠겨있는
사람들을 위에 와서 보았다.

115 저 밑에서 내 눈이 찾아 헤매다,
속인인지 성직자인지 분별할 수 없이,
똥 범벅이가 된 머리 하나를 알아보았다.

118 그가 내게 소리쳤다. "왜 나를
다른 더러운 놈들보다 더 탐욕스럽게
바라 보시오?" 내가 그에게, "내 기억이

121 맞다면, 마른 머리의 당신을 이미 보았소.
루카에서 온 알레시오 인테르미네이이구려.
그래서 다른 자들보다 당신을 더 눈여겨보는 거요."

124 그러자 그가 대가리를 치며,
"입이 닳도록 지칠줄 모르고
아첨하다 이 밑에 빠졌소."

127 그러고 나자 길잡이가 내게 말했다.
"얼굴을 조금 더 앞으로 내밀어,
눈길이 잘 닿게 하여라.

130 머리를 풀어헤친 추잡한 여자가
똥칠을 한 손톱으로 긁으며
저기서 앉았다 섰다 하고 있다.

133 '내 큰 은혜를 네가 입었느냐?'라고
말하던 사내에게 '황송하기 짝이
없습니다'라고 답한 창녀 타이스이다.[358]

136 이제 우리가 볼 만큼 보았구나."

---

358 테렌티우스의 로마 희극 속에서 아첨을 일삼던 창녀이다.

지옥 19곡 목차 (셋째 악구덩이: 성물 성직 매매: 세 교황들)

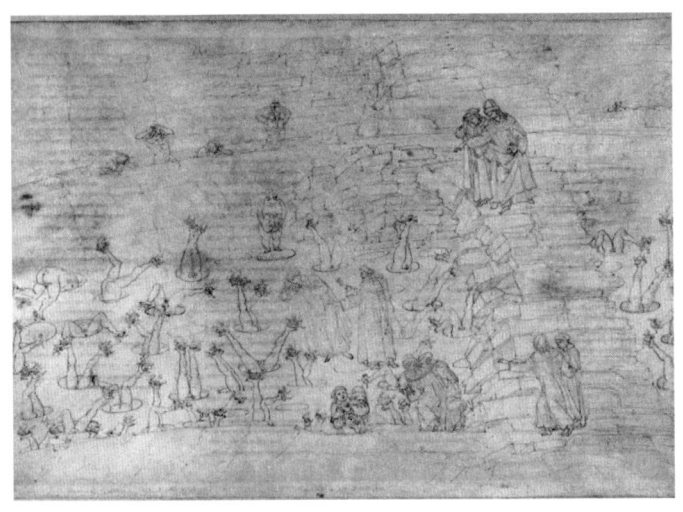

지옥 19곡

1   아, 마술사 시몬이여,[359] 아, 불쌍한 추종자들이여,
      선(善)의 신부들임이 마땅한 하느님의 것들을[360]
      금과 은을 탐하여 더럽히는구나.

4   너희들을 위해 나팔이[361] 이제
      울려야 한다. 너희들이
      세 번째 구덩이 속에 들어있기 때문이다.

7   구덩이 바로 가운데 위로 솟은
      그 부분의 절벽에 오른 우리는
      이미 다음 무덤에 와있었다.[362]

10   오, 지극히 높으신 지혜시여, 위대한 예술을
      하늘에서, 땅에서, 사악한 세상에서 펼치시며,
      가장 공정하게 당신의 힘을 공유하십니다.

---

359 성령의 권능을 돈으로 사려했던 사마리아 사람 시몬에게 베드로가 말했
     다: "하느님의 선물을 돈으로 사려고 한 너는 돈과 함께 망할 것이다" (사
     도행전 8.20).

360 그리스도(선)와 교회는 신랑과 신부처럼 서로 사랑한다 (에페소 5.21-33).

361 최후의 심판 때와 같이 이제 죄가 판결된다.

362 세 번째 악구덩이(무덤) 위에 놓인 다리(절벽에서 뻗어나온 암석)에 와
     있다.

13   각기 모두 같은 크기의 둥근 구멍이
      나 있는, 검붉은 돌로 가득 찬
      가장자리와 바닥을 나는 보았다.

16   내 아름다운 성 요한의 세례자들을
      위해 마련된 곳[363]보다 작지도 크지도
      않아 보였다.

19   그 안에 빠져 허우적거리던 한 사람을
      구하기 위해 오직 몇 해 전에 그 하나를
      내가 부쉈음을 이 도장이 증거가 되게 하라.[364]

22   각각의 아가리 밖으로 죄인의 발과
      다리가 허벅지까지 나와 있었고,
      나머지는 안에 들어가 있었다.

25   발바닥 양쪽 다에 불이 붙어,
      무릎을 매우 심하게 비트니,
      밧줄도 동아줄도 끊어낼 듯했다.

28   기름칠 된 표면에서,

---

363 단테가 세례를 받은 피렌체의 성 요한 세례당의 우물.
364 다른 이유가 아닌 오직 우물 안에 빠진 아이를 살리기 위해 우물을 깨트렸
     던 자신을 고백하고 증명한다.

발꿈치부터 발끝까지
타오르는 불길 같았다.

31   "스승님, 다른 동반자들보다 더
      고통스럽게 비트는 자, 붉은 불이 더
      빨아들이는 저자는 누구입니까?"라고

34   말한 내게 그가, "저 아래 더
      평탄한 둑으로 내가 너를 데리고 가면,
      그와 그의 고난을 그로부터 알게 될 것이다."

37   그리고 내가, "당신이 원하시면 내게 좋습니다.
      당신이 제 주인이시니, 당신의 의지에서
      제가 벗어나지 않고, 말하지 않아도 아십니다."

40   그러고 나서 네 번째 둑 위로 우리가 왔다.[365]
      왼쪽으로 돌아 구멍 나고 좁은
      저 아래 바닥으로 내려갔다.

43   자상하신 스승님이 곁에서 아직
      나를 놓지 않았고, 다리로 울던
      그자의 구멍에 내가 닿았다.

---

365   세 번째 악구덩이를 네 번째로부터 나누는 둑 위로 다리 위에서 내려왔다.

46   내가 말하기 시작했다. "위의 것을
       아래에 두고, 말뚝같이 박힌
       슬픈 영혼아, 할 수 있으면 말해 보아라."

49   박힌 후, 죽음을 늦추려는
       사악한 살인자가 불러서,
       고백을 듣는 사제처럼 내가 서있었다.

52   그러자 그가 외쳤다. "보니파티우스,
       당신 벌써 거기 서 있소?
       적힌 것이 몇 년으로 나를 속였소.

55   아름다운 여인을[366] 두려움도 없이
       속여서 빼앗고 작살낸 욕심에
       당신은 그리 빨리 실증이 났소?"[367]

---

366 그리스도의 새신부 즉 교회.

367 교황 첼레스티누스 5세가 (지옥 3.59-60) 즉위한 몇 달 후 사임을 압박하
     여 교황이 된 보니파티우스 8세는 속세의 정치에 깊숙이 관여하다 1303년
     에 사망한다. 순례가 벌어지고 있는 1300년으로부터 3년(몇 년) 후에 지
     옥으로 올 것이 정해진 것을 암시한다. 1301년 보니파티우스 8세를 접견
     하기 위한 사신으로 로마에 보내진 단테가 피렌체로 돌아가던 1302년 1월
     에 교황이 지지하던 궬피 흑색당에 의해 추방된 후 망명생활을 시작한다.

58   대답을 이해하지 못하고, 할 줄 몰라서
조롱당하며 서 있는 사람마냥
나는 그렇게 되어버렸다.

61   베르길리우스가 말했다. " '나는
당신이 생각하는 사람이 아니오' 라고
빨리 말하거라." 시킨 대로 내가 대답했다.

64   그러자 그 영혼이 두 발을 비틀고,
한숨을 쉬며 우는 소리로 내게 말했다.
"그럼 내게서 뭘 바라오?

67   내가 누구인지 너무나 알고 싶어
언덕을 달려 내려왔다면,
내가 큰 망토를 입었던 것을 아시오.

70   그리고 진정 암곰의 아들이었소.
새끼 곰들을 성공시킬 욕심으로,
위에서는 돈을, 여기서는 나를 주머니에 넣었소.[368]

---

368   교황 니콜라우스 3세(재위: 1277-1280)는 욕심 많고 공격적인 것으로 알
려진 동물인 "곰"의 뜻을 지닌 오리시니(Orisini) 가문 출신이다. 진정 욕심
많던 자신의 (진정 암곰의 아들) 가족들의 (새끼 곰들을) 출세를 위해 성직
을 매매한 죄로 벌받고 있다.

73   성물 매매를 내 이전에 일삼던

        다른 이들도 내 머리 밑에 눌려,

        돌 틈에서 납작해져 있소.[369]

76   내가 당신이라 믿었던 그가 오면,

        나 역시도 저 아래로 밀려 내려가오.

        그래서 내가 서둘러 물었던 것이오.

79   그러나 그가 붉은 발로 심겨져 머물

        시간보다 벌써 내 발이 더 타며[370]

        이렇게 거꾸로 내가 있었소.

82   그 사람 뒤로 서쪽에서, 더 더러운 일을

        법 없이 할 목자가 올 것이니,[371]

        그와 나를 덮기에 알맞소.

---

369 금과 은을(3) 탐하는 자가 하느님의 영광 앞에서 돌틈에 들어가 숨을 것이
     라는 성서의 말이 재현되고 있다 (이사야 3.20-21).

370 1280년에 사망한 니콜라우스 3세가 1300년까지, 1303년 사망하는 보니
     파티우스 8세가 클레멘스 5세(재위: 1305-1314)가 죽을 1314년까지 보
     다 벌써 더 오래 그렇게 머물고 있었다는 말이다. 교황 보니파티우스 8세
     가 프랑스 왕 필립 4세(재위: 1285-1314)에 의해 제압된 후, 프랑스 출
     신 교황 클레멘스 5세는 교황청을 아비뇽으로 옮긴다. (연옥 32.160; 천
     국 27.58 참조).

371 로마로부터 서쪽에 있는 "과스콘냐 사람"(천국 17.82)인 클레멘스 5세.

85   새로운 야손일 것이오. 마카베오에서
      읽을 수 있소. 그리고 야손에게 유순했던 왕처럼,
      프랑스를 다스리는 자도 그에게 그러할 것이오."[372]

88   그에게 이런 투로 답한 내가
      너무 당돌했는지도 모른다.
      "제발 이제 내게 말해 보시오. 성 베드로 손에

91   우리 주님이 열쇠를 쥐어주셨을 때,
      얼마나 많은 보물을 먼저 원하셨소?
      '내 뒤를 따라 오너라' 만 물었을 뿐이오.

94   악한 영혼이 잃어버린 자리에
      정해진 마티아에게서 금도 은도,
      베드로와 다른 이들이 받지 않았소.[373]

---

372 금전적 혜택을 받은 왕이 예루살렘을 이교도적 풍습으로 부패시키던 대
      사제 야손에게 유순했던 것처럼(마카베오하 4.7-26), 프랑스 출신이 교
      황으로 선출되도록 기여한 프랑스 왕 필립 4세와 클레멘스 5세가 서로에
      게 유순하였다.
373 그리스도를 배반한 유다(악한 영혼) 대신 사도가 된 마티아 (사도행전
      1.26).

97   그러니 머물며 벌을 잘 받으시오.
        샤를에 맞설 만큼 당신을 대범하게 만든,
        사악하게 앗았던 돈을 잘 지키시오.[374]

100   즐거운 삶 속에서 당신이 지녔던
        고결한 열쇠에 대한 경의가
        여전히 나를 막고 있지 않았더라면,

103   아주 더 심한 말을 했을 것이오.
        선한 자를 밟고 악한 자를 치켜세우는
        당신들의 욕심이 세상을 슬프게 만들기 때문이오.

106   복음자가 당신 목자들을 알아 보았고,
        물 위에 앉아 왕들과 간음하는
        그녀를 보았소.[375]

109   일곱 개의 머리를 갖고 태어난 그녀는
        남편이 덕을 사랑하는 한
        뿔 열 개를 지탱하였소.[376]

---

374 시칠리아 왕 샤를 1세(재위: 1266-1282)에 도전할 수 있을 정도로, 니콜라
     우스 3세가 부정으로 착취하고 축적했던 부를 가리킨다.

375 "많은 물들 위에 앉은 엄청난 창녀가 땅의 왕들과 간음하는 것"(요한계시
     록 17.1)을 요한이 보았다. 왕들과 간음하는 창녀를 단테는 부패한 교회와
     교황들과 (목자들) 일치시킨다.

376 성령칠은의 교회는 교황이 (남편) 덕을 지키는 한 십계명을 따랐다.

112 금과 은으로 당신들이 신을 만들었소.
우상 숭배자가 한 개를, 당신들이 백 개를
숭배하는 것말고 다른 것이 무엇이오?

115 아, 콘스탄티누스여, 엄청난 악의 어머니여,
그대의 개종이 아니라, 처음 부유해진 아버지가
그대에게서 받은 그 지참금 덕분이오!"[377]

118 내가 그런 곡을 읊고 있는 동안,
분노인지 양심의 가책 때문인지,
두 발길질을 심하게 하고 있었다.

121 진실을 자아내는 내 말 소리에
만족하는 얼굴로 줄곧 주의를 기울인
내 길잡이의 마음에 들었으리라 내가 믿는다.

124 나를 그가 두 팔로 잡고,
나를 가슴까지 완전히 위로 올린 후,
내려오던 길로 다시 올라갔다.

---

377 교황 실베스테르(Sylvester) 1세(재위: 314-335)가 준 세례로 나병에서 완쾌된 첫 그리스도교 로마 황제 콘스탄티누스 1세 (재위: 306-337)는 교황에게 로마의 세속적 정권을 위임하고 수도를 콘스탄티노플로 옮겼다. 황제의 선의가 교회의 세속적 부정을 낳기 시작했다고 단테는 믿는다. (천국 20: 55-7 참조).

127   네 번째에서 다섯 번째 둔덕으로 통하는

둥근 다리의 꼭대기까지 그가 나를 데려올 때까지

지치지 않고 당신 곁에 나를 꼭 붙들고 계셨다.

130   그는 암염소들이 힘들게 지나갈

험하고 가파른 절벽에서

조심스럽게 짐을 내려 놓으셨다.

133   한 다른 골짜기가 거기에서 내게 열려 있었다.

지옥 20곡 목차 (넷째 악구덩이: 점쟁이)

지옥 20곡

1   잠긴 자들에 대한 첫 번째 노래 중
     스무 번째 곡에[378] 소재를 넣어
     새로운 고통의 운율을 만들어야 한다.

4   수난의 눈물에 젖어 드러난 심연을
     내 모든 것을 다해
     벌써 바라보고 있었다.

7   이 세상에서 기도하며 행진하는
     걸음걸이로, 말없이 눈물을 흘리며,
     둥근 계곡을 지나오는 사람들을 보았다.

10   내 눈길이 더 아래로 내려가자,
     그들의 턱과 가슴이 시작되는 곳 사이가
     놀랍게도 비틀어진 것이 보였다.

---

378 잠긴자들에 대한 첫 번째 노래(canzon) 즉, 지옥 노래들(cantica) 스무 번
     째 곡(canto)을 가리킨다.

13   얼굴이 등 뒤로 돌려져,
      앞을 보지 못해,
      뒤로 가야 했다.

16   아마 마비가 오면,
      어떤 사람은 완전히 그렇게 비틀어질지 모르나,
      나는 보지 않았고, 그럴 거라 믿지도 않는다.

19   하느님이, 독자여, 그대의 독서에 결실을
      허락하신다면,[379] 내 어찌 마른 얼굴을
      할 수 있었을지 그대 스스로 생각해 보시오.

22   우리 모습이[380] 너무도 비뚤어져,
      눈물이 엉덩이 사이를 적시는 것을
      내가 가까이에서 보았소.

25   단단한 돌 바닥에 주저 앉아 내가 울자,
      내 인도자가 내게 말했다.
      "다른 자들같이 너는 아직도 어리석느냐?

---

379 글을 읽고 올바른 사람이 된다면.
380 하느님의 모습대로 창조된 사람의 (창세기 1.27) 모습이 너무나 비뚤어진
     것을 본 순례자가 울지 않을 수 없었다.

28   여기에서 연민은 죽어야 산다.
       하느님의 판결에 슬퍼하는 자보다
       누가 더 불경스럽겠느냐?[381]

31   고개를 바로 들고 보아라. 테베 사람들
       눈앞에서 땅이 열리자 모두가 그에게
       외쳤다. '어디로 떨어지오,

34   암피아라오스여? 왜 전장을 떠나시오?'
       그리고 모두를 잡는 미노스에게까지 밑으로
       쉴새 없이 떨어졌다.[382]

37   어깨가 가슴이 된 자를 보아라.
       지나치게 앞만 보려다,
       뒤를 보고 뒷걸음친다.

40   온 몸이 변해,
       남자에서 여자가 된,
       모습을 바꾼 테이레시아스를 보아라.

---

381 하느님처럼 미래를 볼 수 있다고 속였던 점쟁이들의 불경스러움을 함께
     암시하고 있다.

382 테베 원정에서 죽을 자신의 미래를 본 암피아라오스 왕이 전장으로부터
     숨어있었으나 아내 에리필레의 배반으로 참전해 결국 지옥으로 떨어진다
     (스타티우스,《테베스》 7.690-893). 미래를 결코 바꿀 수 없는 인간의 한
     계를 알려주는 이야기이다.

43   처음에도, 나중에 남자의 몸을
      되찾을 때도, 엉킨 두 뱀을
      막대기로 치면 되었다.[383]

46   배가 등에 맞다은 아룬스는,
      산 아래 거주하는 카라라 사람들이
      땅을 경작하는 루니의 산 속에서,

49   흰 대리석 틈 사이에 있는 굴을 거처로 삼아,
      별과 바다를 끊임없이
      바라보았다.[384]

52   네가 보지 못하는 젖가슴을
      풀어헤친 머리털로 덮은,
      그쪽에[385] 털이 난 여인이,

---

383 테베의 점쟁이 테이레시아스는 엉킨 두 뱀을 막대기로 친 후 여자로 변했
     고, 칠년 후 같은 방식으로 남자로 변했다 (오비디우스, 《변신》 3.324-331).
384 폼페이우스와의 내전에서 카이사르의 승리를 예언한 아룬스는 밭을 가는
     카라라 농부들이 내려다 보이는 루니자나(고대의 루카) 산의 흰 대리석 암
     굴 속에 살았다: "Arruns incoluit deserta moenia Lucae" (루카누스, 《파르
     살리아》 1.584-7). 망명 중의 단테 자신이 1306년 루니자나(Lunigiana)
     의 말라스피나(Malaspina) 가문의 호의를 입는다. (연옥 1.136-8 참조).
385 단테가 볼 수 없는 뒷쪽.

55   많은 땅을 헤매다, 내가 태어난 곳에
　　　머물렀던 만토이니,[386] 내 말을
　　　조금 들어주길 바란다.

58   아버지가 세상을 떠나시고
　　　바코스의 도시가 예속되자,
　　　그녀는 오랫동안 세상을 돌아다녔다.[387]

61   아름다운 이탈리아의 위쪽
　　　티롤로 위에 독일과 맞닿은 알프스의
　　　발치에 베나코라는 호수가 놓여있다.

64   가르다, 발 카모니카, 펜니노 사이를
　　　적신 수천 개의 샘물이
　　　그 호수 속에 고인다.[388]

67   트렌토, 브레샤, 베로나의 목자가
　　　걸었으면, 성호를 그었을 곳의

386　테베의 점쟁이 테이레시아스의 딸 만토로부터 베르길리우스가 태어난 곳
　　　인 만토바의 이름이 유래한다.

387　테이레시아스가 죽고 바코스가 수호신인 테베가 폭군의 노예가 되자, 만
　　　토가 테베를 떠난다.

388　북쪽 알프스 산과 동쪽 가르다 서쪽 발 카모니카 사이의 물들이 베나코 (
　　　지금의 가르다) 호수로 흐른다.

가운데를 차지하고 있다.[389]

70   브레샤와 베르가모 사람들에게 맞서는
      아름답고 강력한 요새 페스키에라는
      가장 낮은 호수가에[390] 자리잡고 있다.

73   베나코의 품속에서 모두가 넘쳐
      여기 아래로 흘러내려
      초목을 푸르게 하는 강이 된다.

76   머리를 내밀고 물이 달리자마자
      더 이상 베나코가 아니라 민초라 불리다가
      고베르놀로에서 포로 떨어진다.[391]

79   얼마 흐르지 않아 늪을 발견하여,
      물이 퍼지고 진흙탕이 되나,
      여름에 매번 메마르곤 한다.

---

389 세 도시들의 중심에 위치하는 호수를 가리킨다.

390 호수 남쪽에 자리한 페스키에라(Peschiera).

391 베나코 호수물에서 나온 민초 강물이 만토바 지역의 고베르놀로
     (Governolo)에서 포 강에 합류한다.

82   여기를 지나치던 잔인한 처녀가
     인적 없이 황량한 땅을
     늪 한가운데에서 보았다.

85   모든 인간 교류에서 벗어나
     마술을 하며 그녀의 하녀들과 머물며
     거기서 살다 텅 빈 몸을 남겼다.

88   사방에 있는 늪이 보호하는 그곳에,
     사방에 있던 사람들이 그 후에
     모여들었다.

91   죽은 뼈 위에 세운 도시를,
     먼저 선택한 그녀를 기리며,
     다른 마술 없이 만투아라 불렀다.

94   카사로디의 어리석음이 피나몬테의
     속임수에 넘어가기 전에는 이미
     그 속에 사람들이 더 가득차 있었다.[392]

97   내 땅의 다른 유래는

---

[392] 기벨리니 피나몬테 보나콜시(Pinamonte Bonacolsi)의 속임수에 넘어간 궬
     피 알베르토 다 카살로디(Alberto da Casalodi)가 궬피 귀족들을 도시에서
     몰아낸 후 스스로 추방된 어리석음을 말한다.

네가 살펴서 들어야 한다.
어떤 거짓도 진리를 속일 수 없다."

100 그리고 내가, "스승님의 말씀이
너무나 확실하고 확신을 주어,
다른 말들은 제게 꺼진 숯과 같습니다.

103 행진하는 사람들 중 주목할 만한 자를
보면 말해 주십시오. 오직 그것에
제 생각이 다시 갑니다."

106 그러자 내게 말했다. "뺨에서 난
수염을 어두운 어깨 위에 올린 자가,
남자들이 그리스를 비우고,

109 요람에 겨우 몇 사람이 남았을 때,
아울리스에서 첫 닻줄을 끊을 시점을
칼카스와 함께 예언해 주었다.

112 너가 아주 잘 아는 숭고한 내 비극의
몇 구절이 그렇게 노래하는
에우리필로스가 그의 이름이다.[393]

---

393 트로이로 떠났던 그리스의 거의 모든 남자들이 전쟁 후 아울리스 항구에
서 그리스로 되돌아가는 시점을 에우리필로스와 예언자 칼카스가 함께 말

115   또 다른 사람, 옆구리가 매우 마른
        마이클 스콧은 마술의 속임수를
        제대로 가지고 놀 줄 알았다.[394]

118   구이도 보나티를[395] 보아라. 가죽과 끈에
        정진하였었기를 이제 뒤늦게
        아쉬워하는 아스텐데를 보아라.[396]

121   바늘과 북과 물레를 버리고,
        약초와 형상으로 요술을 부리는
        점쟁이가 된 슬픈 여인들을 보아라.[397]

124   이제 가자. 카인과 가시가[398]

        했다고 단테의 베르길리우스가 말한다. 베르길리우스의 《아이네이스》(숭
        고한 비극)에서 언급된 에우리필로스는 예언자가 아니라 아폴로의 예언을
        전하는 인물일 뿐이다 (베르길리우스,《아이네이스》 2.116-9).

394   스코틀랜드 출신으로 프리드리히 2세의 점성가였던 마이클 스콧(Michael
        Scot: 1175-1232년경).

395   프리드리히 2세(지옥 10)와 구이도 다 몬테펠트로(지옥 27)의 점성가로
        몬타페르티 전투에서 조언한 후 기벨리니 피렌체의 점성가가 되었다. 포
        를리(Forli) 출신이다.

396   파르마(Parma)의 구두장이였던 (가죽과 끈) 점쟁이.

397   여인의 임무를 버리고 요술을 부리는 마녀들.

398   동생 아벨을 죽인 카인이 (창세기 4.1-18) 벌로 가시를 등에 지고 달에 있
        다는 이야기가 전해졌다. 달의 어두운 자국으로 여겨졌던 "카인과 가시"는
        여기서 달을 가리킨다. (천국 2.49-51 참조).

양쪽 반구의 경계에 닿아
세비야 아래 물을 만진다.[399]

127   어젯밤이 이미 보름달이었다.[400]
깊은 숲속에서 벌써 너에게 해가 되지 않았던
달을 기억해야 한다."

130   그리 말하며 우리가 갔다.

---

399   달이 서쪽 수평선 아래로 지는 (스페인 세비야 물을 만지는) 새벽 6시.
400   춘분날이나 이후 첫 보름달이 지난 첫 일요일이 부활절이다. 보름달이 지
      나고 부활절 일요일이 오기 전 성토요일 새벽 6시를 가리킨다.

지옥 21곡 목차 (다섯째 악구덩이: 매관매직)

지옥 21곡

1 내 희극에서 노래하지 않는
   다른 이야기를 하며,
   다리에서 다리로 우리가 갔다.

4 다리 꼭대기에 서서 악구덩이의
   다른 틈새와 다른 헛된 통곡을 보려고 했다.
   섬뜩한 어둠이 거기에 깔려 있었다.

7 겨울에 베네치아의 조선소에서
   고칠 배에 바르기 위해
   끈적한 역청이 끓고,

10 배에 탈 수 없는 대신
    누구는 새 배를 만들고 누구는
    많은 항해를 한 뱃전을 때운다,

13 누구는 뱃머리를 누구는 배꼬리를 치고,
    누구는 노를 만들고 누구는 줄을 꼬고,
    누구는 삼각돛과 사각돛을 기운다.

16   벽 사방을 칠갑하는 짙은 역청이,
      불이 아니라 하느님의 솜씨로,
      저 아래에서 끓고 있었다.

19   끓어 완전히 부풀어 올랐다
      수그러들며 다시 내려 앉는
      거품들밖에 보이지 않았다.

22   저 아래를 몰두해서 바라보던 나를
      "보아라, 보아라" 말하던 내 길잡이가
      내가 있던 곳에서 자기 쪽으로 끌어당겼다.

25   볼 겨를도 없이 도망가야 했고,
      두려움에 갑자기 용기를 잃은
      사람처럼, 떠나기를 늦추지 않고도

28   뒤돌아보았다. 시커먼 악마
      하나가 우리 뒤에서 다리 위로
      달려오는 것을 내가 보았다.

31   아, 활짝 편 날개와 가벼운 발 동작이
      얼마나 잔인해 보였고,
      얼마나 얼굴이 사나웠는지!

34   뾰족하게 올라온 어깨 위로
      죄인의 두 엉덩이를 지고,
      발꿈치를 꼭 붙들고 있었다.

37   우리 다리에서 말했다. "아, 악한 발톱들아,[401]
      성녀 지타의[402] 원로 중 하나가 여기 있다.
      밑에 묻어라. 또 데리러 간다.

40   그 땅에 아주 많다.
      본투로[403]말고 모두 매관매직을 일삼아
      돈이면 아니오가 그렇소가 된다."

43   그를 저 아래로 집어 던지고,
      단단한 바위로 돌아갔다. 도둑 쫓는
      개가 풀려도 그리 서둘지 않았을 것이다.[404]

---

401 악구덩이(Malebolge)의 악마들인 악한(Male) 발톱들(branche). 발톱들로
     죄인들을 긁는다.
402 루카에서 성녀로 여겨지며 존경받았고 1696년 공식적으로 성인이 된 성녀
     지타(Zita, 약 1212-1272).
403 루카에서 매관매직으로 가장 악명 높던 본투로 다티(Bonturo Dati)는 1325
     년 죽기도 전에 지옥에서 언급된다. 매관매직의 관행이 널리 퍼져있던 루
     카를 비꼬는 투로 악마가 말한다.
404 너무나도 넘쳐나는 죄인들로 다리 아래로 내려갈 시간이 없이 다시 루카
     로 날아가는 악마를 묘사하는 말이다.

46   죄인이 빠졌다가 웅크린 채 위로 되돌아오자,
       다리를 덮고 있던 악마들이 외쳤다.
       "성스러운 얼굴[405]을 위한 자리는 여기 없어!

49   세르키오[406] 속에서처럼 헤엄치면 안 돼!
       우리한테 긁히고 싶지 않으면,
       역청 위로 올라오지 마."

52   백 개 넘는 갈퀴로 대고 찌르며
       말했다. "여기서 덮여서 춤 춰봐.
       할 수 있음 숨어서 슬쩍해 보라고."[407]

55   고기가 떠오르지 않게 뾰족한 갈고리로 찔러
       가마솥 한가운데에 잠기도록
       요리사가 조수들에게 시킨다.

58   선량하신 선생님이 내게 말했다.
       "네가 있는 걸 들키지 않게 막아주는
       바위 뒤 아래에서 웅크리고 있거라.

---

405   루카의 산 마르티노 대성당에 있는 십자가 "성스러운 얼굴"(il Santo Volto)
      에 루카 사람들이 도움을 구한다.
406   루카 사람들이 여름에 헤엄치는 강.
407   콘트라파소에 따라, 숨어서 훔치던 죄로 역청 아래에 덮여서만 발광하도록
      허락된 죄인들에게 악마가 빈정대며 소리치고 있다.

61   어떤 공격을 내가 당해도
두려워하지 마라. 그런 다툼에
연루되어 본 적이 있어 알고 있다."[408]

64   그리고 그는 다리 꼭대기를 지나가고,
여섯 번째 언덕 위에 이르자,
굳건한 표정을 해야 했다.

67   뿌리쳐 나와 포악하게 덤벼드는
개들이 멈춰선 자리에서
구걸하는 불쌍한 사람처럼,

70   다리 아래에서 나온
갈고리 모두가 그를 겨누자,
그가 외쳤다. "악한 짓은 아무것도 하지 마라!

73   갈고리로 나를 잡기 전에,
한 명이 앞으로 나와 내 말을 듣고,
갈고리질을 내게 할지 결정해라."

---

408   지옥 9.22-24 참조.

76   "나가, 악한 꼬리야!"[409]를 모두가 외쳐,
       하나가 움직였고, 나머지는 멈췄다.
       한 놈이 오면서 말했다. "뭘 바라는 거야?"

79   내 선생님이 말했다. "악한 꼬리야,
       너희들이 막아도 아무 소용이 없다,
       하느님의 뜻과 행운도 없이,

82   내가 여기까지 왔다고 믿느냐?
       지옥의 길을 누구에게 보여주길
       하늘이 원하니 우리를 가게 두어라."

85   그러자 오만이 땅에 떨어져버린 그가
       갈고리를 발치에 떨어뜨리며,
       다른 자들에게 말했다. "이제 이자는 건드리지 마."

88   그리고 내 길잡이가 내게, "아, 다리
       돌 틈에서 웅크리고 앉아 있는 너는
       이제 걱정 말고 내게 돌아오너라."

91   그래서 내가 움직여 그에게 재빨리 가자,
       악마들이 모두 앞으로 나와서, 그들이

---

409   악한(Male) 발톱들(branche) 중 한 악마인 악한(Mala) 꼬리(coda).

약속을 지키지 않을까 봐 내가 두려웠다.

94   협정 후 적들에 둘러싸여
      카프로나를 떠나가는 병사들이 그렇게
      두려워하는 것을 나는 이미 보았다.[410]

97   내 길잡이 옆에 온몸을 바싹 대고,
      심상치 않은 그들의 모습에서
      눈을 떼지 않았다.

100   하나가 다른 하나에게 갈퀴를 겨누며
      말했다. "엉덩이를 만져 줄까?"
      "그래, 맛을 보여줘"라고 대답했다.

103   내 길잡이와 말을 섞었던 악마가
      대뜸 돌아 말했다.
      "냐, 냐, 멍청아!"

106   그리고 우리에게 말했다. "더 이상
      이 바위를 따라 갈 수 없소. 여섯째 다리는
      온통 부서져 바닥에 널려있기 때문이오.

---

410   1289년 8월 피사 성 카프로나에서 기벨리니를 몰아낸 궬피의 기사로 단
      테가 참전하였다.

109   더 나아가고 싶으면,
      이 석굴 위로 가시오.
      가까이에 다른 돌길이 있소.

112   이 길이 부서진 지[411] 어제
      이 시각보다 다섯 시간 더 지나
      천이백육십육 년이 되었소.[412]

115   누가 바람 쐬러 나오는지
      내 사람들을 그리로 순찰을 보내니
      같이 가시오. 나쁜 짓을 하지 않을 것이오."

118   그가 말하기 시작했다. "너,
      종놈, 서리 밟는 놈, 큰 개, 그리고
      곱슬 수염이 이 놈들을 이끌고 가라.

121   동서풍, 용대가리,
      뿔난 돼지, 긁는 개,
      나비, 미치게 화난 놈 나와.

---

411   지옥 12.41 참조.

412   예수가 태어난 후 34년이 지난 (예수가 33살이었을 때) 성금요일 정오에
      그리스도가 숨을 거두시자 지진이 일어났다. 그때부터 1226년이 지난 지
      금은 1300년이고, 어제가 금요일인 오늘은 토요일, 정오에서 다섯 시간 전
      은 아침 7시이다.

124 　구덩이들 위로 바로 가는[413]
　　다른 다리까지 이들이 안전하도록,
　　끓고 있는 덫을 따라 돌아가라."

127 　내가 말했다. "아이고, 선생님, 무슨 일이
　　내 눈앞에 벌어지고 있습니까? 나라면
　　묻지 않습니다. 아시는 길이면 안내 없이 따로 갑시다.

130 　평소처럼 잘 알아 채시고 있으면,
　　이들이 이빨을 갈며 눈썹을 찌푸리며 우리에게
　　위협하는 것을 보지 못하십니까?"

133 　그러자 그가 내게, "두려워 마라.
　　이를 갈고 싶은 대로 갈게 두어라.
　　끓어서 괴로운 자들 때문에 그런다."

136 　둔덕을 따라 왼쪽으로 그들이 돌았다.
　　그런데 먼저 각자가 이 사이로 내민
　　혀를 물며 신호를 보내니, 우두머리는

139 　똥구멍에서 나팔 소리를 내었다.

413 　순례자들에게와 악마들에게 상반되는(106-8) 정보를 제공하는 악마에 대
　　한 단테와 베르길리우스의 반응이 상반된다.

지옥 22곡 목차 (다섯째 악구덩이: 매관매직)

지옥 22곡

1   기사가 진영을 거두고,
     소집해서 전투를 시작하고,
     때로 탈출하기 위해 퇴각하는 것을 보았소.

4   아레초 사람들이여, 당신들의 땅을
     침략하고 짓밟는 것을 보았소.[414]
     시합과 경기에서 겨루고 달리는 것을 보았소.

7   나팔 소리에, 종 소리에,
     북 소리에, 성에서 나오는 신호에,
     우리 것이든 이국 것이든,

10   기사든 병사든, 땅과 별의 표시를
     따르는 배도, 그리 색다른 피리 소리에
     움직이는 것을 내 한 번도 본 적이 없소.

---

414 카프로나(지옥 21.95) 성에서 승리하기 두 달 전인 1289년 6월 캄팔디노
     (Campaldino) 평지에서 아레초 기벨리니에 맞선 피렌체 궬피가 승리를 거
     두었다. 단테가 기사로 참전한 두 전투들이다.

13   악마 열 명과 우리가 같이 가고 있었다.
      아, 사나운 동반자여! 그렇지만
      성당에선 성인들과 함께, 술집에선 술꾼들과 함께.

16   구덩이 구석구석과 그곳에서
      불타는 사람들을 보려고 역청에
      내 주의를 기울였다.

19   돌고래의 굽은 등이
      뱃사람에게 배를 구할 방도를
      고안하라고 경고해 주듯이,[415]

22   몇몇 죄인들의 등이
      고통을 덜기 위해 들렸다가
      순식간에 사라졌다.

25   개구리가 주둥이만 밖으로 내밀고,
      다리나 다른 큰 부분은 숨기며,
      웅덩이 물가에 머물듯이,

28   사방에 있던 죄인들이,
      곱슬 수염이[416] 누르자,

---

415 배 가까이에 모여드는 돌고래들을 임박한 폭풍의 징조로 믿었다.
416 동반하던 열 명의 악한 발톱들 중 하나 Barbaricca (지옥 21.120).

끓는 것 밑으로 다시 끌려 들어갔다.

31 　다른 개구리는 도망가고 어쩌다가
　　하나가 남을 때가 있다.
　　긁는 개가[417] 앞에 있던

34 　역청범벅이 된 머리를
　　갈고리로 들어올린 수달 같은
　　자를 본 것에 아직도 내 가슴이 떨린다.

37 　그들이 뽑히고 불렸을 때 하는 짓을
　　살펴보며, 모두의 이름을
　　내가 벌써 알고 있었다.

40 　저주받은 모두가 함께 소리쳤다.
　　"아, 화난 놈아,[418] 발톱으로
　　그놈을 갈기갈기 찢어 버려!"

43 　그러자 내가, "선생님, 가능하시면,
　　적의 손아귀에 떨어져 처참해진
　　저자가 누구인지 알아보십시오."

417　다른 악한 발톱 Graffiacan (지옥 21.122).
418　악한 꼬리가 뽑은 다른 악한 발톱 Rubicante (지옥 21.123).

46   그 옆으로 다가간 내 길잡이가
      그가 어디서 왔는지 묻자 그가 대답했다.
      "나는 나바르 왕국에서 태어났소.[419]

49   자신과 재산을 탕진한 몹쓸 자에게서[420]
      나를 낳은 어머니가 나를
      한 귀족의 신하가 되게 하였소.

52   그 후 어진 왕 티보에[421] 속하게 되자,
      매관매직을 일삼다가
      이렇게 뜨겁게 죄값을 치르고 있소."

55   그러자 멧돼지같이 입 양쪽에서
      이빨이 하나씩 나온 뿔난 돼지가[422]
      그에게 찢기는 맛을 보여 주었다.

58   악한 고양이들 사이에 들어온 생쥐였다.
      하지만 곱슬수염이 팔로 막으며

---

419 당시 피레네 산맥과 프랑스 사이에 있던 왕국(천국 19.144 참조)에서 매
     관매직으로 가장 악명이 높았던 참폴로(Ciampòlo) 혹은 장폴(Jean-Paul).
420 재산을 탕진하고 자살한 아버지.
421 음유시인들 사이에서 자비롭고 정의로운 왕으로 알려진 나바르 왕 티보
     (Thibaut) 2세 (재위: 1253-1270).
422 고대 토스카나어 "돼지"(ciro)의 속된말 "돼지새끼"(Ciriatto)로 불리고 뿔
     이난 악한 발톱 (지옥 21.122).

말했다. "내가 쥐고 있는 동안 뒤로 물러나."

61   그리고 내 선생님에게 얼굴을 돌려
말했다. "다른 놈들이 찢어 버리기 전에,
더 알고 싶으면 물어 보시오."

64   그래서 길잡이가, "자, 말해 보아라.
역청 아래 다른 죄인들 중
이탈리아인을 네가 아느냐?"

67   그가, "가까이에서[423] 온 자에게서 조금 전에
내가 떠났소. 그와 같이 아직 묻혀 있었으면,
갈고리도 발톱도 무서워하지 않았을 텐데."

70   동서풍이[424] 말했다. "너무 많이 참았어."
그러더니 그의 팔을 갈고리로 쥐고
찢어 살점을 떼내었다.

73   용대가리도[425] 아래 다리를
잡으려 하자, 그들 대장이
째려보며 주위를 뱅뱅 돌았다.

---

423   아직 이탈리아의 일부가 아니던 "가까이에" 있는 섬 사르덴냐 (Sardgena).
424   Libicocco (지옥 21.121).
425   Draghignazzo (지옥 21.121).

76   그들이 조금 잠잠해지자,
      내 길잡이가 지체없이
      여전히 상처를 쳐다보던 그에게 물었다.

79   "놔두고 물가에 올라온 게 잘못이라고 말한
      그가 누구였느냐?" 그가 대답했다.
      "고미타 수도사였소.[426]

82   갈룰라에서[427] 온 그자는 온갖 기만의 도가니로
      주인의 적들을 손에 넣고
      모두 자기 편으로 만들었소.

85   돈만 받으면 모두 놔주었다고
      그가 말하오. 다른 매관매직도
      어느 정도가 아니라 대단했다 하오.

88   로구도로에서[428] 온 재판관 미켈 잔케와
      말벗이 되어, 사르덴냐 말로 그들은
      지치지 않고 혀를 놀리고 있소.

---

426 1275년과 1296년 사이에 피사를 다스리던 니노 비스콘티(Nino Visconti)
     의 총애를 입었던 관료.
427 사르덴냐의 북동쪽 지역.
428 사르덴냐의 북서쪽 지역.

91   아이고, 이빨 가는 다른 놈을 보시오.
      더 말하고 싶지만, 저놈이 아무래도
      내 머리털을 뽑을 준비를 하는 것 같소."

94   눈을 부라리며 덤벼들던 나비에[429] 대고
      대단한 대장이 말했다.
      "물러나라, 빌어먹을 새 새끼야!"

97   그러자 두려움에 떨며 다시 시작했다.
      "토스카나나 롬바르디아 사람들을
      보고 듣고 싶다면 이리 오게 하겠소.

100   하지만 악한 발톱들의 복수가 무섭지
      않도록 약간 떨어져야 하오.
      바로 이 자리에 앉아서,

103   우리 방식대로 몇몇을 밖으로 불러내는
      휘파람을 불면, 나 하나가
      일곱을 나오게 할 것이오."

---

429   Farfarello (지옥 21.123).

106   큰 개가[430] 그 말에 주둥이를 들어 올리고,
       고개를 내저으며 말했다. "밑으로
       빼려고 부리는 수작 좀 들어봐!"

109   넘치도록 덫을 짜던 그가
       대답했다. "내 사람들에게
       더 큰 슬픔을 안겨주니 나는 너무 나쁘오."[431]

112   종놈이[432] 참지 못해 다른 놈들을
       제치고 그에게 말했다. "너가 빠지면,
       난 너 뒤로 뛰어가지 않을거야.

115   역청 위로 활개를 칠거야.
       높은 데서 내려가 뒤에 숨어서
       우리보다 너 혼자 더 잘하는지 보겠다."

118   아, 독자여, 새로운 놀이를 들어라.
       가장 맞서던 놈이 먼저, 그리고
       모두가 다른 편으로 눈을 돌리자,

---

430 Cagnazzo (지옥 21.119).
431 다른 자들이 나와 찢기게 하는 것보다 내가 들어가려고 부리는 수작이 더
     낫다는 말이다.
432 Alichino (지옥 21.119).

121   나바르 놈이 순간을 놓치지 않고,
       땅에 발을 딛고 한순간에
       튀며 대장에게서 풀려났다.

124   그 잘못에 모두가 가책했고,
       실책의 원인이던 놈이[433] 먼저
       펄쩍 뛰며 고함쳤다. "너 잡혔어!"

127   소용없었다. 무서움을 날개가
       앞지를 수 없었다. 그는 아래로 내려갔고,
       그들은 위로 가슴을 끌어올리며[434] 날아갔다.

130   재빨리 물 아래로 빠진 오리를
       쫓던 매가 화가 치밀고 기운이 빠져
       위로 되돌아가는 것과 다름이 없었다.

133   조롱에 분노한 서리 밟는 놈이[435]
       싸울 거리를 바라며,
       뒤를 쫓아 날았다.

---

433 종놈.
434 역청에 닿지 않으려고.
435 Clacabrina(지옥 21.119).

136   탐관오리가 사라지자,
　　　그놈은 발톱을 자기 동료에게 돌렸고,
　　　웅덩이 위에서 다른 놈을 붙들었다.

139   다른 매의 발톱에, 그놈도 매서운 매라,
　　　둘다 끓는 늪 한가운데로
　　　떨어졌다.

142   뜨거움이 순식간에 둘을 풀었으나,
　　　날개가 떡칠이 되어,
　　　들어올릴 재간이 도대체 없었다.

145   다른 동료들과 속이 타던 곱슬 수염이
　　　다른 편에서 갈퀴를 든 네 놈을 다
　　　날아가게 해, 제법 재빨리, 그들이

147   이쪽저쪽 지정된 자리로 내려가,
　　　속이 벌써 익어 바삭거리는
　　　역청범벅들에게 갈고리를 대었다.[436]

151   덫에 걸린 그놈들을 두고 우리는 떠났다.

---

436   요리사가 하던 요리를 상기시킨다(지옥 21.55-57).

지옥 23곡 목차 (여섯째 구덩이: 위선자)

지옥 23 곡

1   작은 형제회 수도사들이[437] 길을 가듯이,
     하나는 앞에 다른 하나는 뒤에서 우리가
     조용히, 혼자, 동반 없이 가고 있었다.

4   방금 벌어진 소란이 내 생각을
     개구리와 생쥐를 이야기하던
     이솝 우화로 돌렸다.[438]

7   처음과 끝을 잘 생각해 맞춰보면,
     하나와 다른 하나가 하는 것이
     '지금'과 '이제'와 마찬가지이기 때문이다.

10   생각이 생각을 물고 나오듯이,
     그 생각에서 다른 생각이 생겨,

---

437 프란치스코 수도승들 (frati minori).

438 그리스 우화작가 아이소포스(기원전 약 620-564)는 중세에도 널리 알려
     져 있었다. 생쥐가 강을 건너도록 도와주겠다던 개구리가 강 가운데에서
     생쥐를 물에 빠뜨리려 하자, 높이 지켜보던 매가 내려와 생쥐와 개구리 둘
     다 낚아채 잡아먹었다는 이야기이다. 매처럼 내려와 종놈을 도와줄 듯해
     보였던 서리 밟는 놈이 싸움을 걸자 둘다 역청에 빠져 버렸다. 종놈은 생쥐
     에 서리 밟는 놈은 개구리에 역청은 매에 해당된다. 《이솝 우화》는 공중 속
     에서 끝나지만, 단테 "우화"는 역청 속에서 더 비참하게 끝난다.

내 두려움이 두 배가 되었다.

13 　　내가 이렇게 생각했다. '우리 때문에
　　다치고 웃음거리가 되어 놀림당한
　　그들의 기분이 상당히 상했으리라 믿는다.

16 　　화를 악 위에 더해 놓으면,
　　토끼를 물어뜯는 개보다
　　더 악랄하게 우리 뒤를 쫓아올 것이다.'

19 　　무서움에 벌써 머리털이 쭈뼛 선
　　내가 바싹 뒤에 다가서서 말했다.
　　"선생님과 내가 즉시 숨지 않으면,

22 　　우리 뒤에 이미 있는 것처럼,
　　악한 발톱들을 내가 보고 느끼니
　　나는 두렵습니다."

25 　　그러자 그가, "내가 납을 댄 유리라고 해도,[439]
　　네 겉모습이 속마음보다 더 빨리
　　내게 비치지 않았을 것이다.

439 　납이 뒤에 있고 유리가 앞에 있는 거울.

28   지금 막 네 생각이 내 생각들 사이로,
      비슷한 몸짓과 낯빛으로 들어오니,[440]
      내가 두 생각에서 한 마음을 만들었다.[441]

31   저 오른쪽 경사가 완만하여,
      우리가 다른 구덩이로 내려갈 수 있다면,
      예상된 추격에서 벗어날 것이다."

34   그의 계획이 다 펼쳐지기도 전에,
      날개를 펼치고 그리 멀지도 않은 곳에서,
      우리를 잡으러 오는 그들을 내가 보았다.

37   깨지는 소리에 깬 어머니가
      가까이에 붙은 불을 보고,
      아들을 붙잡고 뒤도 보지 않고 달리듯이,

40   자신보다 아들이 더 소중해,
      옷도 제대로 입지 못하듯이,
      내 길잡이가 나를 즉시 붙잡고,

43   단단한 둔덕 위에서 아래로,
      다른 구덩이의 한 면을 막고 있는

---

440 의인화된 생각.

441 한 결론을 내렸다.

기울어진 암벽에 등을 내주었다.[442]

46   땅에서 물레방아 바퀴를 돌리려고
인도된 물이 물갈퀴 판에 가장 가까워질 때도
결코 그렇게 빨리 달리지 않았다.

49   가장자리를 따라, 동반자가 아니라,
아들처럼, 나를 가슴에 안고
데려가시던 내 스승님처럼.

52   밑바닥에 스승의 발이 닿고,
우리 위 둔덕 위에 그놈들이 남아있자,
위험이 사라졌다.

55   다섯 번째 구덩이를 지키도록 그들을
두신 높은 섭리가 그곳을 그들이
떠나지 못하도록 만드셨기 때문이었다.

58   덧칠된 사람들이 겉으로 피곤하고
지쳐 보이며 울면서[443] 매우
느린 발길로 저 아래에서 맴돌고 있었다.

---

442 다음 구덩이로 기울어진 암벽을 등으로 미끄러져 내려갔다.

443 "너희들은 [위선자들은] 겉은 그럴싸해 보이지만 그 속에는 죽은 사람의
뼈와 썩은 것이 가득차 있는 희게 칠한 무덤과 같다"(마태복음 23.27). 위
선으로 벌받아 덧칠된 자들이 겉으로도 피곤하고 지쳐 보인다.

61   클뤼니에서 수도승들을 위해
      만든 모양의 망토를 입고 있어서,
      고깔이 눈앞까지 내려와 있었다.[444]

64   밖은 금으로 번뜩였으나,[445]
      안은 온통 납이라 엄청 무거워,
      프리드리히는 짚을 입힌 것이었다.[446]

67   아 영원히 힘든 망토여!
      애달픈 울음 소리에 몰입되어,
      그들과 함께 다시 왼쪽으로 우리가 돌았다.

70   그러나 무게에 지친 사람들은
      너무나 느려, 우리가 발을 디딜 때마다
      매번 함께 가는 사람이 달랐다.

73   그래서 내가 선생님에게, "가시면서,

---

444 프랑스 클뤼니에 있는 베네딕투스 수도승들의 세련되고 화려한 옷차림에
     대해 성 베르나르두스(1090-1153)가 그들의 위선을 언급하며 "긴 소매와
     큰 고깔 (longae manicae et amplum caputium)"을 지적한다.

445 "위"(hyper)와 "금"(crisis)의 합성어인 "위선"(hypercrisis)에 따라 밖이 금
     으로 번뜩인다.

446 프리드리히 2세가 자신에게 거역하는 자에게 입힌 납으로 된 옷이 뜨거운
     도가니 안에서 녹으며 죽도록 벌하였다는 소문이 있었다. 그런 벌이 여기
     서 가볍게 여겨진다는 말이다.

주변을 둘러보다가 행적과 이름을
아는 자를 찾아보십시오."

76   그러자 토스카나 말을 알아들은
한 명이 우리 뒤에서 외쳤다.
"어두운 공기를 그렇게 달리는 발을 멈추시오!

79   찾던 것이 혹시 나한테 있을 수 있소."
길잡이가 돌아 말했다. "기다려라.
그의 발길에 맞춰 가거라."

82   짐과 좁은 길 때문에 지체된 두 영혼들의
얼굴에서 나를 따라잡으려고 무척이나
서두르는 것을 내가 서서 보았다.

85   그들이 가까이 다가와서 잠시 곁눈질로
나를 말없이 보고 나서,
서로를 쳐다보더니 둘이서 말했다.

88   "목 움직임으로 보아 그가 산 것 같소.
그들이 죽었다면, 무슨 특권으로
무거운 겉옷을 벗고 가는 것인지?"

91   그러고 나서 내게 말했다. "아,
      슬픈 위선자들의 모임에 온 토스카나 사람이여,
      경멸하지 말고 그대가 누구인지 말해 주시오."

94   내가 그들에게, "아름다운 아르노 강 위의
      커다란 도시에서 나고 자라 언제나 지니던
      몸으로 내가 있소.

97   뺨 아래로 흘러내리는 수난을
      내가 보는 그대들은 누구시오?
      무슨 벌을 받아 그대들은 그리 번뜩이오?"

100   하나가 내게 답했다. "금빛의 겉옷은
      무게가 저울을 부술
      너무나 무거운 납으로 되어 있소.

103   우리는 볼로냐에서 온 기쁨의 수도사들이었소.[447]
      나는 카탈라노, 이자는 로데링고요.[448]
      그대 땅이 함께 불렀소.

---

447   사회 평화를 지키는 목적으로 1260년 볼로냐에서 세워진 종교단체 "기쁨
      의 기사들"(i Cavalieri Gaudenti).
448   "기쁨의 기사들"의 창시자들 중 하나였던 로데링고(Loderingo)는 기벨리
      니, "기쁨의 기사들"의 일원이었던 카탈라노(Catalano)는 궬피였다.

106   한 사람만 차지하던 자리였소.
       평화를 수호해야 했던 우리가
       한 짓은 아직도 가르딩고 주변에 남아있소."[449]

109   "아, 너희 수도사들의 악한 일들 … " 내가
       말하다 말문이 막혔다. 십자가의 세 말뚝으로
       땅에 박힌 자가 내 눈에 들어왔기 때문이었다.

112   나를 보자 온 몸을 비틀면서,
       수염 속에서 한숨을 내쉬었다.
       수도사 카탈라노가 알아채고 내게 말했다.

115   "보다시피 처박힌 저자는
       백성을 위해 한 사람을 희생시키라고[450]
       바리새 사람들에게 권고했소.

---

449 기벨리니와 궬피로 나뉘어져 있던 피렌체가 양 당파에서 하나씩 두 사람
     을 피렌체를 다스리는 한 자리로 불러와 평화를 희망했다. 하지만, 교황 클
     레멘스 4세(재위: 1265-1268)의 압박으로 가르딩고(Gardingo) 구역에 살
     던 기벨리니 파리나타의 우베르티 집안을 피렌체에서 추방하여 다시는 돌
     아오지 못하게 하였고 (지옥 10.51), 추방되었던 궬피들을 피렌체로 다시
     끌어들였다. 기쁜 평화를 내세우며 슬픈 정치를 도모하여, 지옥에서 위선
     으로 울고 있는 "기쁜" 수사들이 되었다.
450 "백성을 위해 한 사람이 죽어야 한다"(요한복음 11.50)라고 말하며 유대인
     의 재판에서 그리스도의 사형을 지지한 대제사장 카야파. 백성을 위해서가
     아니라 정치적 이익을 위한 위선적 의도에서였다.

118   보다시피 저자는 길 위에
      벌거벗고 가로질러 누워서, 지나가는
      사람들의 무게를 느껴야 하오.

121   유대인들에게 나쁜 씨앗이 된 회의[451]의
      다른 자들도, 그의 장인도[452]
      같은 식으로 이 구덩이 속에서 고통 당하오."

124   영원히 추방되어 이렇게 참혹히
      십자가에 처해진 자를 보며
      베르길리우스가 흠칫 놀라는 것을 내가 보았다.[453]

127   그리고 그가 수도사에게 말을 걸었다.
      "어떤 입구가 오른쪽에 있는지,
      말해도 되면, 주저 말고 말해 주시오.

130   이 아래로 우리를 데려온
      시커먼 천사들을[454] 시키지 않고,
      우리 둘다 나갈 수 있는 곳 말이오."

---

451   대제사장들과 바리새가 모인 회의(요한복음 11.47)가 지지한 그리스도의 죽
      음에 대한 벌로 예루살렘이 티투스 (재위: 79-81) 황제에 의해 황폐화되었
      다고 그리스도인들이 믿었다 (천국 6.92-93).
452   대제사장 안나스.
453   그리스도가 십자가에 못박히기 전에 죽은 베르길리우스 (지옥 12.34-36
      참조).
454   하늘에서 떨어진 천사들이 악마들이다.

133   그가 대답했다. "생각보다 더 가까이에
       커다란 둘레에서 나와
       모든 계곡들을 가로지르는 바위 능선이 있소.

136   단지 여기만 무너지고 끊어졌소.
       당신은 가장자리가 완만하고 바닥이 올라와서
       쌓인 자리 위를 타고 올라갈 수 있소."

139   고개를 조금 숙이며 서 있던 길잡이가
       말했다. "여기서 죄인들을 갈고리질하는
       자가 사실을 잘못 말했소."

142   수도사가, "내가 이미 볼로냐에서
       악마의 많은 악덕들에 대해 들었소.
       그는 거짓말쟁이이고, 모든 거짓의 아버지이라고."[455]

144   그러자 조금 화난 빛을 띠고,
       길잡이가 큰 걸음을 내딛었다.
       나는 소중한 발자국을 따르고

148   짐 진 자들을 떠났다.

---

455 상식으로도 알 수 있는 사실을 볼로냐 대학에서 듣던 이론들로 암시하는
     위선적인 말이다.

지옥 24곡 목차 (일곱 번째 악구덩이: 도둑놈)

지옥 24곡

1   해의 머리카락이 물병자리 아래서 연하고,
     하루의 반을 벌써 밤이 향해 가는,
     한 해의 그 젊은 시절에,[456]

4   하얀 언니 모양을
     땅 위에 베끼는 서리의 심(芯)이
     오래 가지 않을 때,[457]

7   먹이가 바닥 난 시골 소년이 일어나,
     온통 하얗게 변한 들판을 바라보며,
     엉덩이를 치고,[458]

---

456 한 해가 시작하는 (한 해의 젊은 시절) 1월 21일 부터 2월 21일까지 물병
     자리 아래에서 비치는 겨울의 햇살은 (해의 머리카락) 강하지 않고 (연하
     고), 하루의 반이 넘는 밤이 하루의 반이 되는 춘분을 (3월 21일) 향해 가
     고 있다. 겨울을 가리키는 시적 표현이다.

457 눈(하얀 언니)처럼 얕게 쌓이는 아침서리가 곧 뜨는 해에 녹을 때. 눈을 베
     끼는 서리의 (연필의) 심이 금방 닳아 눈을 닮은 서리가 곧 녹는다는 시적
     표현이다. 거위 털로 된 당시 사용되던 펜은 닳는 대로 자주 깎아주어야 했
     다. 아침을 가리킨다.

458 실망을 표현하는 몸짓.

10   집에 돌아와, 뭘 할지 몰라
     애처롭게 불평하며 서성대다,
     다시 돌아가, 조금 만에

13   안색이 변한 세상을 보고,[459]
     희망을 다시 얻어, 지팡이를 들고
     양들을 먹이려고 밖으로 내쫓는다.

16   그렇게 그늘진 스승님의 얼굴에
     내가 낙심했고, 그렇게 곧
     아픈 데가 나아졌다.

19   무너진 다리에 우리가 닿자,
     산 발치에서 내가 처음 본 그 자상한
     모습으로 길잡이가 내게 돌아섰기 때문이었다.

22   무너진 곳을 먼저 잘 살펴보며
     무슨 생각을 선택한 후 팔을 벌리고
     나를 붙잡았다.

25   항상 앞을 보고 가늠하며 일하는
     사람처럼, 한 큰 바위 위로

___

459 하얀 서리가 녹아 푸르게 변한 세상.

나를 들어 올리면서,

28   다른 돌을 살펴보며 말했다.
      "그다음에 저 위를 붙잡고 올라가거라.
      그래도 먼저 너를 지탱할지 시험해 보아라."

31   망토를 입고 갈 길이 아니었다.[460]
      가벼운 그가 나를 밀어 올려도 우리는
      가까스로 암벽들 사이 위로 올라갈 수 있었다.

34   다른 데보다 그 둘레의 둔덕이
      더 낮지 않았더라면
      나는, 그는 아니어도, 압도되었을 것이다.

37   악 구덩이가 가장 낮은 웅덩이의
      문 쪽으로 모두 기울어,
      모든 골짜기의 한쪽은 올라오고

40   다른 쪽은 내려간다.[461]
      마지막 돌이 무너진
      지점 끝에 우리가 왔다.

---

460 여섯째 악구덩이의 죄인들이 갈 수 없는 길.
461 바깥쪽의 경사가 안쪽보다 더 높다.

43   위에 오르자 숨이 너무 가빠,
      더 이상 가지 못해, 닿자마자
      내가 주저앉아 버렸다.

46   선생님이 말했다. "이제 안락을 떨치고
      일어나야 한다. 깃털 속에 앉아서는,
      담요 아래서는, 명성을 떨칠 수 없다.

49   명성 없이 생을 소비하는 자는
      공기 속의 연기나 물 속의 거품처럼[462]
      자신의 흔적을 땅에 남기는 것과 같다.[463]

52   그러니 일어서라. 무거운 몸에 짓눌리지 않는 한,
      모든 싸움을 이기는 정신으로
      막히는 숨을 이겨내라.

55   더 높은 계단을 올라야 한다.
      이들을 떠난 것으로는 충분하지 않다.[464]

---

462 "파도에 흩어지는 보잘것 없는 물거품과 바람에 사라지는 연기 (tamquam
     spuma gracilis quae a procella dispergitur, et tamquam fumus, qui a vento
     diffusus est)" (지혜서 5.15).

463 연옥에서 영원함에 비교되어 부질없이 보이는 속세의 명성(연옥 11.100
     이하 참조)이 지옥에서는 죄인들과 이교도들이 지닌 인간의 한계를 넘어
     서는 유일한 영광으로 상정된다.

464 죄인들을 떠나 연옥으로 올라가야 한다.

내 말을 알아듣고, 네게 유용하게 사용하여라."

58 내가 일어나, 숨이 차더라도
더 충만한 모습을 보이며
말했다. "가십시오. 힘과 용기가 납니다."

61 먼저보다 상당히 더 경사지고 좁고
험난하게 바위 위에 놓인
돌길을 우리가 걸어갔다.

64 나는 약해 보이지 않으려고 말하며 갔다.
그러자 다른 구덩이에서 말하기가
힘든 듯한 목소리가 나왔다.

67 거기를 건너는 다리 정상 위에 내가 벌써
있었지만, 나는 무슨 말인지 몰랐다.
말하는 자는 가려고 움직이는 듯했다.

70 저 아래로 눈길을 돌려도, 어두워서
살아있는 눈이 바닥까지 닿지 못했다.
내가, "선생님, 다리에서 내려서

73   다른 둘레로 다가갑시다. 여기서는
        들어도 알아들을 수 없고, 아래를
        보아도 아무것도 분간할 수 없습니다."

76   그가 말했다. "하는 것 말고 네게
        다른 대답이 없다. 말없이
        타당한 요구를 따라야 하기 때문이다."

79   여덟 번째 둔덕과 만나는
        다리 맨 앞부분에서 우리가 내리자,
        구덩이가 내게 보였다.

82   그 안에 별별 종류의 뱀들이
        무시무시하게 빽빽히 들어찬 것을 보았다.
        그 기억이 지금도 내 피를 말린다.

85   양서류 뱀, 나는 뱀, 꼬리로 땅을 파는 뱀,
        변색하는 뱀, 대가리가 두 개인 뱀을 생산하는
        리비아 모래사막이 더 이상 자랑을 못 한다.[465]

---

465 파르살루스 전투에서 패배한 폼페이우스가 도피한 이집트로 로마 군사들
     이 건너가던 리비아의 사막(지옥 14.14 참조)에 있는 뱀들을 묘사하는 로
     마 시인 루카누스(《파르살리아》 9.708-721)와 시합하는 시인 단테.

88   에디오피아 전역도 홍해 위에 있는 사막도[466]
        그렇게 해로운 독사들을 그토록 넘치도록
        단 한 번도 보여주지 않았다.

91   참혹하고 비참함이 넘치는 무리 사이로,
        숨을 구멍도 마술의 돌도[467] 바라지 못하는
        벌거벗고 겁에 질린 사람들이 달리고 있었다.

94   그들의 손을 등 뒤에서 묶은 뱀들이
        그들의 허리를 머리와 꼬리로 감고
        앞에서 매듭을 지었다.[468]

97   그때 불쑥 뱀 한 마리가 나와
        우리 쪽 둔덕에 있던 자의
        목과 어깨를 잇는 곳을 관통했다.

100   'O'나 'I'를 결코 그리 빨리 쓸 수 없을 것이다.[469]
        순식간에 불에 붙고 타내려가
        완전히 재가 되고 나서,

---

466 아라비아 사막.
467 뱀에 물린 상처를 치료하거나 자신이 보이지 않게 만드는 마술을 부린다
     고 사람들이 믿던 돌.
468 뱀의 몸 중간이 죄인의 두 손을 뒤로 묶고, 뱀의 머리와 꼬리가 서로에서 늘
     어져 죄인의 허리를 감고, 죄인의 배 앞에서 뱀이 매듭을 짓는다.
469 다른 글자들 보다 더 빨리 쓸 수 있는 글자를 쓰는 것 보다 더 빨랐다.

103   땅에 흩어진 흙을
          자기 자신으로 모아
          같은 사람으로 되돌아왔다.

106   오백 년이 지나면 그렇게
          불사조가 죽고 나서 다시 태어난다고
          위대한 현인들이 전한다.[470]

109   풀도 곡식도 평생 입에 대지 않고,
          향과 향유 방울만으로 연명하다,
          감송과 몰약이 마지막에 감싼다.[471]

112   악마가 땅으로 끌어당겨서인지,
          사람의 기가 막혀서인지 모르나,
          어떤 사람이 넘어지고 나서,

115   일어나더니, 그가 겪는 격렬한
          고통에 온통 어리둥절해져서 두리번
          거리고, 바라보며 한숨을 내뱉듯이,

---

470 고대부터 당대 브루네토 라티니까지의 많은 현인들 중 오비디우스의 묘
      사를 단테가 인용한다.
471 다른 동물들의 먹이를 먹지 않고 향과 향유의 "눈물"(lagrime) 방울만으
      로 연명하며 오백 년이 지나면, 감송과 몰약으로 덮인 둥지의 향 속에서
      생을 마치자마자 다시 태어난다. (오비디우스, 《변신》 15.393-400 참조).

118   죄인이 일어나자 그리했다.

아, 하느님의 힘이여, 얼마나 엄하시길래

복수를 그렇게 내리치십니까!

121   길잡이가 누구인지 묻자 그가 대답했다.

"토스카나에서 조금 전에,

이 무시무시한 목구멍 속에 빠졌소.

124   사람이 아니라 짐승같이 살기를 자청한,

노새였던 짐승 반니 푸치요.

피스토이아가 적절한 소굴이었소."[472]

127   내가 길잡이에게, "슬쩍 내빼지 마라 하시고,

무슨 죄로 그가 이 아래로 떠밀렸는지 물어보십시오.

분통으로 피범벅이었던 사람으로 본 적이 있습니다."

130   무슨 말인지 알아들은 죄인이 숨기지 않고,

마음과 얼굴을 내 쪽으로 돌리자,

안색이 부끄러움과 슬픔으로 물들며

---

472   암말과 수컷 당나귀의 잡종인 노새처럼 피스토이아(Pistoia) 귀족의 사생
아로 태어난 반니 푸치(Vanni Fucci)는 궬피 흑색당에 속했고 살인과 강
탈을 일삼았다.

133   말했다. "내가 다른 삶을 빼앗겼을 때보다,
       보다시피 비참한 내 모습으로 네게 잡힌 것이
       내게 더 고통스럽다.

136   네가 묻는 것을 내가 부정할 수 없다.
       성물 안치소에 보관된 보물들을
       훔쳐서 내가 이 밑으로 보내졌다.

139   다른 사람이 이미 죄를 잘못 뒤집어썼다.[473]
       하지만 컴컴한 곳 밖으로 어쩌다 나가게 되면,
       여기서 본 것을 기뻐하지 않도록,

142   내 예언에 귀를 열고 들어라.
       피스토이아의 흑당 사람들이 먼저 줄고 나면,
       피렌체의 사람과 방식이 새로워진다.[474]

145   검은 구름에 싸인 마그라 계곡에서
       마르스가 수증기를 끌어올리며,
       찢고 터지는 폭풍으로

---

473 산 야코포의 도둑으로 먼저 다른 사람이 누명을 썼다.

474 백색당이 승리한 피스토이아에서 흑색당이 추방되는 1301년에 흑색당이
     피렌체에서 승리하여, 1302년 1월에 단테를 포함한 백색당이 추방된다.
     (지옥 6.58-75 참조).

148   피체노 벌판 위에서 전투를 벌려,

순식간에 안개를 가르고,

백색당 사람들을 모조리 해칠 것이다.[475]

151   네가 고통스러워 하도록 내가 말했다!"

---

475   마그라 계곡의 루니자나에서 와 피렌체 흑색당과 (검은 구름) 연합한 모로
엘로 말라스피나(Moroello Malaspina)가 (전쟁의 신 마르스의 폭풍) 1302
년 5월에 피스토이아의 영토인 피체노 벌판에서 피렌체에서 추방된 백색
당의 (하얀 안개) 요새를 점거한다. 1306년에는 피스토이아도 점령하여 백
색당이 완전히 패배한다.

지옥 25곡 목차 (일곱 번째 악구덩이: 도둑놈)

지옥 25곡

1   도둑놈이 말끝에
     두 주먹을 올리며 외쳤다.
     "한 방 먹어, 하느님아!"

4   그때부터 뱀들이 내 친구가 되었다.
     마치 '더 이상 말하지 마'라고 말하듯이,
     하나가 그의 목을 감았고,

7   다른 하나는 팔을 묶고,
     앞에서 꽉 잡아매어,
     꼼짝할 수 없게 만들었다.

10   아, 악행에 네 씨앗을 앞서가는[476]
     피스토이아야, 네가 지속하지 않도록
     왜 재로 만들어 버리려 하지 않느냐?

---

476 로마 공화정에 반항해 피체노 벌판에서 싸우다 전사한 카틸리나(Lucius
     Sergius Catilina, 기원전 약 108-62)가 이끌던 군사들의 후손이 피스토이
     아를 세웠다는 전설이 있다.

13   지옥의 모든 어두운 둘레들에서
      하느님께 그렇게 오만한 망령은 보지 못했다.
      테베 벽 아래로 떨어진 자도 그렇지 않았다.[477]

16   도망치던 도둑은 더 이상 아무 말도 못했고,
      잔뜩 화가 난 켄타우로스가 소리치며
      오는 것을 내가 보았다. "맹랑한 놈 어디 있느냐?"

19   우리 모습이 시작되는 그의 등에 있던
      뱀들을 마렘마에서도[478] 그렇게 많이
      볼 수 있으리라고 내가 믿지 않는다.

22   어깨 위에, 목덜미 뒤에,
      날개를 펼친 용이 누워서,
      마주치는 모두에게 불을 내뿜는다.

25   내 선생님이 말했다. "아벤티노 산
      석굴 아래에서 매번 피바다를 만들던
      카쿠스가 이놈이다.

28   근처의 많은 가축들을
      사기 치고 훔쳐서,

---

477 신성모독 죄를 영원히 범하고 벌받는 카파네우스 (지옥 14.63).
478 토스카나에서 뱀이 많은 늪지대.

형제들과 함께 같은 길을 가지 않는다.[479]

31   헤라클레스가 아마 몽둥이질을
       백 번도 하기 전에 열 번도 맛보지 못하고
       그의 빗나간 행실이 멈추었다."[480]

34   그가 말하는 동안, 그것은 지나쳐갔고,
       우리 아래로 세 영혼들이 다가왔지만,
       나도 길잡이도 알아채지 못했다.

37   "너희들은 누구냐?"라고 그들이 외치자,
       우리 이야기를 멈추고 나서,
       그들에게만 주의를 기울였다.

40   나는 그들을 몰랐지만, 그런 경우가
       있듯이, 하나가 다른 하나의
       이름을 부르며 말했다.

---

479 폭력을 가한 죄인들을 지키는 다른 켄타우로스들과 같이 있지 않다. (지
     옥 12 참조).

480 불카누스의 아들이자 짐승 반 사람 반인 카쿠스는 로마 아벤티노 언덕 석
     굴 안에 살며 잡아온 짐승들을 먹고 살았다 (매번 피바다를 만들던). 헤
     라클레스의 가축을 훔치자 헤라클레스가 카쿠스를 죽였다. (베르길리우
     스, 《아이네이스》 8.193 이하 참조). 도둑을 쫓는 도둑으로 지옥 이곳에 배
     치되어 있다.

43   "찬파는481 어디로 꺼진 거야?"
      그래서 내가 길잡이에게 주의를 주기 위해서,
      턱에서 코까지 내 손가락을 올려놓았다.482

46   독자여, 내가 말할 것을 믿는 데에
      시간이 걸려도, 그건 놀랄 일이 아니오.
      그걸 본 나도 겨우 인정하기 때문이오.

49   내가 눈을 크게 뜨고 그들을 쳐다보자,
      발이 여섯 개인 뱀 한 마리가 한 명에게
      달려들어, 그를 통째로 쥐어 잡았다.

52   가운데 발로 배를 붙잡고
      앞 발로 팔을 붙들고
      뺨 한쪽과 다른 쪽을 물었다.

55   뒷발을 그의 허벅지 위로 펴고
      꼬리를 양쪽 다리 사이에 넣고
      등 뒤로 허리 위까지 꽉 쥐었다.

58   타인의 사지에 딱 달라붙은
      끔찍한 짐승만큼, 그렇게 담쟁이 덩굴도

---

481 피렌체의 공공재산을 훔친 찬파 도나티(Cianfa Donati).
482 피렌체 사람에게 자신을 알리지 않으려고 말을 멈추게 하는 손짓이다.

나무에 얼키설키한 적이 없었다.

61   서로 달라붙자, 마치 뜨거운 밀납처럼,
      그들의 색깔이 섞여,
      이쪽도 저쪽도 이미 이전 같지 않았다.

64   불 앞의 종이가 흰색은 죽고
      갈색은 아직 검은색이
      되지 않는 것과 같았다.

67   다른 두 명이 그를 보고 모두 소스라쳤다.
      "아이고, 아넬로,[483] 어떻게 이렇게 변할 수가!
      보라, 이제 너는 하나도 아니고 둘도 아니다!"

70   두 머리는 이미 하나가 되었다.
      두 얼굴을 잃고 한 얼굴 안에
      두 형태가 섞여 나타났다.

73   네 개였던 팔이 두 개가 되었다.
      허벅지와 다리와 배와 가슴이
      여태 한 번도 보지 못했던 사지가 되었다.

---

483 백색당에서 흑색당으로 연맹을 바꾼 기벨리니 아넬로 브루넬레스키
     (Agnello Brunelleschi)의 죄는 찬파의 것과 같다.

76   이전의 모습이 몽땅 사라져서,
둘이면서 아무 같지도 않은 해괴망측한 형상은
어정쩡한 걸음으로 가버렸다.

79   복날의 찌는 햇살 아래서,
수풀을 바꾸는 도마뱀이,
번개처럼 길을 가로지르듯이,

82   후추 알갱이같이 검붉게
타오르는 뱀 새끼가
다른 두 놈의 배를 향해 왔다.

85   우리가 처음 영양분을 섭취하는
그 부분을[484] 잡고, 그것들 중 하나를 꿰뚫으니,
그의 앞에서 아래로 떨어져 축 늘어졌다.

88   뚫린 놈이 뚫어지게 보며 아무 말이 없었다.
잠이나 열병에 습격당한 사람처럼 멍하니
입을 벌리고, 발을 처박고, 꼼짝도 하지 않았다.

91   그가 뱀을, 뱀이 그를 쳐다보았다.
하나는 상처에서 다른 하나는 아가리에서

---

484 배꼽.

짙은 연기를 뿜어냈다. 그리고 연기가 서로 마주쳤다.

94   루카누스여, 불쌍한 사벨루스와 나시디우스에 대해
      말하던 그곳에서 이제 입을 다물고,
      지금 쏟아대는 것에 주목해 들으시오.[485]

97   오비디우스여, 카드무스와 아레투사에 대해
      입을 다무시오. 그를 뱀으로, 그녀를 샘으로
      바꾸는 시를 읊어도, 나는 그가 부럽지 않다.[486]

100   서로의 형상이 그들의 물질을
      바로 바꾸어, 마주 보던
      두 본질이 변질된 적은 아직 없었기 때문이다.[487]

---

485 루카누스가 묘사하는 리비아 사막에서 뱀에 물린 사벨루스는 재가 되고
     나시디우스는 자신의 모습을 잃을 정도로 붓는다 (루카누스,《파르살리아》
     9.761 이하; 790 이하). 단테의 지옥에서 뱀에 물려 재가 되는 반니 푸치
     와 자신의 모습을 잃는 아넬로에 인용되고 더 풍부하게 각색된 것을 시인
     이 지적하고 있다. 단테 시가 루카누스의 시보다 더 잘 명중된 화살로 비
     유되고 있다.

486 테베 시를 세운 카드무스를 뱀으로, 알페우스 강에 쫓기던 님프 아레투사
     를 샘으로 변신시킨 (오비디우스,《변신》 4.563-603; 5.572-671) 오비디
     우스가 부럽지 않은 변신 이야기를 하려는 시인 단테의 의도를 보여준다.

487 형상, 물질, 본질은 아리스토텔레스의 철학적 개념들로 스콜라 철학에 수
     용되었다.

103 　그들은 그 법칙에 같이 대답했다.[488]
　　　뱀 꼬리를 두 갈래로 찢었고,
　　　다친 자는 발을 같이 모았다.

106 　다리와 허벅지가 서로 달라붙어,
　　　조금 있다 어떤 붙은 흔적도
　　　남아 있지 않았다.

109 　갈라진 꼬리는 저곳에서 사라진 형태를
　　　취했고, 그것의 피부가 부드러워지자,
　　　저쪽의 것은 단단해졌다.

112 　사람의 팔이 겨드랑이로 들어가 짧아진 만큼,
　　　짧았던 짐승의 두 발이
　　　늘어지는 것을 내가 보았다.

115 　같이 비틀어진 뒷발들이
　　　사람이 숨기는 그 사지가 되었고,
　　　비참한 자는 자신에서 두 발을 끌어내었다.

118 　연기가 하나와 다른 하나를
　　　새로운 색으로 덮자, 하나에선
　　　털이 나고 다른 하나에선 털이 빠졌다.

488　개념들로 정의된 법칙에 따른 변신.

121   하나는 일어서고 다른 하나는 쓰러져도
       간악한 눈들은 서로 떼지 않았고, 그 아래에서
       각자 주둥이의 형태가 바뀌고 있었다.

124   똑바로 선 것이 관자놀이 쪽으로 당기고
       남은 재료로 된 귀가
       빈 뺨에서 나왔다.

127   뒤로 달아나지 않고 더 남아있던 것에서
       코가 얼굴에 생겼고
       입술은 될 만큼 두툼해졌다.

130   땅에 누운 것은 주둥이를 앞으로 내밀고,
       달팽이 뿔같이
       귀를 머리 속으로 끄집어 넣는다.

133   이전에 말했고 하나였던 혀를 놀리면서,
       갈라졌던 다른 것은 다시 오므라든다.
       연기가 가라앉는다.

136   짐승이 된 영혼은 혀를 놀리면서
       골짜기로 빠져나가고,
       다른 놈은 그 뒤를 따라 말하며 침을 뱉는다.

139 새로운 어깨를 돌리며, 그가 다른 놈에게
     말했다. "부오조가,[489] 내가 한 것처럼,
     이 길을 기어가기를 바란다."

142 이렇게 일곱 번째 쓰레기들이[490] 바뀌고 변하는 것을
     내가 보았다. 내 글이 조금 서툴다면
     그 새로움이 나의 변명이 되게 하라.

145 내 눈이 어느 정도 혼란스러워지고
     정신이 산만해졌어도,
     그들이 그렇게 몰래 빠져나갈 수 없었다.

148 먼저 같이 온 세 명 중,
     유일하게 변하지 않은 자
     푸초 샨카토를[491] 내가 잘 알아보았다.

151 가빌레여, 너를 울리는 놈이 다른 자였다.[492]

---

489 코르소 도나티의 숙부로 추정된다.
490 일곱 번째 악구덩이 죄인들.
491 흑색당과 협정한 기벨리니.
492 부오조 도나티 뒤를 이었고 가빌레(Gaville)에서 악정을 저지르다 암살
     된 인물이다.

지옥 26곡 목차 (여덟 번째 악구덩이: 사기꾼)

지옥 26곡

1   바다와 땅을 가로지르며 나르고,
     지옥까지 이름을 널리 날리는
     위대한 피렌체여, 기뻐하라!

4   도둑들 가운데 다섯 명의
     네 시민들을 발견하니 나는 부끄럽고,
     너는 그들에 의해 영광스럽게 받들어질 수가 없다.

7   아침이 가까워질 때 진실을 꿈꾼다면,[493]
     얼마 지나지 않아, 다른 데도 아닌,
     프라토가 바라는 것을 네가 알게 될 것이다.[494]

10   벌써 왔다 한들, 빨리 온 것이 아니다.
     와야 할 것이 온 것이기 때문이다!
     시간이 갈수록 내게 더 힘들 것이다.

---

493 새벽에 꾸는 꿈이 가장 예언적인 시야를 가진다고 중세에 믿었다. (연옥
     9.16-18 참조).
494 1309년 피렌체에 짓눌리던 작은 이웃도시 (다른 데도 아닌) 프라토가 흑
     색당을 쫓아내는 반란을 일으켰다. 하루만에 진압되었으나 상징적인 의미
     를 띄고 있어 단테 시인이 예언적 목소리로 말하고 있다.

13   우리는 떠났다. 아래로 내려올 때 썼던
     계단 위로 다시 올라갔고,
     내 길잡이가 올라가 나를 끌어올렸다.

16   손 없이는 발을 뗄 수 없던
     암벽의 암석들과 바위 돌 사이로,
     외로운 길을 따라 나아갔다.

19   내가 본 것을 생각하면
     그때도 지금도 괴롭다. 그리고
     내 재능을 더 신중히 제어한다.

22   자비로운 별자리나 더 자비로우신 분이 내게
     베푸신 것을 내 스스로 버리지 않기 위해, 재능은
     덕이 데려가지 않으면 달리지 않아야 하기 때문이다.[495]

25   세상을 밝히는 얼굴이 우리에게서 덜
     숨을 때,[496] 동산 위에서
     쉬고 있는 농부가,

---

495 덕을 따라야 하는 재능. 바른 본성에 내린 하느님의 은총과 별의 영향력에
     대해 베아트리체가 연옥에서 말할 것이다 (연옥 30.109-117).
496 해가 긴 여름.

297 지옥 26

28   파리가 모기에게 자리를 내줄 때,[497]
      곡식과 포도를 거두는 아래 계곡에서
      아마 수많은 반딧불을 보듯이,

31   바닥이 보이는 곳에 내가 닿은 것을
      바로 알았을 때, 여덟 번째 구덩이가
      수많은 불꽃으로 온통 반짝이고 있었다.

34   곰들을 이용해 복수한 자가,
      엘리야의 마차가 떠날 때,
      말들이 하늘로 치솟는 것을 보았다.

37   눈으로는 따라갈 수 없어서,
      구름 조각처럼 떠올라 가는
      불꽃밖에 볼 수 없었듯이,[498]

40   아무 죄인도 드러내지 않고 숨긴다.
      한 죄인씩 싼 불꽃이 깊고 어두운 구덩이 속에서
      하나씩 하나씩 그렇게 움직인다.

---

497 낮에 날아다니던 파리가 모기에게 자리를 내주는 저녁.
498 불로 된 마차를 타고 하늘로 올라가는 엘리야를 본 엘리사가(열왕기하
     2.11) 길을 가던 중 자신의 대머리를 놀리던 아이를 야훼의 이름으로 저
     주하자, 암곰 두마리가 숲에서 나와 아이들 마흔두 명을 찢어 죽였다. (열
     왕기하 2.23-24).

43   보려고 발을 들고 다리 위에 서 있었던
         내가 돌출한 돌을 잡지 않았더라면,
         밀쳐지지도 않았는데 밑으로 떨어졌을 것이다.

46   그토록 몰두한 나를 본 길잡이가
         말했다. "불꽃 속에 싸인
         영혼이 하나씩 타고 있다."

49   내가 대답했다. "선생님 말씀을 듣고 보니
         더 확실합니다. 벌써 그렇게 보인다고
         말씀드리려 했습니다.

52   에테오클레스가 형과 놓인
         장작더미에서 솟아나는 것처럼,[499]
         위가 나뉜 저 불 속에 누가 있습니까?"

55   내게 대답했다. "저 안에서 벌받는 이는
         울리세스와 디오메데스[500]이다. 함께
         분노만큼이나 복수를 받고 있다.[501]

---

499 추방된 아버지 오이디푸스를 이어 테베를 함께 다스리던 형제 에테오클 레스와 폴리네이케스가 서로를 죽인 후 태워진 장작 위의 불길도 미움으로 둘로 갈라졌다고 한다 (스타티우스, 《테베스》 12.429-432; 루카누스, 《파르살리아》 1.551-552).

500 트로이 전쟁을 그리스의 승리로 이끈 두 영웅들로 울리세스는 계략으로 디오메데스는 울리세스의 오른팔로 잘 알려졌다.

501 하느님이 분노하여 죄에 복수하는 벌.

58   로마 사람들의 고귀한 씨앗이 나온
        문을 연 목마의 매복을 그들의
        불꽃 안에서 통곡한다.[502]

61   아킬레우스 때문에, 죽어서도, 아직 뼈아픈
        데이다메이아에게 부린 재주 때문에 울고,[503]
        아테나 여신상의 죄값을 안에서 치르고 있다."[504]

64   내가 말했다. "불꽃 속에서 그들이
        말할 수 있다면, 선생님께
        빌고 또 빌고 닳도록 빕니다.

67   보시다시피 내가 애태우며 이끌리는
        뿔난 저 불꽃이 이리로 올때까지, 내가
        기다리지 못하게 하지 마십시오!"

---

502 목마 안에 매복했던 울리세스의 전략으로 망한 (베르길리우스,《아이네이
     스》2.13 이하 참조) 트로이인들이 로마인들의 선조가 되었다. 베르길리우
     스의《아이네이스》가 노래하는 로마 건국신화의 요점이다.

503 어머니 테티스가 스키로스 섬에 숨겼으나 울리세스와 디오메데스가 발견
     한 아킬레우스가 트로이 전쟁에 보내져 전사한다. (연옥 9.37-39 참조). 아
     킬레우스의 연인으로 섬에 홀로 남겨졌던 스키로스 왕의 딸 데이다메이아
     는 죽어서 림보에 있다. (연옥 20.114 참조).

504 울리세스와 디오메데스가 트로이 수호신의 수호인들을 죽이고 수호상을
     약탈한다. (베르길리우스,《아이네이스》2.163 이하 참조).

70 그가 내게, "너의 간청은 칭찬을
많이 들을 만하니, 내가 들어준다.
다만 네 말을 삼가거라.

73 너가 바라는 바를 내가 아니, 내가
말하도록 내버려 두어라. 그리스인들이라,[505]
네 말을 경멸할 것이다."

76 내 길잡이에게 시간과 장소가[506]
적절해 보이는 곳에 불꽃이 오고 나자,
이런 말투로 말하는 것을 내가 들었다.

79 "오, 불 하나 안에 둘인 그대들이여,
그대들에게 가치있는 삶을 내가 살았다면,
그대들에게 내가 다소 가치가 있었다면,

82 세상에서 숭고한 시를 썼던 내게,
가지 말고, 그대들 중 하나가 어디서
길을 잃고 죽었는지 말해 주시오."[507]

---

505 교만한 그리스 영웅에 대한 지식은 베르길리우스를 통해 그리스어를 모
르던 단테에게 온다.

506 알맞은 기회.

507 호메로스의 《오디세이아》는 울리세스(그리스어로 오디세우스)의 죽음에
대해 이야기하지 않는다.

85   마치 바람에 시달리는 것처럼,
       오래된 불꽃의 더 큰 뿔이
       웅얼거리며 펄럭이기 시작했다.

88   마치 혀가 말하는 것처럼,
       끝을 이리저리 굴리며,
       밖으로 목소리를 뱉으며 말했다.

91   "아이네아스가 이름도 짓기 전에,
       가에타에서 한 해가 넘게 나를 붙들던
       키르케에서 내가 벗어났을 때,[508]

94   귀여운 아들도, 나이 드신 아버지에 대한
       효도도, 페넬로페를 행복하게
       해야 했던 사랑도,[509]

97   세상과 인간의 선과 악을 알고자 했던
       내 안의 열정을
       압도할 수 없었소.

---

508 트로이에서 그리스로 되돌아가던 길에 자신을 유혹한 키르케와 울리세스
     가 한 해를 머문 곳을, 이후 트로이에서 이탈리아로 가던 길에 그곳에 묻힌
     자신의 유모를 기리기 위해 아이네아스가 가에타로 불렀다.
509 이타카의 집에서 자신을 기다리던 아들, 아버지, 아내를 저버리는 그리스
     영웅 울리세스는 충효를 대변하던 로마의 영웅 아이네아스와 대조된다.

100   나를 버리지 않았던 얼마 되지 않았던
        동지들과 단지 작은 배 하나로
        깊고 넓은 바다로 나를 띄었소.

103   스페인과 모로코까지 해안가를[510]
        하나씩 하나씩, 바다에 둘러싸여 젖은
        사르덴냐와 다른 섬들을 내가 보았소.

106   늙고 지친 나와 동지들이
        좁은 어귀에 도착했소.
        헤라클레스가 한계로 지정해

109   사람이 더 이상 넘지 못했던 곳이었소.[511]
        세우타를 이미 왼쪽에서 지나갔고
        세비야를 오른쪽에서 지나쳤소.[512]

112   내가 말했소. '아, 형제들이여,
        수백 수천의 위험을 거쳐 서편에 도착했소.
        우리 목숨이 얼마 남아있지 않고

510 세상의 가장 서쪽을 가리킨다.

511 아프리카의 아빌라 산과 스페인의 칼페 산의 두 기둥들을 지브롤타 해협
     양편에 헤라클레스가 박고 더 이상 대서양 밖으로 사람이 항해하지 못하
     도록 경고했다고 전해졌다.

512 대서양을 향해 지브롤터 해협을 통과할 때 왼편 아프리카와 (세우타) 오른
     편 스페인에 (세비야) 있는 사람이 사는 마지막 도시들이다.

115   아직 조금 더 깨어있을 때,

태양 뒤의, 사람 없는 세상을[513]

알고 싶은 마음을 버리지 마시오.

118   그대들의 씨앗을 잊지 마시오.

짐승처럼 살기 위해서가 아니라,

덕과 지식을 쫓기 위해 태어났소.'

121   이 짧은 연설에 재촉된

내 동료들의 발길을

도저히 늦출 수가 없었소.

124   배꼬리를 아침을 향해 돌리고,[514]

노를 미치도록 나는 날개로 만들어,

왼쪽을 점점 점령해 들어갔소.

127   벌써 밤이 다른 극의 모든 별들을 보고,

우리 극의 별은 너무 낮아

해면 밖으로 올라오지 않았소.[515]

130   달 아래 빛이 다섯 번을 태우고

---

513   사람이 사는 땅이 없고 바다만 있다고 믿었던 남반구.

514   동쪽을 등지고 서쪽을 향해.

515   북반구를 (우리 극) 넘고 남반구 (다른 극) 전역을 지났다.

그만큼 꺼졌을 때, 깊은 길목에
우리가 들어섰소.[516]

133   그러자 산[517] 하나가 멀리서 어렴풋이
우리에게 나타났소. 너무도 높아
아무도 본 적이 없었던 듯 내게 보였소.

136   우리의 기쁨이 금방 슬픔으로 변했소.
새로운 땅에서[518] 한 돌풍이 일어나
배 앞전을 들이쳤소.

139   온통 물과 함께 배를 세 번 돌렸소.
네 번째에 배꼬리를 들어 올렸고
뱃머리가 밑으로 치달아, 그분이 바라시는 대로,[519]

142   바다가 우리 위로 마침내 닫혔소."

---

516 아래 땅을 비치는 달이 (달 아래 빛) 다섯 달이 되자, 위험이 높은 길에
     (깊은 길목) 이르렀다.
517 단테의 지도상 북반구 중심에 있는 예루살렘의 정반대 남반구 중심에 있
     는 연옥.
518 연옥.
519 하느님의 뜻에 따라.

지옥 27곡 목차 (여덟 번째 구덩이: 사기꾼)

지옥 27곡

1   벌써 불꽃이 위로 바로 서서 말없이
     조용히, 자상한 시인의 승낙을 받고,
     벌써 우리로부터 가버리자,

4   밖으로 나오던 뒤섞인 소리로
     우리의 눈길을 꼭대기로 끌던
     다른 불길이 뒤따라오고 있었다.

7   자기 도구로 만든 자가, 당연히도 직접,
     시칠리아의 황소가 처음
     자기 울음 소리를 내게 했을 때,

10   지른 비명 소리가
     황동으로 된 황소가
     고통으로 찢어지는 듯 보이게 했듯이,[520]

---

520 시칠리아 왕 팔라리스에게 황동으로 만든 황소 안에 죄인을 집어넣어 구워
    죽이는 고문 기구를 만들기를 제안한 페릴로스에게 팔라리스가 완성된 황
    소 속에 직접 들어가 처음으로 고문을 당하도록 명했다고 한다.

13   처음에는 불 속에서 길도 구멍도 없었던
      처량한 말들이
      불의 언어가 되었다.

16   하지만 혀가 펄러덕거리며 통과시킨
      말들이 트인 길을 따라
      꼭대기에 닿았을 때 하던

19   말을 우리가 들었다. "아, 롬바르디아 말로
      '말을 더 걸지 않을테니, 이제 가라' 라고
      말을 방금 했고, 내가 말을 거는 그대여,

22   내가 혹시 조금 늦게 왔더라도,
      나와 말하기 위해 머무르기를 마다하지 마시오.
      내가 불에 타도, 보다시피 마다하지 않소!

25   내가 모든 죄를 들고 온 이탈리아의
      아름다운 땅에서 이 어두운 세상으로
      그대가 방금 떨어졌다면,

28   로마냐가 평화로운지 전쟁 중인지 말해주시오.
      테베레 강이 발원하는 골짜기와

우르비노 사이의 산에서 내가 왔소."[521]

31   내가 아직도 구부리며 아래를 볼 때,
      내 길잡이가 내 옆구리를 찌르며
      말했다. "이자는 이탈리아인이니 말해 보아라."

34   그리고 이미 준비된 대답으로 지체없이
      내가 말하기 시작했다.
      "아, 그 아래 숨은 영혼아,

37   네 로마냐는 예나 지금이나,
      폭군들의 가슴 속에서는 언제나 전쟁 중이나,
      눈에 드러난 아무것도 지금 두고 오지 않았다.[522]

40   라벤나는 오랫동안 그대로라,
      폴렌타의 독수리가 거기서 둥지를 틀고,
      체르비아를 제 날개 아래에 두고 있다.[523]

---

521 테베레 강의 원천인 코로나로 산과 우르비노 사이의 몬테펠트로
     (Montefeltro).
522 1299년 말부터는 아직 이웃들과 평화 협정 아래 놓여있다.
523 독수리 문장의 폴렌타니 가문이 라벤나와 이웃 도시 체르비아를 폭정하
     고 있다.

43 프랑스 사람들을 피투성이로 만들고,

긴 격투를 겪었던 땅은

푸른 발톱들 아래에서 다시 찾아볼 수 있다.[524]

46 몬타냐를 모질게 다루던

베루키오의 오래되고 새로운 맹견은

네가 있던 데를[525] 이빨로 빨아내고 있다.[526]

49 여름에서 겨울로 편을 바꾸는

흰 소굴의 사자 새끼가 라모네와

산테르노 강가의 도시들을 이끌고 있다.[527]

52 사비오 강이 그 옆을 적시는 도시는,

---

524 교황 마르티누스 4세(재위: 1281-1285)가 보낸 프랑스 군사와 궬피에 맞
선 기벨리니 구이도 다 몬테펠트로(Guido da Montefeltro)가 성벽을 지키
던 포를리는 푸른 사자 문장의 궬피 오르델라피(Ordelaffi) 가문이 폭정하
고 있다.

525 살아있던 곳인 지상.

526 1295년 쫓겨난 기벨리니 중 남아있던 몬타냐 데이 파르치타티 (Montagna
dei Parcitati) 가문을 잔인하게 학살했고 맹견의 문장으로 무장한 말라테스
타 일 베키오(Malatesta il Vecchio, 오래되고)와 그의 뒤를 이은 아들 말라
테스티노(Malatestino, 새로 된)는 리미니(Rimini)를 폭정하고 있다.

527 흰 바탕 안의 파란 사자의 문장을 지닌 가문의 마기나르도 데이 파가니
다 수지나나(Maghinardo dei Pagani da Susinana)는 남쪽(여름) 토스카나
와는 궬피로 북쪽(겨울) 로마냐에서는 기벨리니로 편을 바꾸며 라모네 강
가의 파엔자(Faenza)와 산테르노 강가의 이몰라(Imola)를 포함한 지역을
다스리고 있다.

평지와 산 사이에 있듯이,
폭정과 자유정권 사이에서 살고 있다.[528]

55   세상에서 그대의 이름이 고개를 내밀기를.
다른 사람보다[529] 더 굳어 있지 말고,
그대가 누구인지 이제 우리에게 말해 보시오."

58   불이 한동안 제멋대로 소리내며
위 끝을 이리저리 움직이다
이렇게 숨을 내쉬었다.

61   "정말 세상으로 돌아가는 사람에게
내가 대답한다고 믿었다면,
이 불꽃이 흔들리지 않고 있겠지만,

64   아무도 살아서 이 바닥에서 돌아가지 않았다는
진실을 내가 들으니, 내가 그대에게
수치를 두려워하지 않고 대답하오.

---

528 사비오 강가의 체제나(Cesena)는 로마냐의 다른 도시들과는 달리 시민의
이익을 도모하던 갈라쏘 디 몬테펠트로(Galasso di Montefeltro, 구이도 다
몬테펠트로의 사촌)가 1296년부터 1300년까지 정책을 담당하고 있었다.
529 말을 거는 상대인 단테 자신.

67   무사였던 내가, 허리끈을 매고,
       수도사가 되어 속죄하리라 믿었소.
       진정 내 믿음이 이루어졌을 것이오.

70   저주받을 대단한 목자가[530]
       이런 죄에 나를 다시 빠지게 하지 않았었다면!
       어떻게와 어떤 식이었는지 내 말을 들어 보시오.

73   어머니가 내게 주신 뼈와 살을
       조절하던 내 일들은
       사자가 아니라 여우의 것이었소.[531]

76   갖은 수작과 은밀한 방도를
       전부 알았고, 그것을 부린 내 솜씨는
       땅끝까지 소문이 났었소.

79   모든 이가 돛을 내리고 줄을 감아야 할
       나이에 내가 이른 것을
       내가 보았을 때,[532]

82   이전에 좋던 것이 싫어져서,

---

530 교황.
531 육신의 삶을 형성하던 내 영혼은 폭력보다 계략으로 일을 처리했다.
532 항구에 다가가며 항해와 같았던 삶을 마무리할 나이에 이르렀을 때.

참회와 고백에 나를 바쳤소.

아, 망할 자식! 도움이 될 수도 있었는데.

85   바리새인들의[533] 새 우두머리가

라테라노[534] 근처에서 전쟁을 벌이고 있었소.

사라센과도 유대인과도 싸우는 게 아니었소.[535]

88   모든 적이 그리스도교인들이었소.

아크레도[536] 술탄 땅의 장사치도[537]

아무도 치러 가지 않았소.

91   그의 최고의 직책도 신성한 직분도,

그 속에서 말라들곤 했던 내가 맨 허리끈도[538]

그는 아랑곳하지 않았소.

---

533 위선적인 율법학자들과 바리새인들을 예수가 비판하였다 (마태복음 23).

534 교황이 주둔하던 교회로 당시의 교황청.

535 첼레스티누스 5세의 패위와 보니파티우스 8세의 즉위를 교황 카에타니
     가문의 적인 콜론나 가문의 추기경들이 부정하며 팔레스트리나에서 저항
     하고 있었다.

536 십자군 원정 이후 그리스도인들에게 남아있던 마지막 도시로 1291년 이
     슬람이 점령하였다.

537 이슬람과의 그리스도인들의 무역을 교황들이 금지시켰다.

538 가난과 겸손을 과거에 실행하던 프란치스코 수도회의 부패를 암시하고
     있다.

94   콘스탄티누스가 소라테 산 속의 실베스테르에게
　　　 문둥병을 고쳐주길 청했듯이,[539]
　　　 자신의 오만한 열병을 고쳐 주길

97   의사로 삼은 내게 물었소.
　　　 내 충고를 물었지만 내가 침묵했소.
　　　 그의 말들이 취한 듯했기 때문이었소.

100   그러자 그가 다시 말했소. '그대의 마음은 염려치 마시오.
　　　 지금부터의 죄는 내가 용서하니, 내게 어떻게
　　　 프라이네스테를[540] 땅에 처박을지를 가르쳐 주시오.

103   하늘을 내가 잠그고 열 수 있소.
　　　 내 선임자가 소중히 여기지 않았던[541]
　　　 열쇠가, 그대가 알다시피, 두 개라오.'[542]

106   그의 무거운 말들이 나를 몰아넣어
　　　 침묵이 더 악하게 보여서 내가

539　박해를 피해 로마 근교 소라테 산 속에 숨어있던 교황 실베스테르가 준 세례로 나병에서 완쾌된 콘스탄티누스 1세는 첫 번째 그리스도교 로마 황제가 되었다. (지옥 19.115 참조).

540　로마 근교에 있는 도시 팔레스트리나 (Palestrina: 라틴어로 Praeneste).

541　보니파티우스 8세가 자리에서 물러나게 만든 첼레스티누스 5세.

542　그리스도가 성 베드로에게 준 두 열쇠(마태복음 16.19)는 죄인을 벌하고 용서하는 교황의 권위를 상징한다.

말했소. '제가 이제 빠져야 할 죄에서

109   저를 씻어 주시니, 아버지여,
       많이 약속하고 적게 지키시면
       높은 자리에서 승리하실 것입니다.' [543]

112   프란체스코가 내가 죽은 후 내게 왔지만,
       한 시커먼 케루빔이[544] 그에게 말했소.
       '데려 가지마. 내게 잘못하지 마.

115   기만적인 조언을 준 순간부터,
       그 뒤통수 뒤를 내가 따라다녔으니,
       아래 내 종들 사이로 가야 해.

118   빌지 않는 자를 용서할 수 없고,
       죄를 씻고 짓기를 같이 할 수 없어.
       서로 맞지 않는 모순 때문이지.' [545]

---

543   보니파티우스 8세는 평화 협정을 약속한 후 팔레스트리나를 점령한다.
544   제2품 지품천사 케루빔이 떨어져서 악마가 된 "시커먼 천사"(지옥 23.131).
545   죄를 짓고 있는 마음이 죄를 동시에 진심으로 뉘우칠 수 없는 모순으로 인
      해, 죄를 뉘우치지 않은 죄인은 용서될 수 없다. 표면적으로만이 아니라 내
      면에서 우러나오는 참회만이 진실하다.

121   아, 가여운 내가 얼마나 소스라쳤는지!
그가 나를 붙들고 말했소. '아마
내가 논리적이라고 생각지 못했을 것이다.'[546]

124   나를 미노스에게 데려갔소.
그가 단단한 등에 꼬리를 여덟 번 꼬고,
대단한 분노로 꼬리를 물고 나서

127   말했소. '불을 숨기는 죄를 지은 자이다!'
그래서 보다시피 여기서 저주받아,
덮여서 내가 탄식하며 가고 있소."

130   그렇게 말을 마치고 나자,
뾰족한 뿔을 비틀고 몸부림치면서,
불꽃이 고통스럽게 떠나갔다.

133   우리가 지나갔다. 나와 내 길잡이가
바위를 타고 다른 다리 위까지 갔다.
분열시켜 얻은 죄값을 치르는 자들의

136   구덩이가 덮여 있었다.

---

546 교황의 "무거운 말들"(106)이 궤변이었음을 죄인이 알고 있었다는 것을 악
마가 안다는 빈정대는 말이다.

지옥 28곡 목차 (아홉 번째 구덩이: 이간자)

지옥 28곡

1   피와 상처로 가득차 있었다.

내가 본 것을 누가 산문으로라도

반복하며[547] 읊어낼 수 있을까?

4   우리 말과 마음은

그 엄청난 것을 담아내기에 부족하여

그 어떤 혀도 확실히 짧을 것이다.

7   불운의 땅 풀리아에서[548]

벌써 피범벅이 된

사람들을 모두 모아도,

10   트로이 사람들 때문에,[549] 오류 없는

리비우스가 쓰듯이, 반지로 귀한 전리품을

높게 쌓은 긴 전쟁 때문에,[550]

---

547 여러가지 방식으로 여러번 시도하며.

548 시칠리아 왕국이 있는 이탈리아 남부 지방 전체를 가리킨다. 기벨리니를
지지하던 호엔슈타우펜과 궬피가 지지하던 앙주 사이의 치열한 전투들을
겪은 지역이다.

549 이탈리아로 온 트로이인들이 시칠리아에서 벌인 첫 전투.

550 아풀리아(Apulia)의 칸나이(Cannae)에서 벌어진 전투에서 (기원전 216

13   로베르 귀스카르에 대항해
      고통 당한 사람들과[551] 아직
      뼈를 모으고 있는 다른 사람들과 함께,[552]

16   풀리아 사람들이 모두 거짓말했던
      체프라노와,[553] 늙은 에라르가
      무기 없이 이긴 탈리아코초에서[554]

19   뚫리고 끊긴 사지들을 보여 주어도,
      아무것도 아홉 번째 구덩이의 아수라장에
      비할 바가 없을 것이다.

년) 한니발이 이끌던 카르타고 군대에 포위되어 전멸된 로마 군사들이 끼
   고 있던 반지들이 세 바구니를 가득 채웠다고 로마 역사학자 티투스 리비
   우스(기원전 59-기원후 17)가 쓴다.

551 이교도를 무찌른 영웅들 중 하나로 천국의 화성천에 있는 (천국 18.47 참
     조) 노르만인 로베르 귀스카르(약 1015-1085)는 풀리아의 공작으로 주변
     의 사라센과 20년을 넘게 싸웠다.

552 앙주의 첫 번째 시칠리아 왕과의 베네벤토 전투(Benevento, 1266)에서 죽
     은 호엔슈타우펜의 마지막 시칠리아 왕 만프레드(재위: 1258-1266)의 사
     라진 시신을 암시하고 있다. (연옥 3.124-132 참조).

553 만프레드를 배반한 풀리아 귀족들이 샤를 1세(재위: 1266-1282)가 왕국
     의 경계에 있던 작은 도시 체프라노(Ceprano)를 지나 풀리아 왕국 안으로
     들어올 수 있게 하였다.

554 에라르의 계략으로 (무기 없이) 앙주의 샤를 1세가 호엔슈타우펜의 콘
     라딘(1252-1268)에 맞선 탈리아코초(Tagliacozzo, 1268) 전투에서 승리
     하였다.

22 반달 모양의 널빤지가 중간에서 빠진
    술통이라도 턱부터 방귀 뀌는 곳까지 그렇게
    엉망진창으로 망가진 것은 여태 내가 본 적이 없었다.

25 창자가 두 다리 사이에 매달려 있었고,
    내장과 무잡하게 삼키는 것을
    똥으로 만드는 추잡한 주머니가 나와 있었다.

28 뚫어지도록 내가 쳐다본 그가 나를 보고
    손으로 가슴을 찢어 열며 말했다.
    "이제 내가 나를 쪼개는 것을 보시오!

31 산산히 조각난 무함마드를 보시오![555]
    내 앞에서 울면서 알리가 가오.[556]
    턱부터 머리털까지 얼굴이 갈라졌소.[557]

34 여기서 보는 다른 이들은 모두 살아서
    불화와 분열의 씨앗을 뿌려서,
    이렇게 갈라져 있소.

---

555 이슬람교의 창시자가 그리스도교의 사제 출신이었다고 중세는 믿고 있
     었다.
556 무함마드(마호메트)의 사촌이자 사위인 알리는 그의 스승으로 간주되었
     다. 그래서 그의 앞에서 울면서 간다.
557 이슬람교 내부의 분열을 일으킨 알리는 머리가(33), 그의 이론에 따라 실
     행했던 무함마드는 몸뚱아리가(23) 갈라졌다.

37   여기 뒤에 있는 악마 하나가
        이처럼 비참하게 치장하려고
        여기 모든 사람들에게 칼질을 가하오.

40   우리가 고통스러운 길을 돌다,
        상처가 아물고 나면
        그 앞으로 다시 가오.

43   그런데 바위 위에서 바라보기만 하는
        당신은 누구요? 혹시 고백하고 심판된
        벌을 받으러 가길 미루고 있는 것이요?"

46   내 선생님이 대답했다. "아직 죽음에 이르지도
        않았고, 죄로 벌을 받으러 가지도 않소.
        다만 그가 충만한 경험을 쌓고 있소.

49   죽은 나는 그를 여기 아래 지옥을 거쳐서
        둘레에서 둘레로 데리고 다녀야 하오.
        내가 하는 말이 진실이오."

52   그의 말을 듣고 나자 나를 보려고
        수백 명이 구덩이에서 멈췄다.
        놀라움에 고난도 잊었다.

55   "아마 해를 곧 볼 당신이 그럼
        돌치노 수사에게 일러 주시오.
        여기서 나를 곧 따라오지 않으려면,

58   곡식으로 무장하여 눈에 갇혀서,
        그렇지 않으면 쉽게 선사하지 않을 승리를
        노바라 사람들에게 바치지 마라 하시오."[558]

61   가려고 한 발을 들었을 때,
        무함마드가 이 말을 내게 했다.
        그런 후에 떠나려고 발을 땅에 내렸다.

64   목구멍이 뚫리고
        코가 눈썹 아래까지 잘리고
        귀가 하나밖에 없는 다른 자가

67   다른 자들과 같이 놀라 멈춰서서 쳐다보았다.
        다른 자들보다 앞서서, 모든 부분이 붉게
        밖으로 나와있는 기도(氣道)를 열고 말했다.

---

558   이단으로 몰린 수사 돌치노가 그의 추종자들과 퇴진해 있던 곳이 눈으로
      막혀 생긴 기아로 (무기로가 아니라: 그렇지 않으면) 클레멘스 5세와 노바
      라의 공격에 항복한다.

70   "오 그대여, 벌을 받지 않고,
        내가 이탈리아 땅에서 본 자여,
        너무 닮아 내가 속는 것이 아니라면,

73   베르첼리에서[559] 마르카보로[560] 기우는
        아름다운 평야를[561] 보러 돌아가게 되면,
        피에르 다 메디치나를 기억해 주시오.[562]

76   파노에서 가장 높은 두 귀족
        구이도와 안졸렐로에게 알리시오.
        여기서의 예견이 헛되지 않다면,

79   포악한 폭군의 배반으로
        배 밖으로 내던져져
        라 카톨리카 가까이에서 매장될 것이오.[563]

---

559 돌치노 수사가 퇴진해 있던 세시아(Sesia) 계곡의 제벨로(Zebello) 산은 이
     탈리아 북서쪽에 위치한 노바라(Novara)와 베르첼리(Vercelli) 사이에 있다.
560 라벤나 영토 안에서 포 강어귀에 있는 마르카보(Marcabò) 성.
561 포 계곡 또는 평원 (la pianura padana).
562 로마냐에서 이간질을 일삼던 인물.
563 리미니의 폭군 말라테스티노(지옥 27.47)는 파노의 궬피(Guido del
     Cassero)와 기벨리니(Angiolello da Carignano) 세력을 협정의 이름으로
     초대하는 뱃길인 카톨리카(Cattolica) 인근에서 그들을 아드리아해 속에
     집어 던진다.

82   키프로스와 마요르카 섬 사이에서,
      해적과 그리스 사람들 사이에서,[564]
      그런 큰 범죄를 넵투누스가 한 번도 보지 못했소.

85   여기 나와 같이 있는 자가
      보지 않았기를 바라고 싶을
      땅을 지배하고 한쪽 눈으로만 보는 배반자가[565]

88   담판하러 그들을 오게 만들고,
      그들이 포카라의 바람에 기도와 맹세를
      할 필요가 없게 만들 것이오."[566]

91   내가 그에게, "내가 위로 당신의 이야기를
      가져가길 원한다면, 안타깝게도 본 자가
      누구인지 내게 보여주고 말해 보시오."

94   그러자 그가 손을 한 동료의 턱에 대고
      입을 벌리며 소리쳤다.
      "이자가 그자요. 말을 못하오.

---

564   전 지중해의 전 역사상.
565   말라테스티노는 한 눈을 잃었다.
566   파노와 카톨리카 사이의 포카라(Focara)에서 부는 강한 바람에서 보호해
      줄 것을 뱃사람들이 기도하곤 했다.

97   쫓겨나서는, 준비된 자가 주저하면
        반드시 벌받는다고 간언하여,
        카이사르의 의심을 잠재웠소."567

100   아, 열렬히 말을 일삼던 혀가
        식도에서 잘린 쿠리오는
        내게 얼마나 참혹하게 보였는가!

103   두 손이 잘린 팔을
        어두운 공기 속으로 올리며,
        얼굴이 피투성이가 된 자가

106   외쳤다. "토스카나 사람에게
        악한 씨앗이었던 '다 된 일의 대가리'를
        말하던 망할 놈, 모스카도 기억하시오."568

---

567 리미니에서 가까운 루비콘 강을 건너 내전을 시작한 카이사르를 간언으로
     부추긴 가이우스 쿠리오(Gaius Curio).

568 단테가 차코에게 물었던 피렌체 시민들 중 하나이다 (지옥 6.79-81). 1216
     년, 부온델몬테 데이 부온델몬티(Buondelmonte dei Buondelmonti)가 아
     미데이 가문의 딸과 혼인날에 파하고 도나티 가문의 딸과 결혼하며 초래
     한 모욕에 대한 정당한 복수를 논하던 중 모스카 데이 람베르티(Mosca dei
     Lamberti)가 부온델몬테를 "끝장내야 한다"라고 말한다. 어중간한 일보다
     끝난 일에 시작이 있다는 말로 다치게 하기 보다는 해쳐야 한다는 말이다.
     부온델몬테가 결국 부활절 아침에 베키오 다리 위에서 살해되면서 피렌체
     의 분열이 시작되었다. 부온델몬티는 궬피에, 아미데이 가문은 기벨리니에
     속했다. (천국 16.140 참조).

109   내가 덧붙였다. "그리고 네 족속의 죽음도."⁵⁶⁹
       그러자 그가 고통에 고통을 더해
       미치고 환장하는 사람처럼 가버렸다.

112   무리를 바라보며 머물던 나는
       다른 증거 없이 혼자
       말하기에 꺼릴 일을 보았다.

115   순수한 마음의 방패 아래에서
       사람을 정직하게 지키는 좋은 친구,
       양심이 그래도 나를 확신시켜 준다.

118   통곡의 무리 안에서 다른 자들과 함께
       가슴이 머리 없이 가는 것을
       내가 보았고 여전히 보는 것 같다.

121   등불처럼 손에 매달려,
       머리채 잡힌 잘린 머리가
       우리를 보고 말했다. "아, 나 좀!"

124   그는 자기 자신을 등불로 만들어서,
       둘이 하나 안에 하나가 둘 안에 들어 있었다.

---

569 파리나타 우베르티 가문처럼 기벨리니 람베르티 가문도 피렌체에서 추방
     되어 다시 돌아오지 못한다.

어떻게 가능한지 조물주만이 아신다.

127 다리 위의 우리 발 바로 아래에 와서,
     팔로 머리를 끝까지 들어 올려
     바짝 가까이에서 말했다.

130 "숨을 쉬며 죽은 자들을 보며 가는 그대여,
     자, 참담한 처벌을 보시오.
     누가 이처럼 엄청난지를 보시오.

133 내 이야기를 듣고 가려면,
     젊은 왕에게 잘못 조언했던
     내가 베르트랑 드 보른임을 아시오.[570]

136 아버지와 아들을 서로 적으로 만든 나보다,
     압살롬과 다윗 간의 사이를 아히도벨도[571]
     간악한 간교로 더 벌리지 않았소.

---

570 영국 왕 헨리 2세(재위: 1154-1189)의 아들 헨리(젊은 왕)를 아버지로부
     터 이간질하는 간언을 하던 프로방스 음유시인. 전쟁의 참담한 모습을 즐
     겨 노래하던 시인이 자신의 참담한 모습을 보여주고 있다.
571 아버지 다윗 왕에 반대하는 아들 압살롬을 간언한 아히도벨 (열왕기하
     15-17).

139 그리도 가까운 사람들을 갈라 놓은 나는
이 몸뚱아리 머리 부분에서 갈라진
내 빌어먹을 머리를 들고 다니오.

142 그리 내가 죄값을 치르고 있소."

지옥 29곡 목차 (열 번째 악구덩이: 위조자)

지옥 29곡

1 수많은 사람들과 수없는 상처들에
취한 내 눈이
멈추고 울고 싶어했다.

4 하지만 베르길리우스가 내게 말했다.
"뭘 멍하니 바라보고 있느냐? 왜 네 시선은
저 아래 슬프게 잘린 그림자들 사이에 머무느냐?

7 다른 구덩이에서는 네가 그러지 않았다.
죄인을 하나하나 세어 보려면, 골짜기의 둘레가
이십이 마일임을 생각해 보아라.

10 달이 벌써 우리 발 밑에 있고,[572]
주어진 시간이 이제 얼마 되지 않으니,
아직 보지 않은 다른 것을 보아야 한다."

---

572 달이 천저(nadir)에 있다. "어젯밤 보름달"(지옥 20.127)이 천저에 있을 때
가 정오였다. 보름달을 지난 달이 해보다 매일 약 50분씩 뒤처진다. 이틀
이 지난 지금 약 100분이 늦은 오후 1시 반경에 달이 천저에 있다. 지옥에
서 볼 수 없는 달을 베르길리우스가 항상 생각 속에서 따라가며 시간을 측
정하고 있다.

13   내가 바로 대답했다. "내가 본
        이유를 살펴 보셨다면, 아마 더
        머물도록 허락하셨을 것입니다."

16   벌써 가던 길잡이 뒤를 따라가던
        내가 대답하며 덧붙였다.
        "내 눈을 그렇게 고정시키고 있던

19   구덩이 속 저 아래에서 비싼
        죗값을 치르며 우는
        내 핏줄의 영혼을 본 것 같습니다."

22   내 선생님이 말했다. "앞으로
        그 때문에 속상해 하지 말아라.
        거기 머물게 두고, 다른 자들에게 주의를 기울여라.

25   돌다리 발치에서 손가락을 너에게 내밀고
        험악하게 협박하는 것을 내가 보았고,
        제리 델 벨로로 불리는 것을 들었다.[573]

---

573 단테 아버지(Bello di Alighiero I)의 사촌(Geri del Bello)으로 궬피인 그의
     살해에 대한 가족의 복수를 요구하고 있다. 복수로 궬피 부온델몬테의 살
     인을 요구하던 기벨리니 모스카를 상기시킨다. 피렌체의 분열을 초래하는
     양 당파를 다시 대변하고 있다.

28   오트포르를 쥐고 있던 자에게[574]
      완전히 집중해 있던 너는
      거길 쳐다보지 않아, 그가 떠나 버렸다."

31   내가 말했다. "아, 내 길잡이여,
      폭력에 죽어서 갚아야 할 복수를
      갚지 않은 가족은 누구나 경멸하여,

34   내 생각에, 내게 말도 하지 않고
      그가 가버렸으니, 그를
      내가 더욱 안타깝게 여깁니다."

37   이렇게 우리가 말하며, 빛이 더 있었더라면,
      다리에서 다른 골짜기 밑바닥까지
      처음 보였을 곳까지 갔다.

40   악구덩이의 마지막 수도원 위에
      우리가 와, 우리 시야에 수도사들이
      드러났을 때,

43   연민에 휩싸인 화살촉의
      여러 한탄의 화살들이 내게 날아와

---

574 베르트랑 드 보른(Bertran de Born)은 오트포르(Hautefort)의 영주였다.

귀를 손으로 덮었다.

46 　칠월과 구월 사이 발디키아나,
　　마렘마, 사르덴냐 병원들의 모든
　　환자들이 한 구덩이에서 함께

49 　한탄하는 듯했고,
　　썩은 사지에서 나오는 그런
　　악취가 풍기고 있었다.

52 　긴 다리의 마지막 둔덕
　　왼쪽으로만 우리가 내려가자,
　　내 시야가 더 생생해졌다.

55 　지극히 높고 정당한 군주의 대신이
　　여기서 기록한 위조자들을
　　아래 바닥에서 벌한다.[575]

58 　아이기나의 병든 만백성을
　　보기가 더 슬프지 않았을 것이다.
　　대기가 병으로 가득 차,

575 　이 세상에서의 죄가 책에 적힌대로 죽은 자들이 지옥에서 벌받는다. (요
　　한계시록 20.12).

61   작은 벌레까지 모든 동물들이
      쓰러졌고, 시인들이 확신하듯이,
      이후에 이전 사람들이

64   개미의 씨에서 재생되었다.[576]
      어두운 골짜기 이곳저곳에 시들어
      쌓여있는 영혼들을 보았다.

67   이 배와 저 어깨 위로
      한 자가 다른 자 위에 누워 있었고,
      어떤 자는 슬픈 길을 기면서 움직이고 있었다.

70   몸을 가누지 못하던
      병든 자들을 보고 들으며,
      말없이 한 걸음 한 걸음 우리가 갔다.

73   서로 붙어 달구어지는 냄비같이,
      서로 기대고 앉은 둘을 보았다.
      머리부터 발 끝까지 딱지 투성이였다.

---

576 유피테르가 사랑하던 님프 아이기나를 질투한 유노가 님프의 섬에 보낸
     역병으로 모든 생명들이 점점 멸종한다. 유일하게 살아남은 섬의 왕이 간
     청하여, 유피테르가 개미들을 새로운 사람들로 변신시킨다. (오비디우스,
     《변신》 7.523-660).

76   주인이 기다리는 마구간 소년도,
      억지로 깨어 있는 마부도,[577]
      솔질을 그렇게 하는 것을 본 적이 없었다.

79   손톱으로 물고 뜯으며 모두가 미치도록
      자기 자신을 긁어대고 있었다.
      달리 어쩔 도리가 없었다.

82   도미 비늘이나 더 큰 비늘의 생선을
      도려내는 칼 같은 손톱이 아래로
      살껍데기를 벗겨내고 있었다.

85   그들 중 하나에게 내 길잡이가 말하기 시작했다.
      "오, 손가락을 갈퀴로 삼아,
      껍질을 할퀴어 벗겨내는 자여,

89   손톱이 영원한 이 일을 감당해 주기를.
      이 속에 있는 사람들 사이에
      이탈리아 사람이 있는지 말해주게."

91   하나가 울면서 답했다.
      "보다시피 비참하기 짝이 없는 우리가
      이탈리아인들이오. 우리에게 묻는 당신은 누구요?"

---

577 늦은 밤에 서둘러 일을 마치려는 마부.

94   길잡이가 말했다. "이 살아있는 사람에게
      지옥을 보여주려고 지옥의 벼랑에서 벼랑으로
      내가 아래로 내려가고 있소."

97   그러자 서로 떨어져, 둘다 떨면서,
      떨어져서 들은 다른 자들과 같이
      내 쪽으로 돌았다.

100   자상한 선생님이 내게 다가와
      말했다. "하고 싶은 말을 하여라."
      그가 원해서 내가 시작했다.

103   "이승의 사람들의 마음 속에
      그대들의 기억이 묻히지 않고,
      많은 해들 아래에서[578] 살아남길 바라니,

106   그대들이 누구이고 어디 사람인지를,
      그대들의 추하고 힘든 고통을
      내게 드러내는 데 두려워하지 마시오."

109   하나가 답했다. "아레초에서 왔소.
      시에나의 알베로가 나를 불 속에 처넣었으나,
      죽은 이유가 나를 이리로 데려오지 않았소.

---

578   수년 동안.

112 '내가 하늘로 날아갈 수 있다'라고
내가 그에게 말하며 농을 부린 것은 사실이오.
생각은 없고 변덕스러운 그가

115 내 기술을 보려 했소, 오직
내가 다이달로스가[579] 아니라는 이유로,
그가 아들로 삼은 자로 하여금 나를 불태우게 했소.

118 그래도 오류가 없는 미노스가
내가 세상에서 일삼던 연금술 때문에 나를
심판하여 마지막 열 번째 구덩이 속으로 보냈소."[580]

121 내가 시인에게 말했다. "시에나 사람처럼
허황된 자들이 일찍이 있었습니까?[581]
프랑스 사람들도 확실히 그 정도는 아닙니다!"

---

579 아버지 다이달로스가 만든 날개로 아들 이카로스가 해에 너무 가까이 날
     아가 녹은 촛농 때문에 땅에 떨어져 죽는 순간 애태우며 소리치는 아버지
     의 모습이 이미 언급되었다. (지옥 17.108-110 참조).
580 연금술을 부리던 그리폴리노 다레초(Griffolino d"Arezzo)가 생각 없이 변
     덕을 부리던 알베로 다 시에나(Albero da Siena)를 날 수 있게 해주지 못
     해 시에나 대주교(알베로를 아들로 삼은 자)에 의해 이교도로 몰려 불에
     타 죽었다. 이교도가 아니었고 연금술자였던 그를 미노스가 열 번째 악구
     덩이로 보냈다.
581 날고자 할 정도의 허황.

124   내 말을 듣던 다른 문둥이가 답했다.
"적절하게 쓸 줄 알던
스트리카를 제외하고,

127   비싼 정향의 관습을 먼저 발견해
정원에 씨를 심은
니콜로와,

130   포도밭과 큰 밭을 날려버린
카차 다산과 이성을 잃었던
압발리아토의 떼거리를 제외하고.[582]

133   시에나 사람들을 상대로 네 편을 드는 자가
누구인지 알려면, 내 쪽으로 눈을 똑바로 뜨면,
내 얼굴이 대답해줄 것이다

136   연금술로 금속을 위조했던
카포키오의 그림자인 나를 볼 것이다.
내가 제대로 보았다면, 네가 기억할 것이다.

139   내가 자연을 잘 따라하던 원숭이였다."[583]

---

582 사치로 허황된 삶을 살던 시에나 사람들을 빈정대는 말이다.

583 단테와 학창 시절을 함께 한 카포키오(Capocchio)는 원숭이처럼 자연을
모방하고 금속으로 위조하는 연금술에 능통하였다.

지옥 30곡 목차 (열 번째 악구덩이: 위조자)

지옥 30곡

1   한 번이 아니라 두 번을,
       헤라가[584] 세멜레 때문에,
       테베 혈족에게 화를 냈을 때,

4   아주 미쳐버린 아타마스가,
       두 손에 두 아들을 들고 가는
       부인을 보고 외쳤다.

7   "그물을 쳐라, 지나치는
       암사자와 새끼 사자들을 잡자."
       그리고 무자비한 발톱을 내밀어,

10   레아르코스라고 불리는 한 아이를 잡아,
       바위에 내동댕이쳤고, 들고 있던
       다른 하나와 함께 그녀는 목숨을 끊었다.[585]

---

584 그리스 제우스 신의 아내인 헤라는 로마 유피테르 신의 부인인 유노와 일
      치한다.

585 테베를 세운 카드모스의 딸 세멜레가 제우스에게 받는 사랑에 질투하여
      변장한 헤라의 계략으로 세멜레는 제우스의 가장 약한 번개에 재가 된다.
      (천국 21.6 참조). 제우스와 세멜레의 아들 디오니소스(바쿠스)를 키우던
      세멜레의 언니 이노를 질투한 헤라는 이노의 남편 아타마스를 미치게 만들

13   의기양양하던 트로이인들의 위상을
      운명이 아래로 돌렸을 때, 왕과 왕국이
      함께 떨어지니,

16   불쌍하고 비참하게 붙잡힌 헤카베가,
      폴릭세네가 죽고 나서,
      폴리도로스를 바닷가에서 보자,

19   심한 고통에 정신을 잃고,
      개같이 짖어 댔다.
      그토록 고통이 그녀의 가슴을 찢었다.[586]

22   그러나 분개한 테베 사람도 트로이 사람도
      짐승을, 하물며 사람의 사지를
      그렇게 잔인하게 찔러대는 것을 보지 못했다.

25   돼지가 우리 밖으로 박차고 나올 때처럼,
      창백하고 벌거벗은 두 그림자가
      물어 뜯으며 달리는 것을 내가 보았다.

어 그의 아들 레아르코스를 죽이게 하고 이노는 다른 아들과 강에 빠져 죽
는다. (오비디우스, 《변신》 4.512-530).

586 트로이가 망하고 프리아모스 왕이 죽자 포로로 잡힌 여왕 헤카베가 죽은
     딸 폴릭세나와 아들 폴리도로스를 보고 극심한 고통으로 소리친다. (오비
     디우스, 《변신》 13.481-568).

28   하나가 달려들어 카포키오의 목덜미를
      이빨로 물고, 배를 단단한 바닥에
      긁으며 끌고 갔다.

31   아레초 사람이 남아 떨면서 말했다.
      "저 미친 망령이 잔니 스키키요.[587]
      분노에 북받쳐 다른 자를 해치며 다닌다오."

34   내가 그에게, "아, 다른 것이 당신 등에
      이빨을 꽂지 않기를. 여기서 내빼기 전에
      누구인지 말해주는 것이 무리가 아니길 바라오."

37   그가 내게, "바른 사랑 밖에서,
      아버지의 여자가 되었던,
      사악한 미라의 망령이요.[588]

40   자신을 다른 사람의 모습으로 위장하여,
      그녀가 그와 같이 죄를 짓게 되었듯이,
      가버린 자도 같은 짓으로,

---

587 위장에 능숙하던 피렌체 카발칸티(Cavalcanti) 가문의 잔니 스키키 (Gianni
     Schicchi).

588 키프로스의 왕 키니라스의 딸 미라가 다른 여자로 위장하여 아버지의 여
     자가 된다. (오비디우스,《변신》10.298-502).

43   자신을 부오조 도나티로 위장하여,
      유언하고 유언장을 위조하여,
      암컷을 우리에서 얻었소."589

46   광기의 둘이 지나가는 것 위에
      두었던 내 눈을 잘못 태어난
      다른 자들을 보려고 돌렸다.

49   사타구니가 잘려서
      가랑이가 찢겨 나갔었다면,
      비파590 같았을 영혼 하나를 보았다.

52   물이 몸에 잘못 고여,
      얼굴이 배에 어울리지 않게 만드는
      심한 수종이,

55   열로 갈증이 난 그가
      입술 하나를 턱 쪽으로 다른 하나를 위쪽으로
      돌려 열어 두도록 만들었다.

---

589 코르소 도나티의 숙부 부오조 토나티(지옥 25.140)가 죽자 잔니 스키키
     가 그로 위장하고 유언장을 위조한 후 가장 좋은 암말을 받았다고 한다.
590 아몬드처럼 생긴 악기.

58   그가 우리에게 말했다. "수난의 세상에서
     내가 모르는 이유로 아무것도 겪지 않는
     그대들이여, 아다모 선생의 고난을

61   눈여겨 보시오. 살아서
     웬만하면 원하던 것을 다 가졌던
     내가 이제 물 한 방울 빌어먹길 바라오.[591]

64   카센티노의 푸른 언덕에서[592]
     물줄기들을 시원하게 적시며
     아르노 강으로 흘러내려 가는 시냇물들이

67   헛되지 않게 항상 내 눈앞에 있소.
     내 얼굴 속의 살을 도려내는 벌보다
     그들의 그림이 나를 더 말리기 때문이오.

70   나를 찔러대고 있는 엄중한 정의가
     죄를 지은 장소에서 이유를 끌어와
     내 한숨을 더 자아내게 하오.

---

591 수종병을 앓듯 몸이 비파처럼 부었으나 물 한 방울도 마실 수 없는 벌을 받
     고 있다. 불 속에서 물 한 방울을 바라며 벌을 받는 부자에 대한 성서 속의
     이야기를 상기시킨다. (누가복음 16.24).

592 피렌체와 아레초 사이에 있는 토스카나의 한 지역으로 망명시 단테가 머
     문 곳들 중 하나이다.

73   로메나에서, 세례자가 찍힌
        합금을 내가 위조하여서,
        불에 탄 내 몸을 위에 두고 왔소.[593]

76   여기서 고달픈 구이도, 알레산드로,
        또는 그들 형제의 영혼을 보았었다면,[594]
        브란다 샘물도[595] 거들떠보지 않았을 것이오.

79   분개하며 돌아다니는 그림자들의 말이 맞다면,
        하나는 이미 여기 안에 있소.[596]
        하지만 사지가 묶인 내게 그게 무슨 소용이요?

82   백 년에 한 치라도
        갈 만큼 가볍다면,
        이미 내가 그 길을 떠났을 것이오.

---

593 카센티노에 있는 로메나 성에서, 피렌체의 수호자인 세례자 요한의 모습
     이 찍혀있는 피오리노(fiorino)를 위조한 후 사형되었다. 피렌체의 주화는
     1252년부터 유럽에서 가장 강한 화폐로 통용되었다.

594 화폐위조를 부추긴 로메나의 세 형제들.

595 시에나에서 맑고 시원하기로 알려진 샘물.

596 로메나 세 형제들 중 하나인 구이도 1세는 1292년에 사망했다.

85   십일 마일을 돌고[597] 반 마일보다 덜
      가로지르지 않는 사방으로 사악한
      사람들 사이에서 그를 찾으러 갔을 것이오.

88   고작 삼 캐럿이 든 피오리노 금화를[598]
      그들이 내게 찍어내게 했기 때문에,
      내가 이런 족속에 속하게 되었소."

91   내가 그에게, "겨울에 적신 손같이
      수증기를 뿜어내며, 당신 곁에 바짝
      누워있는 두 녀석은 누구요?"

94   그가 답했다. "이 도가니 안에 내가
      빠져서 보았을 때부터
      꼼짝하지도 않았고, 영원히 그럴 것 같소.

97   하나는 요셉을 거짓으로 모함했고,[599] 다른 하나는
      트로이의 거짓말쟁이 그리스인 시논이오.[600]

---

597 아홉 번째 악구덩이의 둘레는 이십이마일이었다. (지옥 29.9). 지옥 아래로
     내려갈수록 구덩이가 점점 더 좁아진다.

598 피오리노는 24캐럿의 순금이었다.

599 유혹되지 않은 요셉이 자신을 유혹했다고 거짓으로 고발한 여인 (창세
     기 39).

600 트로이 안으로 목마가 들어오도록 트로이인들을 속인 그리스인 (베르길리
     우스, 《아이네이스》 2. 148-149 참조).

심한 열로 인해 그런 악취를 풍기오."

100   더럽혀진 이름에 아마
화가난 그들 중 하나가
그의 뱃가죽을 주먹으로 쳤다.

103   배가 북 같은 소리를 냈고,
아다모 선생이 팔로
그의 얼굴을 덜 심하지 않게 치며

106   말했다. "사지가 무거워
움직일 수는 없어도, 이런 일을 할
팔 하나는 풀려있다."

109   그가 답했다. "네가 화형대로 갈 때
그렇게 빠르지 않았지만,
동전 위조할 때는 더 빨랐어."

112   수종병자가, "그건 진실이야.
하지만 트로이에서 진실을 물었을 때 너는
진실을 증언하지 않았어."

115   시논이 말했다. "나는 거짓말을 했고,
너는 돈을 위조했다면, 나는 한 죄 때문에,
너는 다른 어떤 악마보다 더 많은 죄 때문에 왔어!"

118   배가 부은 자가 대답했다.
"위증자야, 말(馬)을[601] 기억해라.
온 세상이 알고 있으니 고통을 느껴라!"

121   그리스 사람이 말했다. "갈증이 혀를 태우고,
물이 속에서 썩어 네 눈앞에서
울타리가 되도록 배가 퉁퉁 부어라!"

124   그러자 동전 위조자가, "예나 지금이나
열병으로 네 입이 찢어지는구나.
내가 갈증이 나고 진물로 부풀어오른다면,

127   너는 열에 불타고 두통을 앓기에,
나르키소스 거울을 핥기 위해서[602]
많은 말로 너를 초대할 필요가 없어."[603]

---

601   트로이 목마.

602   나르키소스 자신의 모습이 비친 물을 마시러.

603   물에 애타며 열에 타는 병으로 벌을 받고 있는 시논을 빈정대며 하는 말
이다.

130　열중해 듣고 있던 내게 선생님이 말했다.
　　　"조금만 더 보면, 내가 너와
　　　다툴 것이다!"

133　그가 화가 나 내게 한 말을 듣고,
　　　부끄러워서 그에게 돌아섰던
　　　기억만으로도 지금도 나는 어지럽다.

136　흉한 꿈을 꾸면,
　　　꿈이기를 바라고,
　　　있는 것이 아니길 간절히 바라듯이,

139　말을 못하나, 용서 빌기를 바라고,
　　　말을 못한다고 믿으며 벌써
　　　용서를 빌고 있었다.[604]

142　선생님이 말했다. "더 큰 잘못도
　　　더 적은 수치가 씻어낸다. 너의 잘못은
　　　작은 잘못이니, 자책감을 내려 놓아라.

604　용서를 비는 말을 못할 정도로 부끄러워하는 행동이 말 대신 용서를 빌
　　　고 있었다.

145 사람들이 비슷하게 싸우는 곳에
어쩌다 또 가게 되어도,
언제나 내가 네 곁에 있음을 생각하여라.

148 그런 것을 듣고 싶어하는 마음은 천하기 때문이다."

지옥 31곡 목차 (거인들)

지옥 31곡

1   내 두 뺨을 물들이며 먼저 물었던
           혀 하나가 후에
           내게 약을 건네 주었다.[605]

4   아킬레우스와 그의 아버지의 창이
           처음엔 슬프고 후엔 기쁜 선물을
           가져다 주곤 했다고 내가 들었다.[606]

7   끔찍한 골짜기에 말없이
           우리가 등을 돌리고,
           둘레를 도는 둔덕 위를 건넜다.

10   여기는 밤보다 더 못하고 낮보다도 더 못해,
           시야가 좀처럼 앞으로 나아가지 못했다.
           나팔 소리가 너무 높게 들려서,

13   번개 소리도 희미해졌을 정도였다.

---

605 베르길리우스의 질책과 용서 (지옥 30.130-144 참조).

606 아킬레우스의 아버지 펠레우스 것이던 아킬레우스의 창은 다치게 한 상처
      를 다시 치료하는 힘을 지니고 있었다. (오비디우스《변신》13.171-172).

그쪽으로 길을 따라가며,

내 두 눈을 한 곳으로만 향했다.

16 참혹한 전투 끝에, 신성한 군대를

샤를마뉴가 잃었을 때, 롤랑도

그런 무시무시한 소리를 내지 않았다.[607]

19 그쪽으로 얼굴을 돌리고 조금 나아가자,

수많은 높은 탑들이 보여 내가,

"스승님, 이것이 어떤 땅인지 말해 주십시오."

22 그가 내게, "어둠을 뚫고

너무 멀리까지 예상하니

빗나가기 마련이다.

25 거기에 점점 다가가면, 감각이

멀리서 얼마나 많이 속이는지 볼 것이니,

네 자신을 좀 더 재촉하여라."

28 그런 다음 그가 다정히 내 손을 잡고 말했다.

"우리가 앞으로 더 나아가기 전에,

너에게 더 이상하게 보이지 않도록,

---

607 론세스바체스(Roncesvalles) 전투에서(778년) 갸널롱(Ganelon)의 배반으
로 뒤에서 침입하던 사라센을 나팔로 롤랑이 알렸으나 뒤늦게 온 샤를마뉴
가 전멸된 군대를 보게 된다.

31   이것들은 탑이 아니라 거인임을
알고 있거라. 배꼽 아래 모두
둔덕에 둘러싸인 웅덩이 안에 있다."

34   안개가 사라질 때, 대기를 빽빽히
채우던 수증기가 숨긴 것이 시야에 조금씩
드러나는 것처럼,

37   그렇게 짙고 어두운 공기를 뚫고,
점점 더 가장자리에 가까워지자,
오류는 달아나고 두려움이 자라났다.

40   몬테리조니가 둥근 성벽을 따라
탑들로 만든 왕관처럼,[608]
웅덩이 둘레 가장자리에

43   유피테르가 하늘에서 여전히
번개를 치며 위협하는 흉측한 거인들의[609]
상반신들이 탑처럼 솟아나 있었다.

---

608 몬테리조니(Monteriggioni)는 1214-19년에 시에나인들이 작은 언덕 위에
둘러쌓은 성벽 안에 있는 마을로, 중세 당시 시에나와 피렌체의 분쟁시 방
어를 위한 전략적인 위치에 있었다.

609 번개로 대적하는 유피테르에 대항한 플레그라의 거인들 (지옥 14.58 참
조).

46   나는 이미 어떤 이의 얼굴, 어깨, 가슴,
      배 일부와 옆에서 아래로 내려오는
      두 팔들을 알아보았다.

49   자연이 그런 인간들을 만드는 작업을 그만두고,
      마르스에게서 그런 집행자들을 거두어 들인 것은
      확실히 아주 잘한 일이었다.

52   만약 자연이 코끼리와 고래를
      후회하지 않는다면, 상세히 살펴볼수록,
      더 정당하고 더 사리에 맞다.

55   사고의 수단이 악의와 힘과
      합쳐지면, 사람은
      아무 수도 쓸 수 없기 때문이다.

58   길쭉하고 커다란 그들의 얼굴이
      로마의 성 베드로 성당의 솔방울 같았다.[610]
      다른 부분들도 그에 비례하였고,

---

610   교황 심마쿠스(Symmachus, 재위:498-514)가 성 베드로 성당의 분수를
      장식하도록 세워 놓았던 청동 솔방울로, 지금도 바티칸 미술관 정원에서
      볼 수 있다. 4미터 정도의 크기로 흉측한 거인들의 얼굴에 비유되고 있다.

61   하반신을 가리며 두르던 둔덕이
       저 머리 위에 있는
       머리카락에 닿으려면,

64   프리슬란트 사람[611] 세 사람도 소용이 없었을 것이다.
       외투 단추를 채우는 어깨 부분에서 아래까지
       서른 뼘이 넘어 보였기 때문이었다.

67   아름다운 시편들이 더 이상 어울리지 않는
       사나운 입이 소리치기 시작했다.
       "라파엘 마이 아메케 짜비 알미."[612]

70   내 길잡이가 그에게, "멍청한 영혼아,
       나팔이나 불어라. 화나서 다른 감정이
       솟구치면 그걸로 풀어라!

73   네 목을 더듬으면, 혼동된 영혼아,
       나팔을 묶은 줄을 찾을 것이고,
       네 큰 가슴에 달린 그것이 보일 것이다."

76   그리고 내게 말했다. "그가 자신을 고발하고 있다.
       잘못 생각하여 세상이 단 하나의 언어를 사용하지

---

611 네덜란드 북쪽의 가장 큰 사람들.
612 사람이 이해할 수 없는 소리.

못하게 했던 니므롯이다.[613]

79   그냥 놔두자. 헛되이 말하지 말자.
어떤 언어도 그는 알아듣지 못하고,
그의 언어를 아무도 알아듣지 못한다."

82   우리가 활을 한 번 당겨 떨어진 곳까지
왼쪽으로 더 멀리 가자, 다른
훨씬 더 사납고 큰 것이 있었다.

85   어떤 기술자가 그를 감았는지
나는 모른다. 그러나 오른팔을 뒤로
다른 팔을 앞으로 묶은

88   사슬이 목에서부터 저 아래
드러난 곳까지 다섯 번을
두르며 휘감고 있었다.

91   내 길잡이가 말했다. "이 오만한 놈은
지극한 제우스에 대항해 힘을 발휘해
보려다 저렇게 되었다.

---

613   바벨탑이 세워진 바빌로니아의 왕 (창세기 18.8, 11.1-9).

94　에피알테스가 이름이다.[614] 거인들이
　　신들을 두렵게 만들 때 큰 몫을 했다.
　　그가 휘둘렀던 팔은 이제 절대 꼼짝할 수 없다.”

97　내가 그에게, “가능하다면,
　　잴 수 없이 거대한 큰 브리아레오스를[615]
　　내 눈으로 직접 경험해 보고 싶습니다.”

100　그가 말했다. “말도 하고 묶여 있지 않은
　　안타이오스를[616] 여기 가까이서 볼 것이다.
　　그가 모든 죄의 밑바닥으로 우리를 데려갈 것이다.

103　너가 보고 싶어하는 놈은 더 많이 떨어져서
　　이놈처럼 묶여 있고,
　　얼굴이 더 사납기만 하다.”

106　에피알테스가 몸부림쳤을 때만큼,
　　그 어떤 견고한 탑도 그 어떤 강력한 지진도
　　그렇게 흔들어본 적이 한 번도 없었다.

614　제우스(유피테르)에게 가장 막강하게 대항한 거인이 가장 무기력해져 있다.
615　50개의 머리와 100개의 팔을 가진 것으로 알려진 거인.
616　넵투누스와 테라의 아들로 땅에서 기운을 얻지 못하자 헤라클레스가 죽
　　인 거인이다.

109   묶인 것을 보지 않았다면,

       무서워 죽었을 만큼,

       죽음을 그렇게 무서워해 본 적이 없었다.

112   더 앞으로 나아간 우리가,

       머리를 제외하면, 돌 담 밖으로[617] 나온 몸이

       스무 자가[618] 족히 넘는 안타이오스에게 갔다.

115   "아, 한니발이 군사들과 함께 등을 돌려,

       스키피오에게 영광을 안겨준

       행운의 계곡에서[619]

118   사자 천 마리를 이미 잡아먹었고,[620]

       형제들이 높게[621] 벌인 전쟁에

       네가 있었더라면, 땅의 아들들이[622]

---

617 둔덕 위로.
618 칠 미터 정도 긴 상반신.
619 로마 장군 스키피오 아프리카누스가 카르타고 장군 한니발을 무찔러 제2
     차 포에니 전쟁을 종결한 전투가 벌어진 자마 계곡.
620 사자를 잡아 먹는 안타이오스에 대해 루카누스가 말한다. (루카누스,《파
     르살리아》 4.601-602).
621 신들에 대적해.
622 거인들.

121   아마 이겼으리라고 사람들이 지금도 믿는다.[623]
       네가 우리를 아래에 얼어붙은 코키토스에[624]
       내려놓기를 부디 꺼리지 말아라.

124   티투오스나 티폰에게[625] 우리를 가게 하지 말아라.
       여기서 바라는 것을[626] 이자가 줄 수 있으니,
       몸을 굽히고 주둥이를 비틀지 말아라.[627]

127   은총이 때가 되기 전에 그를 부르지 않는다면,
       아직 오랜 생을 기대하며 사는 그가[628]
       아직 너를 세상에 널리 알릴 수 있다."

130   이렇게 스승님이 말하자, 헤라클레스가
       이미 꽉 잡혀 보았던 손을 서둘러
       내밀어 내 길잡이를 붙잡았다.

133   베르길리우스가 잡힌 것을 알자,
       내게 말했다. "내가 너를 잡게 여기로 오너라."

---

623   테라 여신이 하늘에 자비로워 참전시키지 않은 안타이오스에 대해 루카누
      스가 말한다. (루카누스, 《파르살리아》 4.596).
624   지옥의 마지막 둘레로 바닥에 얼어붙은 늪.
625   안타이오스보다 열등한 거인들.
626   지상에서의 명성.
627   외면하지 말아라.
628   "인생길 한가운데에"(지옥 1.1) 있는 단테.

그래서 그와 내가 한 묶음이 되었다.

136   가리센다 탑 위로 지나가는 구름을
       탑이 기울어진 쪽 아래에서 보면,
       탑이 자기 쪽으로 기울어 무너질 것처럼,[629]

139   안타이오스가 굽히는 것을
       서서 바라보던 순간이 내게 그랬고,
       다른 길로 달아나고 싶었던 순간이었다.

142   그는 루키페르와 유다를 삼킨 바닥에[630]
       우리를 살며시 내려 놓았다.
       그러나 그는 구부린채 머물지 않고,

145   배의 돛대처럼 일어났다.

---

629 볼로냐의 가리센다 탑은 당시 한 쪽이 기울어졌다. 기울어진 쪽 아래에 서
     서 탑 위로 지나가는 구름을 보면, 탑이 눌려 보는 자 쪽으로 무너질 것 같
     았다는 말이다.
630 그리스도와 카이사르를 배반하여 지옥 바닥에 있는 죄인들.

지옥 32곡 목차 (카이나, 안테노라)

지옥 32곡

1 모든 다른 바위들이 위에서 내리누르는
   이 슬픈 구멍에 맞게 거칠고 삐걱거리는
   소리로 만약 내가 읊을 수 있다면,

4 내가 품은 의미의 즙을 더 채워서
   짜낼 수 있을 것이다. 그러나 그럴 수 없어도,
   거침없이 말을 이어 나간다.

7 우주 전체의 밑바닥을 장난삼아서도,
   '엄마' '아빠'를 부르는 말로서도
   묘사해낼 수 없기 때문이다.

10 테베를 가두던 암피온을 도운
    여인들이 내 싯구절을 도와,[631]
    말이 사실과 다르지 않길 빈다.

---

631 시인 암피온이 연주하는 리라 소리에 움직인 돌들이 스스로 테베의 성벽을
     쌓았다고 전해졌다. 고대의 가장 악한 도시로 알려진 테베에 맞먹는 지옥
     의 가장 악한 도시를 시로 짓는 시인이 뮤즈들의 도움을 구한다.

13   오, 세상 누구보다 더 악한 피조물아,
      입에 담을 수 없는 곳에 있는 것들아,
      여기서 차라리 염소나 양이었어야 했거늘!

16   우리가 거인의 발치에서 상당히 더 낮은
      우물 안 깊숙한 곳에 이르렀을 때,
      아직 높은 벽을 바라보던 내가

19   말소리를 들었다. "잘 보고 지나가라.
      비참하게 지친 형제들[632] 머리를
      발로 차며 가지마라."

22   그래서 내가 돌아서자, 앞에 발 밑에
      얼어붙어, 물이 아니라 유리 같은
      호수 하나를 보았다.

25   저 얼어붙은 하늘 아래 돈 강도,[633]
      오스트리아 도나우 강의 겨울도,
      물결 위를 그렇게 두껍게 덮은 적이 없었다.

28   탐베르니키나 피에트라파나 산이[634]

---

632   카이나는 혈육을 해친 자들이 벌받는 곳이다.
633   북쪽 러시아에 있는 강.
634   토스카나에서 가장 높은 산들 중 두 산들.

위에서 떨어져도, 거기 가장 자리에
금 하나 가지 않을 것이다.

31   시골 아낙네들이 이삭 줍는 꿈을
      자주 꿀 때,[635] 개굴거리는 개구리가
      주둥이를 물 밖에 내밀고 있는 것같이,

34   황새 부리의 박자에 맞춰 이빨을 갈며,[636]
      새파랗게 질린 그림자들이 얼음 속에서
      부끄러움이 드러나는 곳까지[637] 갇혀 있었다.

37   모두 고개를 푹 숙이고 있었고,
      입에서 냉기를, 눈에서 슬픈 마음을
      서로에게 드러내고 자아내고 있었다.

40   주의를 조금 둘러보다 발치를 내려다보니,
      둘이 너무나 딱 붙어서 머리털이 서로 엉킨 것을
      내가 보았다. 내가 말했다.

---

635   하루 종일 이삭을 줍다가 꿈 속에서도 계속 줍는 계절인 여름.
636   황새가 부리를 부딪히며 내는 소리같이 이빨을 간다.
637   눈.

43   "서로 가슴을 짓누르고 있는 당신들이 누구요?"
      그들이 목을 가누고
      얼굴을 내 쪽으로 들어 올렸다.

46   먼저 안에서만 고여 있던 눈물이
      몇 방울 입술 위로 떨어지자,
      눈 안에서 얼어붙어 버렸다.

49   나무와 나무를 쇠붙이도 그렇게 단단히
      묶지 못할 것이다. 그들은 분노에 사로잡혀,
      두 염소처럼, 서로 치고받았다.

52   추위에 양쪽 귀를 잃은 하나가
      고개를 숙인 채 말했다.
      "왜 우리를 그리 빤히 바라보느냐?

55   저 둘이 누구인지 알고 싶다면,
      비센지오 강이 흘러나오는 계곡이
      그들과 그들의 아버지 알베르토 것이었다.[638]

---

638 비센지오(Bisenzio) 강이 흘러나오는 비센지오 계곡에 있던 두 성들을 두
     고 싸우던 두 형제들이 서로를 살해하였다. 하나는 기벨리니, 다른 하나
     는 궬피였다.

58   그들은 한 몸에서 나왔다. 카이나를[639] 다 뒤져 보아도,
      얼어붙기에 더 적합한 그림자는
      찾아낼 수 없을 것이다.

61   아서의 손 한 방에 심장과 그림자에
      빵꾸가 난 그놈도[640] 포카차도[641] 아니요
      나를 머리로 막아서 못보게 하는

64   사슬 미스케로니라는[642] 놈도 아니다.
      당신이 토스카나 사람이니,
      이제 그가 누구였는지 알 것이다.

67   내게 더 이상 말시키지 않도록,
      내가 카미초네 데이 파치였다는 것을 알아라.[643]
      내 죄를 덜어줄 카를리노를[644] 기다리고 있다."

---

639 부인과 동생을 죽인 남편이 벌받을 곳으로 프란체스카가 예언했던 곳이
     다 (지옥 5.107). 동생 아벨을 죽인 카인의 이름을 딴 카이나(Caina)는 친
     족을 배신한 죄로 벌받는 곳이다 (창세기 4.8). 코키토스의 첫째 구역이다.
640 아버지 아서 왕을 배반하고 죽이려던 아들 모드레드가 맞은 아서의 창이
     몸을 뚫고 지나가자 햇빛도 뚫고 지나 그림자에 비쳤다고 한다.
641 친족을 살해한 피스토이아인.
642 유산을 받기 위해서 조카를 죽인 피렌체인.
643 재산 싸움으로 친적을 죽인 피렌체인.
644 단테와 백색당이 망명 중이던 1302년, 추방된 백색당의 근거지를 카를리
     노(Carlino dei Pazzi)가 흑색당에게 팔아 넘겨 많은 백색당 사람들이 잡히
     고 죽었다. 더 아래 안테노라로 떨어질 카를리노의 더 무거운 죄가 카이나

70   추위로 푸르스름한 수천의 얼굴을 보았다.
      소름이 끼쳤고, 얼어붙은 웅덩이만 보아도,
      항상 그럴 것이다.

73   모든 무게가 모이는 중심 쪽으로
      우리가 가면서 나는
      변함없는 바람 속에서 떨었다.

76   의도인지 숙명인지 운명인지[645]
      알 수 없지만, 머리들 사이를 지나다가,
      얼굴 하나에 내 발이 심하게 부딪혔다.

79   울면서 내게 소리쳤다. "왜 나를 차?
      몬타페르티의 복수에 더 보태려 온 게
      아니면, 왜 나를 괴롭혀?"

82   내가, "선생님, 여기서 좀 기다려 주시면,
      저자에 대한 의심을 풀고나서,
      바라시는 대로, 서두르겠습니다."

85   길잡이가 멈추었고, 나는 여전히

에 있는 카미초네(Camicione dei Pazzi)의 죄를 상대적으로 가볍게 만들
어 줄 것이라는 말이다.

645 내 의지인지, 하느님의 섭리인지, 운인지.

심한 욕설을 뱉어내던 그에게 말했다.
"다른 자를 그리도 비난하는 너는 누구냐?"

88   그가 답했다. "다른 자의 뺨을 걷어차며,
안테노라를[646] 지나치는 너는 누구야?
너가 살아있어도, 너무 지나친 것 아니냐?"

91   내가 대답했다. "내가 살아있고,
그게 네게 소중할 수 있다. 명성을 바라면,
네 이름을 다른 것들 사이에 적어 두겠다."

94   그가 내게, "나는 정반대를 바란다.
여기서 너는 꺼져라. 더 이상 성가시게 굴지마.
이 밑에서 그런 하찮은 속임수는 안 통해!"

97   그놈 머리털을 붙잡고 내가 말했다.
"이름을 털어놓는 게 나을 것이다.
아니면 네 놈 머리 위가 남아나지 않을 것이다."

---

646   그리스에 트로이를 넘긴 트로이의 반역자 안테노르(Antenor)의 이름을
따 안테노라(Antenora)는 정치적 배신자들을 벌한다. 코키토스의 둘째 구
역이다.

100   그가 내게, "내 머리카락을 쥐어 뜯어도
        내가 누군지 말 못 해. 내 머리를
        천 번을 처박아도 가르켜 줄 수 없어."

103   손에 든 머리채를 틀어,
        여러 차례 뜯어내자,
        눈을 아래로 내리간 그가 짖어댔다.

106   다른 자가 소리 질렀다. "보카야,647 뭐 해?
        턱으로 소리를 내도 모자라 짖어대는 거야?
        어떤 악마가 널 건드려?"

109   내가 말했다. "사악한 반역자여,
        이제 더 말하지 말아라. 네가 부끄럽도록
        진실한 너의 이야기를 내가 들고 가겠다."

112   그가 답했다. "가서 맘대로 말해.
        여기서 나가거든, 그래도 입 함부로
        놀린 놈에 대해 입 다물지는 마라.

115   여기서 그는 프랑스 놈 은전이 그리워서 울고 있어.

---

647   파리나타가 기벨리니의 승리로 이끈 몬타페르티(Montaperti) 전투(지옥
        10,86)에서 궬피의 깃발을 든 기사의 손을 잘라 궬피의 패배를 부추긴 궬피
        보카 델리 아바티 (Bocca degli Abati).

'서늘한 죄인들 속에서
두에라[648] 놈을 보았다' 라고 말해.

118   다른 누가 있었는지 물으면,
피렌체가 목을 자른
베케리아 놈이 네 옆에 있고,[649]

121   잔니 데 솔다니에르가[650] 아마 저기
갸널롱과,[651] 잠든 파엔자를 열었던
테발델로와 같이 있어."[652]

124   이미 우리가 그를 떠날 때,
한 구멍 안에 얼어붙은 둘을 내가 보았다.
하나가 다른 하나의 모자가 되었다.

---

648   돈을 (은전) 받고 프랑스 군사들을 받아들여 베네벤토 전투에서 만프레
드를 배반한 크레모나(Cremona)의 기벨리니 부오조 다 두에라 (Buoso da
Duera).

649   1258년 피렌체에서 추방된 기벨리니가 되돌아오는 것을 도모한 반역죄로
참수된 기벨리니 (Tesauro dei Beccheria).

650   1266년 베네벤토 전투에서 만프레드가 죽자, 피렌체에서 기벨리니를 대항
해 일어난 궬피의 폭동을 주도한 기벨리니 (Gianni dei Soldanieri).

651   샤를마뉴를 배반한 갸널롱(지옥 31.16-18 참조).

652   볼로냐에서 추방된 기벨리니에게 복수하기 위해 함께 망명해 있던 파엔자
의 문을 새벽에 몰래 열어 볼로냐 궬피가 들어오게 한 기벨리니(Tebaldello
degli Zambrasi di Faenza).

127 위에 있던 이빨이 다른 자의
머리와 목이 닿는 부분에 놓여서,
굶주린 자가 허기져 빵을 씹고 있는 것 같았다.

130 멜라니포스의 관자놀이와
두개골과 다른 부분을 경멸하며
갉아먹던 티데우스와[653] 다를 바 없었다.

133 내가 말했다. "아, 위에서
짐승처럼 먹어대며 원한을 표하는
너가 이유를 말해주면, 그 때문에

136 너가 우는 옳은 이유에 알맞게,
너희들과 그 죄를 아는 내가,
혀가 마르지 않는 한,

139 아직 위 세상에서 보상해 주길 바란다."

---

653 테베를 포위한 일곱 왕들 중 하나인 티데우스는 죽인 적 멜라니포스의
머리를 잘라 자기가 죽기 전에 갉아먹는다. (스타티우스,《테베스》8.751-
761).

지옥 33곡 목차 (안테노라, 프톨레메오)

지옥 33곡

1   야만스러운 음식에서 들어올린 입을
        망가트린 뒤통수의 머리카락으로
        그 죄인이 닦아내었다.

4   그런 후 시작했다. "내가 말하기도 전에,
        벌써 생각만으로도 내 가슴을 짓누르는
        비참한 고통을 당신이 내게 상기시키고 있지만,

7   내 말이 내가 씹고 있는 이 배신자에게
        치욕의 열매를 안겨주는 씨앗이 된다면,
        내 말과 눈물을 같이 보게 해주겠소.

10   당신이 누구이고 어떻게 여기 아래로 왔는지
        모르나, 참으로 그대는 피렌체 사람처럼
        내게 들리오.

13   나는 우골리노 백작이고,
        이놈이 루지에리 대주교임을 알아 두시오.
        내가 이렇게 붙어있는 이유를 이제 말해 주겠소.

16   그의 교활한 계략 때문에,
      그를 믿던 내가 잡혀 죽임을 당한 것을
      굳이 당신에게 말할 필요가 없소.[654]

19   그러나 당신이 듣지 못했을, 극도로 잔인했던
      내 죽음을 들으면, 이자한테서
      내가 어떻게 당했는지 알 것이오.

22   나 때문에 굶주림이라는 이름을 얻었고,
      다른 자들을 가두는 데 아직도 요긴한
      무다 탑[655] 안의 좁은 틈이,

25   벌어진 그 사이로 벌써 여러 달을 내게 비쳤을 때,
      내 앞날의 너울을 찢은
      끔찍한 꿈을 꾸었소.

---

654 1288년 8월 피사의 우골리노 델라 게라르데스카(Ugolino della
     Gherardesca)가 대주교 루지에리 델리 우발디니(Ruggieri degli Ubaldini)
     와 다른 가문들에 의해 반역자로 몰려 아들 둘 손자 둘과 함께 괄란디 탑
     (Torre dei Gualandi)에 갇힌 후 1289년 3월에 기아로 사망한 것이 토스카
     나 전역에 알려져 있었다.
655 괄란디 탑은 "기아의 탑" 혹은 "무다 탑"으로도 불렸다. 1318년까지 죄인
     을 가두고 기아로 죽이는 감옥으로 이용되었다.

28   피사 사람들이 루카를 못 보게 하는
      산에서[656] 늑대와 늑대 새끼들을
      사냥하는 두목으로 이자가 나타났소.

31   열렬하고 날렵하고 삐쩍 마른 암캐들과
      괄란디, 시스몬디, 란프란키를
      그자 앞에다 앞장세우고 있었소.[657]

34   짧은 추적 후에 지쳐 보인
      아버지와 아들들의 옆구리가
      날카로운 송곳니에 찢어지는 듯이 보였소.

37   내가 새벽이 되기 전에 깨어나,
      자면서 빵을 달라고 울던, 같이 있던
      내 자식들 소리를 들었소.

40   내 가슴이 예상하던 것을 생각하며
      이미 아파하지 않는다면, 당신은 정말 잔인한 자요.
      지금 울지 않는다면, 다른 무엇에 울 수 있겠소?

43   자식들이 벌써 깨어났고, 음식이 들어오는

---

656   두 도시 사이에 있는 성 줄리아노 산(il monte San Giuliano).
657   기벨리니 우두머리 루지에리 델리 우발디니가 기벨리니 귀족들과 피사 사
       람 모두를 (암캐들) 앞장 세워 우골리노를 죄인으로 몰았다.

시간이 가까워졌고, 각자가
꿈 때문에 불안해 하고 있었을 때,

46   공포의 탑 밑 출구를 못 박는 소리를
듣던 내가 꼼짝 못하고
내 아들들 얼굴 안을 들여다보고 있었소.

49   나는 안이 돌이 되어 울지 않았지만,
아이들이 울었고, 내 안셀무초가[658] 말했소.
"아버지, 뭘 그렇게 멍하니 쳐다보고 계십니까?"

52   하루 종일, 잇따른 밤에도,
마침내 다른 해가 세상에 나왔어도,
나는 눈물도 대답도 없었소.

55   비참한 감옥 속에 햇살이 조금 들어,
네 얼굴[659] 위에서 내 자신의 모습을
알아보았을 때,

58   고통에 못이겨 내 두 손을 물어 뜯었소.
먹고 싶어서 그런 줄로 생각한
아이들이 얼른 일어나 말했소.

---

658   아직 상황을 이해하지 못한 가장 어린 손자.
659   같은 처지의 두 아들과 두 손자들의 안색.

61 "아버지, 우리를 드시고 우리의 고통을
덜어 주소서. 우리의 불쌍한 육신을
입혀주신 당신이 벗겨주소서."

64 더 비참하게 만들지 않기 위해 묵묵히 있었소.
그 날과 다음 날을 모두 말없이 있었소.
아, 단단한 땅아, 왜 열리지 않았느냐?

67 네 번째 날에 우리가 이르자,
내 발치에서 쓰러져 버린 가도가[660] 말했소.
"우리 아버지여, 왜 저를 도와주시지 않으십니까?"[661]

70 거기서 죽었소. 그리고 당신이 나를 보다시피,
내가 셋이 하나씩 하나씩 쓰러지는 것을
다섯 번째 여섯 번째 날에 보고서,

73 나는 벌써 눈이 멀어, 그들이 죽고 난 이틀 동안
그들의 이름을 부르며 위를 모두 더듬거렸소.
그러자 고통보다 허기가 더했소."

76 이 말을 마치자, 변한 눈빛으로,

660 아들.
661 예수가 숨을 거두기 전에 외친 말을 연상시킨다: "우리 하느님, 왜 저를
저버리셨습니까? (Deus meus ut quid dereliquisti me)" (마태복음 27.46).

개처럼, 뼈에 단단한 이빨로
무참히 두개골을 다시 붙들었다.

79   아 피사여, '시' 가662 소리나는
아름다운 나라 사람들의 수치여,
너를 벌하는데 이웃들이663 늑장을 부리니,

82   카프라이아와 고르고나 섬이664 움직여,
아르노 강 어귀에 울타리를 만들어,
네 모든 사람들을 없애 버려야 한다!

85   백작 우골리노가 네 성들을
배신했다는 소문 때문에,665
자식들을 십자가에 매달 수는 없는 것이었다.

88   새로운 테베여, 우귀초네와 브리가타666
그리고 이 곡 위에서 부른 다른 둘은667
그 어린 나이에 아무 죄가 없었다.

---

662   이태리어의 "네"(sì).
663   피사의 적인 이웃 피렌체와 루카의 궬피.
664   피사 서쪽 티레니아해에 있는 두 섬들.
665   피사의 성들을 피렌체와 루카로 넘긴 반역죄를 우골리노가 지었다는 소문.
666   다른 아들과 손자.
667   안셀무초와(50) 가다(68).

91   얼음이 다른 사람들을 꽁꽁 묶은 곳으로
          우리가 지나갔다. 얼굴이 아래가 아니라,
          모두 뒤로 젖혀져 있었다.

94   거기서는 울음이 울게 두지 않는다.
          눈 위에서 느끼는 아픔이 너무 커서,
          슬픔이 안에서 커져간다.

97   먼저 흘린 첫 눈물이 응어리져서,
          마치 수정으로 된 눈꺼풀처럼,
          눈썹 아래 움푹 파인 곳을 채우기 때문이다.[668]

100   추위에 굳어진 얼굴에서
          모든 감각이 사라졌음에도
          불구하고,

103   내가 바람이 조금 부는 것을 느끼며,
          "선생님, 이 바람을 누가 일으킵니까?
          여기선 증기가 다 꺼져버리지 않았습니까?"[669]

106   그가 내게, "바람을 내리게 하는
          이유를 네 눈이 보고 대답하는

---

668 뒤로 젖혀진 얼굴 위의 눈이 얼어붙은 눈물을 담은 그릇이 된다.
669 지옥에 해가 들지 않아 수증기도 다 꺼져버렸다.

곳에 곧 닿을 것이다."

109   얼음판에서 슬퍼하는 놈 하나가 우리에게
        외쳤다. "마지막 자리를 차지할
        참담한 영혼들아,

112   눈물이 다시 얼기 전에 조금
        가슴 속에 맺힌 한을 풀게,
        얼굴에서 딱딱한 껍질[670] 좀 떼 줘."

115   내가 그에게, "내가 널 도와주길 바라면,
        네가 누구인지 말해 보아라. 널 구해주지 않으면,
        내가 얼음 밑바닥으로 가야 마땅하다."[671]

118   그가 답했다. "내가 알베리고 수사요.
        무화과 때문에 여기서 대추를 따는[672]
        나는 간악한 과수원 과일의 그자요."[673]

---

670   얼음이 된 눈물.
671   지옥 끝까지 가야하는 순례자가 배신자를 배신으로 다루고 있다.
672   죄보다 더 큰 벌을 받는다는 말이다. 무화과보다 대추가 더 귀했다.
673   파엔자의 퀠피 알베리고 데이 만프레디(Alberigo dei Manfredi)는 과일을
      대접하는 대신 초대한 친척들을 살해한 것으로 잘 알려져 있었다.

121 　내가 그에게 말했다. "아, 이미 죽었소?"
　　그가 내게, "내 몸이 윗 세상에서
　　어떤지 나는 알 수 없소.

124 　프톨레메오의[674] 특권으로,
　　아트로포스가[675] 길을 내주기 전에
　　종종 영혼이 여기로 떨어지오.

127 　내 얼굴에서 유리가 된 눈물을
　　당신이 더 기꺼이 깎아내도록
　　알려 주겠소. 내가 그랬듯이,

130 　영혼이 배신하는 그 순간에
　　빼앗긴 몸은 시간이 다 될 때까지
　　악마가 차지하오.

133 　영혼은 이 시궁창에 빠지오.
　　여기 내 뒤에서 나와 같이 겨울을 나는 그림자의
　　몸이 아마 아직 위에서 보일 것이오.

674　초대한 장인과 그의 아들들을 죽인 프톨레메오(마카베오상 16.11-16)의
　　이름을 딴 코키토스의 셋째 구역은 손님을 배신한 죄인들을 벌한다.
675　클로토가 만든 실꾸러미에서 라케시스가 사람의 명대로 실을 다 뽑아내
　　면 아트로포스가 실을 잘라 목숨이 끊어진다는 그리스 신화 속의 운명의
　　세 자매들 중 하나이다.

136   방금 아래로 온 당신이 알고 있을
       그는 브랑카 도리아요.[676] 여기 갇힌 지
       여러 해도 더 되었소."

139   내가 그에게 말했다. "당신이 날 속이고 있소.
       브랑카 도리아는 아직 안 죽었소.
       먹고 마시고 자고 옷 입고 있소."

142   그가 말했다. "저 위의 역청이
       끈적끈적하게 끓고 있는 악한 발톱의
       구덩이 속에 아직 미켈 잔케가 도착하지 않았소.[677]

145   피붙이와[678] 같이 배반을 도모한 이놈은
       이내 자기 대신 악마를
       몸 속에 두고 왔소.

676   사르덴냐 로구도로(Logudoro)의 영주권을 빼앗기 위해 장인을 초대한 후
       살해한 제노바 기벨리니(Branca Doria).

677   사르덴냐에서 와 매관매직으로 벌받고 있는 두 관료들 중 하나인 "로구도
       로에서 온 재판관 미켈 잔케"(지옥 22.88)를 1294년 브란카 도리아가 죽이
       자마자, 살아있던 그의 영혼이 죽은 장인의 영혼보다 더 빨리 더 깊은 지옥
       으로 떨어졌다는 말이다. 브란카 도리아는 1325년까지 살았다.

678   브란카 도리아의 살인을 도운 혈육.

148 　이제 여기로 손을 뻗어 내 눈을 뜨게해주시오."

　내가 뜨게해주지 않았다.

　들어주지 않는 것이 돕는 것이었다.[679]

151 　아, 제노바 사람들아, 좋은 풍습은

　다 저버리고 온갖 악습으로 가득 찼구나.

　왜 세상에서 쫓겨나지 않느냐?

154 　로마냐의 가장 악한 정신과 함께 있는

　너희들 중 하나를 내가 보았다. 자신의 악행으로

　영혼이 이미 코키토스 속에 빠져있고,

157 　몸은 아직도 위에서 산 것처럼 보인다.

679 　"버릇없이 구는 것이 예를 갖추는 것이었다"로 번역될 수 있는 시인의 말
　은 손님에게 예를 갖추지 않았던 죄인이 하느님이 내린 벌을 받도록 내버
　려 두어야 마땅했다는 것을 의미한다.

지옥 34곡 목차 (주데카)

지옥 34곡

1   "지옥 왕의 깃발들이 우리 쪽으로
전진하니, 그가 보이는지 앞을 잘 보아라."[680]
내 선생님이 말했다.

4   마치 짙은 안개가 자욱할 때나,
우리 반구가 밤이 될 때,
멀리서 보이는 바람에 도는 풍차 같은

7   그런 형체가 내게 나타나 보였다.
바람 때문에 내 길잡이 뒤에서
움츠렸다. 달리 피할 곳이 없었다.

10   내가 두려움을 담아 운율 안에 넣는다.
모든 그림자들은 덮여 있었고,
유리를 통해 보이는 지푸라기들 같았다.

13   누구는 누워있고, 누구는 서 있는데,
누구는 머리로, 누구는 발로[681] 서고,

---

680   루키페르(Rex Infernus)에 가까워지는 순례자를 가리킨다.
681   거꾸로 혹은 바로 서서 얼음 속에서 화석화 된 영혼들.

누구는, 마치 활처럼, 얼굴을 발 쪽으로 굽히고 있다.

16   우리가 한참 앞으로 갔을 때,
       가장 아름다운 모습의 피조물을[682]
       기꺼이 내게 보여주고 싶어하던

19   선생님이 내 앞에서 물러서서 나를 멈추게 하시고
       말했다. "저기 디스를[683] 보아라. 용기로
       너를 무장해야 할 그곳을 보아라."

22   내가 그때 얼마나 얼고 떨었는지,
       독자여, 묻지 마시오. 쓸 수도,
       말할 수도 없소.

25   내가 죽지도 살아 있지도 않았소.
       이도 저도 아닌 내가 어땠을지,
       조금이라도 재치가 있으면 혼자 생각해 보시오.

---

682 교만으로 하늘의 최고의 자리에서 심연의 가장 낮은 곳으로 떨어진 루키
       페르 (천국 19.46-48 참조).

683 지하의 왕 (Dis Pater) 플루토를 가리키는 라틴어 "디스"(Dis)는 단테의 지
       옥 중심에 있는 루키페르(Lucifer)와 그에 가까이 있는 지옥 하단 전체를
       일컫는 도시의 이름으로 사용되고 있다. (지옥 11.64 참조).

28   고통의 왕국의 황제가 얼음 밖으로
      가슴 한가운데까지 나와 있었다.
      거인들과 그의 팔을 비교하는 것보다,

31   내가 한 거인과 더 잘 비교될 것이다.[684]
      이제 그렇게 된 부분들이 다 합쳐지면
      얼마나 엄청날지 쳐다 보시오.

34   그가 지금 추악한 것처럼 그렇게 아름다웠을 때,
      자신의 조물주에게 눈썹을 치켜올렸다면,[685]
      그 어떤 저주를 받아도 마땅하다.

37   아, 그의 머리에서 세 얼굴을[686] 보았을 때,
      얼마나 내가 놀랐던가!
      정면에 있던 하나는 붉었다.

40   이것에 붙은 다른 둘은
      양쪽 어깨 중간 위에 있었고,
      머리 꼭대기에서 모두 모였다.

---

684 거인이 사람보다 큰 것보다 루키페르의 팔이 거인보다 훨씬 더 크다.

685 숙인 고개와 상반되는 교만의 몸짓.

686 힘과 지혜와 사랑에 상반되는 삼위일체로 붉은 얼굴은 화로 무기력한 힘,
     노란 얼굴은 시기와 미움, 검은 얼굴(에티오피아인의 얼굴, 44-45)은 무
     지를 상징한다.

43   오른쪽 얼굴은 흰색과 노란색 사이였고,
      왼쪽 얼굴은 나일 강이 흘러나오는 곳에서
      온 사람들과 같은 색이었다.

46   한 얼굴 아래 두 날개가 나와 있었다.
      어마어마한 새에 어울리도록 엄청났다.
      바다에서도 그런 돛은 한 번도 본 적이 없었다.

49   박쥐처럼 깃털 없는 날개들을
      퍼덕거리며 불러 일으킨
      세 바람이

52   코키토스를 몽땅 얼게 하였다.
      여섯 눈이 울고 있었다. 세 턱 위로 떨어진
      눈물이 침물과 피범벅이 되어있었다.

55   한 입에 하나씩 죄인을 이빨로,
      송곳질을 하는 것처럼 물어 뜯어,
      세 놈을 고통에 찌들게 하였다.

58   앞에 있는 놈에게 무는 것은
      긁는 것에 비해 아무것도 아니었다.
      긁혀서 등껍질이 다 벗겨져 있었다.[687]

_____

687 가운데 얼굴 앞의 죄인을 루키페르가 잡고 할퀴고 있다.

61 선생님이 말했다. "가장 큰 고통을 겪는
   저 위에 있는 저 영혼이 유다 이스카웃이다.[688]
   머리는 안에 다리는 밖에 나와있다.

64 다른 둘의 머리는 아래로 매달려 있다.
   시커먼 주둥이에 매달려 몸부림치면서도
   묵묵히 있는 브루투스를[689] 보아라!

67 사지가 떡 벌어진 다른 놈, 카시우스를[690] 보아라.
   밤이 다시 뜨는구나.[691] 떠날 때이다.
   우리가 다 보았기 때문이다."

70 그의 뜻대로, 그의 목에 내가 매달렸다.
   날개가 충분히 펴졌을 때,
   적절한 시간과 장소를 잡아,

73 털 난 옆구리를 한 묶음씩 붙들며,
   털투성이와 얼어붙은 표면 틈

---

688 그리스도를 배반한 사도(마태복음 26.14-16).
689 자신을 아들같이 여기던 율리우스 카이사르의 암살에 가담한 마르쿠스 유
     니우스 브루투스(Marcus Junius Brutus, 기원전 85년경-42년).
690 카이사르의 암살에 동참한 브루투스의 매부 가이우스 카시우스 롱기누스
     (Gaius Cassius Longinus, 기원전 86년경-42년).
691 성토요일 밤.

밑으로 그가 내려갔다.

76   허벅지의 곡선이 엉덩이 위로 올라오는 곳에
      우리가 이르렀을 때,
      길잡이가 지치고 숨차 하며,

79   그놈 다리에서 머리를 돌려,
      올라가는 사람처럼 털을 붙잡아서,
      지옥으로 다시 돌아간다고 나는 믿었다.[692]

82   한 바위 구멍 밖으로 나온 그가
      가장자리에 나를 앉혀 놓고,
      조심스럽게 내게 다가왔다.

88   눈을 들어올린 내가 두고왔던
      루키페르를 보리라 믿었는데,
      그놈 다리가 저 위로 뻗은 것이 보였다.

91   그때 내가 얼마나 혼란스러웠는지는,
      내가 지나온 지점이 어떤 곳인지[693]
      보지 못하는 둔한 사람들을 생각해 보라.

---

692 지구 중심을 지나 중력을 이기고 남반구로 간다.
693 지구 중심.

94   선생님이 말했다. "두 발 위로 들고
      일어나거라. 갈 길이 멀고 험한데,[694]
      해가 벌써 세 번째 반에 닿았다."[695]

97   우리가 간 길은 궁전같이 닦인 길이
      아니라, 바닥이 거칠고 빛이 희미한
      천연 동굴이었다.

100   바로 서서 내가 말했다. "선생님,
      심연에서 내가 벗어나기 전에,
      실수에서 내가 벗어나게 말 좀 해주십시오.

103   얼음이 어디에 있습니까? 이놈이 어떻게
      거꾸로 처박혀 있습니까? 어떻게, 해가,
      그 짧은 시간에, 저녁에서 아침으로 가로질렀습니까?"

106   그가 내게, "너는 아직도 세상을 뚫고
      벌받는 벌레의 털을 붙들던
      저 중심에 있다고 상상하고 있다.

---

694   북반구 지상에서 지구 중심까지 걸어온 것 만큼, 지구 중심에서 남반구 지
      상까지 걸어가야 한다.
695   남반구에서 해가 뜨는 아침 6시부터 9시까지의 첫 번째 시간의 세 번째 시
      각(아침 9시)까지 반 즉, 아침 7시 반에 이르렀다.

109   거기서 너도 나만큼 내려왔다.
내가 나를 돌렸을 때, 너는 모든 것의
무게를 끌어당기는 그 점을 지나갔다.

112   덮고 있는 마른 대지의 꼭대기에서
태어난 사람이 죄없이 살았던 곳에[696]
반대되는 반구 아래에 이제 온

115   너는 주데카[697]와 정면하는
다른 좁은 공간 위에
발을 딛고 있다.

118   여기가 아침일 때, 거기는 저녁이다.
우리에게 털로 계단을 만들어 준 그놈은
아직도 이전처럼 처박혀 있다.

121   이쪽 하늘에서 아래로 떨어졌다.
이전에 여기 올라와 있던 땅이,
그놈이 두려워서 바다로 덮였고,

---

696 중세에는 북반구만을 사람이 사는 땅(마른 대지)이 덮고 있다고 믿었다.
땅의 중심인 예루살렘에서 (꼭대기에서) 그리스도가 죄 없이 태어나 살았
다. 북반구의 반대인 남반구에 와있는 순례자를 가리킨다.

697 그리스도를 배반한 유다의 이름을 딴 코키토스의 네 번째 구역(Giudecca)
은 주인을 배반한 죄인들을 벌한다.

124 　우리 반구로⁶⁹⁸ 왔다. 아마 그놈을 피해
　　　여기 빈 공간을 두고,
　　　위로 올라갔을 것이다."⁶⁹⁹

127 　베엘제불로부터⁷⁰⁰ 늘어난 만큼
　　　먼 저 아래였다.
　　　보이지는 않았지만,

130 　바위를 뚫은 구멍을 통해,
　　　완만한 경사를 돌며
　　　내려오는 시냇물 소리가 들렸다.

133 　밝은 세상 속으로 올라가기 위해,
　　　숨은 길로 길잡이와 내가 들어갔다.
　　　쉴 겨를도 없이

136 　그가 앞에 내가 뒤에서 위로 올라,
　　　드디어 둥근 틈 사이로,
　　　하늘에 있는 아름다운 것들을 내가 보았다.

──────────

698 북반구.

699 남반구 하늘 위에서 아래로 루키페르가 떨어질 때, 남반구 바다 위에 있던
땅이 루키페르를 피해 북반구의 땅이 되었다. 루키페르가 떨어지며 뚫은
남반구 바다 아래의 굴 속에 순례자가 지금 와있고, 굴 속에 있던 돌이 남
반구 꼭대기로 올라가 연옥이 되었다. 단테가 창조한 세상의 지형학이다.

700 "마귀의 두목"(마태복음 12.24). 루키페르를 가리킨다.

139   별을 보러 우리는 다시 나왔다.

주요 인물 찾아보기

아히도벨 28.137

안타이오스 31.101

알렉산드로스 대왕 12.106, 14.31

알리 28.32

암피아라오스 20.34

암피온 32.10

압살롬 28.137

야손 19.85

야코포 루스티쿠치 6.81, 16.45

야곱 4.59

에릭토 9.23

에우리알루스 1.106

에우리필로스 20.114

에우클레이데스 4.142

에첼리노 다 로마노 3세 12.110

에테오클레스 26.52

에피알테스 31.94

에피쿠로스 10.14

엘리사 26.34

엘리야 26.35

엘렉트라 4.121

엠페도클레스 4.138

오르페우스 4.140

오비디우스 4.90, 25.97

오비초 데스테 2세 12.112

오타비아노 델리 우발디니 10.119

요셉 30.97

우골리노 델라 게라르데스카 33.13

울리세스 26.56

유다 9.26, 31.142, 34.62

유피테르 31.43, 92

율리아 4.128

이삭 4.59

이아손 18.87

잔니 스키키 30.32

제논 4.138

지타 21.38

차코 6.38-93

찬파 도나티 25.43

첼레스티누스 5세 3.60

카론 3.83

카밀라 1.106, 4.124

카발칸테 데이 카발칸티 10.65

카이사르 4.123, 28.99

카쿠스 25.27

카파네우스 14.63

칼카스 20.111

케르베로스 6.14, 9.98

케이론 12.64

코르넬리아 4.128

콘스탄티누스 1세 19.115, 27.94

클레오파트라 5.63

클레멘스 5세 19.83

키르케 26.93

타이스 18.135

탈레스 4.137

테이레시아스 20.42

테키아이오 알도브란디 6.79, 16.42

성서 구절 찾아보기

구약

창세기
1.1: 지옥 11.106
1.27: 지옥 20.22
4.1-18: 지옥 20.124
11.1-9: 지옥 31.78
18-19: 지옥 11.50
18.8: 지옥 31.78
29:16: 지옥 2.101
32.28: 지옥 4.59
39: 지옥 30.97

열왕기하
2.11: 지옥 26.36
2.23-24: 지옥 26.34
15-17: 지옥 28.137

욥기
41.7: 지옥 17.15

시편 (Vulgata)
24.3 (Psalmus 23.3): 지옥 1.13-18
51.1 (Psalmus 50.3): 지옥 1.65

84.6 (Psalmus 83.7): 지옥 1.13-18
90.10 (Psalmus 89.10): 지옥 1.1

이사야
3.20-21: 지옥 19.75
38.10: 지옥 1.1
43.2: 지옥 2.91-93

예레미야
5.6: 지옥 1.33

요엘
4.2: 지옥 10.11

지혜서
2.24: 지옥 13.66
3.1: 지옥 2.91-93

마카베오하
4.7-26: 지옥 18.85

신약